Anna Ruhe

Die Duftapotheke

Das Turnier der tausend Talente

Weitere Bücher von Anna Ruhe im Arena Verlag:

Die Duftapotheke
Ein Geheimnis liegt in der Luft (1)
Das Rätsel der schwarzen Blume (2)
Das falsche Spiel der Meisterin (3)
Die Stadt der verlorenen Zeit (5)
Das Vermächtnis der Villa Evie (6)
Das geheime Buch der Düfte

Die Duftakademie
Die Entdeckung der Talente (1)
Gefährliches Geflüster (2)

Ozeanis
Mit Karacho in die Tiefe (1)
Wettlauf durch die Brandung (2)

Maxi von Phlip
Vorsicht, Wunschfee! (1)
Wunschfee vermisst! (2)
Feen-Alarm! (3)
Achtung, Feenchaos! (4)

Seeland - Per Anhalter zum Strudelschlund
Mount Caravan - Die fantastische Fahrt im Nimmerzeit-Express

Anna Ruhe wurde in Berlin geboren. Nach einem Abstecher an die englische Küste studierte sie Kommunikationsdesign und arbeitete danach als Grafikdesignerin, bis sie Schriftstellerin wurde. Im Jahr 2015 erschien ihr erster Kinderroman. Seitdem hat sie viele weitere Bücher veröffentlicht. Ihre Werke stehen regelmäßig auf der Spiegel-Bestsellerliste und wurden in viele Sprachen übersetzt. Sie ist Mutter von zwei Kindern und lebt mit ihrer Familie in Berlin. Weitere Informationen zur Autorin unter: www.annaruhe.de

Claudia Carls erklärte in ihrer Kindheit abwechselnd, Schriftstellerin oder Künstlerin werden zu wollen, bis sich dieser Konflikt mit dem Beschluss, Buchillustration zu studieren, schließlich auflösen ließ. Als Diplom-Designerin lebt und arbeitet sie in Hamburg und gestaltet Bilderbücher, Kinder- und Jugendbücher, Sachbücher und Plakate.

Arena

Anna Ruhe

Die Duftapotheke

Das Turnier der tausend Talente

Mit Illustrationen von
Claudia Carls

Für Luk & Milo

FSC
www.fsc.org
MIX
Papier | Fördert gute Waldnutzung
FSC® C110508

3. Auflage 2023

Rottendorfer Straße 16, 97074 Würzburg

Cover und Illustrationen: Claudia Carls
Gestaltung der Handschriften: Suse Kopp
Lektorat: Anna Wörner
Gesamtherstellung: Westermann Druck, Zwickau GmbH
ISBN 978-3-401-60509-8

Besuche uns unter:
www.arena-verlag.de
www.twitter.com/arenaverlag
www.facebook.com/arenaverlagfans

www.annaruhe.de

„So unsichtbar wie Geister
wecken Düfte Erinnerungen in uns
und lösen damit Gefühle aus,
denen wir vollkommen ausgeliefert sind.
Nichts auf der Welt kann eine
so starke Wirkung heraufbeschwören,
ohne dabei bemerkt zu werden."

~ Daan de Bruijn, Utrecht, 1902

1

Jedes Talent – ganz egal, was für eines es auch ist – hat immer seine fantastische Seite, aber leider auch eine weniger fantastische.« Daan de Bruijn schritt im Zeitlupentempo an den Regalen entlang und betrachtete die Flüssigkeiten, die in ihren Flakons um die Wette funkelten. »Das Allerwichtigste ist, dass man lernt, mit *beiden* Seiten umzugehen, und sie im Griff behält.« Der alte Duftapotheker atmete tief ein und hielt inne. Doch schon im nächsten Moment sah er mich wieder mit seiner gewohnten Strenge an.

Wie ein bis zum Anschlag gespannter Flitzebogen stand ich neben dem Tresen der Duftapotheke und hielt ebenfalls die Luft an. Jedes einzelne Wort, das er bis jetzt von sich gegeben hatte, versuchte ich, mir einzuprägen. Schließlich hatte ich so lange auf genau diesen Moment gewartet. Fast hatte ich schon nicht mehr daran geglaubt, dass Daan de Bruijn, der Gründer der Duftapotheke, mir tatsächlich eines Tages alles beibringen würde, was er über die Duftapotheke und ihre unzähligen Flakons wusste. Nicht ein Wort wollte ich verpassen – jetzt, da es tatsächlich passierte. Wer wusste schon, ob Daan seine Meinung morgen nicht änderte und mir sein duftendes Erbe unter der Villa Evie wieder ohne seine Unterstützung überlassen würde? Raushalten konnte Daan sich schließlich besser als jeder andere, den ich kannte. Darin war er bislang einsame Spitze gewesen.

Um nichts zu verpassen, verfolgten meine Augen jede seiner Bewegungen. Daan hatte sich wieder den Flakons zugewendet, nahm verschiedene Düfte aus den Regalen und reihte sie auf dem Tresen auf. Er lächelte mir durch seine aus feinem Silber umrundeten Brillengläser zu und schob die Hände in die Taschen des Tweedanzugs, den er trug. Unter Daans kurz geschnittenem weißem Haar hoben sich die Augenbrauen, während ich versuchte zu verstehen, was er vorhatte.

»Ah!« Daan schien noch etwas eingefallen zu sein. Er ging hinaus in den Flur und kam nach einem Klappern wieder zurück. Dann legte er einen der goldenen Bilderahmen, die im Flur aufgereiht hingen, vor mir auf den Tresen. Auf dem verblichenen Schwarz-Weiß-Foto erkannte ich ihn selbst. Er war unzählige Jahre jünger und offensichtlich gerade auf einer seiner Expeditionen.

»Das ist genau das Richtige für den Einstieg!« Daan

schmunzelte und zeigte auf das Messingschild am unteren Rand des Bilderrahmens.

1867 stand dort eingraviert. Und darunter: *Amazonas.*

Verdattert sah ich ihn an. »Und jetzt?«

Er zeigte auf die von ihm ausgewählten Flakons. »Such dir zuerst einen Duft aus.«

Ich betrachtete also die Duftfläschchen und las die Aufschriften der Etiketten. »Genüsslicher Duft«, »Kritisches Odeur«, »Traumhafte Brise«, die »Zeitlose Note« und »Langweiligster Duft der Welt«. In meinem Kopf ging ich noch mal alle Wirkungsweisen durch und versuchte abzuwägen, von welchem ich besser die Finger ließ. Aber im Grunde waren sie alle harmlos. Also griff ich mir einfach die »Zeitlose Note« und hielt sie Daan hin.

Doch anstatt ihn mir abzunehmen, nickte er nur in Richtung Fotografie und rieb seine Handflächen aneinander, als könnte er es kaum erwarten. »Ein Tropfen müsste genügen. Aber pass auf, dass der Tropfen auch die Fotografie trifft, sonst verfehlt die heutige Übung ihren Sinn.«

Mit einem *Plopp* zog ich den Korken aus dem Flakon und ließ einen winzigen Tropfen mitten auf die Fotografie fallen. Gebannt beobachtete ich, wie der Tropfen in das Papier sank und es unter sich kreisrund aufweichte. Rötlicher Dunst bildete sich und stieg in orangenen Schwaden aus dem feuchten Fleck auf, um in hellgelben Wolken über unseren Köpfen an der Decke zu schweben. Ich roch Zitronengras, Bergamotte und etwas Sandelholz. Gleichzeitig fingen meine Gedanken an, sich auf die Fotografie zu konzentrieren. Mein Blick wanderte an dem jungen Daan entlang, der in einer Tropenausrüstung durch den Dschungel des Amazonas stiefelte. Er lachte dem Fotografen entgegen und ich zuckte zusammen, als dieses Lachen plötzlich in meinem Kopf zu hören war. Daans Gesichtsausdruck schien lebendig zu werden, obwohl sich das Bild natürlich nicht bewegte. Aber vor meinem inneren Auge begann alles, wie ein Film abzulaufen. Ich hörte Daans Lachen, ich spürte die feuchte Luft des Dschungels auf meiner Haut und glaubte, das Rascheln der Blätter wahrnehmen zu können. In mir breitete sich die gleiche Freude aus, die Daan auf dem Bild ausstrahlte. Aber noch etwas spürte ich.

Es war … *Anstrengung.* Und mit einem Mal fühlte ich mich unendlich erschöpft. Doch gleichzeitig breitete sich auch eine Gewissheit in mir aus, genau das geschafft zu haben, was ich hatte schaffen wollen. Es war ein Gefühl völligen Glücks.

Irritiert blickte ich durch die Duftschwaden hinüber zum echten und viel älteren Daan.

»Und?«, fragte er und sah zufrieden aus. »Was empfindest du beim Anblick des Bildes?«

»Erfolg«, antwortete ich, ohne dass ich überhaupt darüber nachgedacht hatte. »Ich spüre Glück, weil etwas gelungen ist, das viel Anstrengung gekostet hat.«

»Dann kannst du es! Wunderbar.« Daan lächelte mich noch breiter an. »Genau das war mein damaliges Gefühl in diesem Moment. Ich war überglücklich über den Erfolg meiner Dschungelexpedition.«

»Aber … wie geht das?«, fragte ich. »Wie kann ich etwas empfinden, das bereits so lange vergangen ist und das überhaupt nichts mit mir zu tun hat? Es hat sich wirklich angefühlt, als hätte ich es selbst erlebt.«

»Die Gefühle der Menschen verstecken sich an den verborgensten Stellen«, erklärte Daan. »Wie du siehst, lassen sie sich sogar in so alten Dingen entdecken wie dieser Fotografie.« Daan lächelte mich an. »Das ist es, wozu dich die Duftapotheke zusammen mit deinem Sentifleurtalent befähigt. Mithilfe eines Duftapothekenduftes, ganz egal, welcher es auch ist, lässt dich dein Talent die Gefühle der Menschen um dich herum erkennen. Du kannst sowohl vergangene als auch gegenwärtige Emotionen erlebbar machen. Mit dieser Fähigkeit bist du in der Lage, die Gefühle und somit auch die Gedanken der Menschen wahrzunehmen.«

»Aber … *wie?*«, wiederholte ich und starrte auf das Foto vor mir.

»Tja.« Daan räusperte sich. »Wenn ich nur wüsste, wie es *genau* funktioniert, würde ich es dir erklären. Leider habe ich diese Fähigkeit erst sehr spät an mir entdeckt. Und mir blieb nicht genug Zeit, sie richtig zu erforschen. Ich weiß nicht, wie man es bewusst steuern kann und ob überhaupt. Ich fürchte, diesen Teil wirst du statt meiner in Zukunft erforschen müssen.« Daan warf mir einen ernsten Blick zu. »Wenn du dein Sentifleurtalent weitertrainierst, wirst du den Menschen irgendwann sehr leicht anmerken, ob sie wirklich das sagen, was sie auch denken und fühlen. Niemand wird dir jemals mehr etwas vormachen können. Du wirst ihre Angst, Scham, Liebe, sogar ihren Hass wahrnehmen können. Du kannst in ihre Seelen schauen. Nirgends wirst du mehr Wahrheit finden als dort.«

Mir klappte die Kinnlade runter und ich versuchte zu verstehen, was Daan mir gerade sagte. »Wirklich …?«, stotterte ich. »Aber … das klingt ja, als ob ich so was wie Gedanken lesen kann!«

Daan kniff die Lippen aufeinander. »So könnte man das auch sagen. Sentifleurs sind dazu fähig, Düfte gezielt für oder gegen jemanden anzuwenden, weil sie dadurch geradewegs hinter die Fassaden der Menschen schauen können.«

Ich machte vor Freude einen Hopser und fiel dem alten Duftapotheker einfach um den Hals. Das war ja der Wahnsinn!

Daan tätschelte mir die Schulter, doch ich löste die etwas steife Umarmung schnell wieder. Mir fiel auf, wie verbittert er plötzlich wirkte.

Aber warum? Ich war jedenfalls kurz davor, vor Begeisterung auszuflippen. Mich würde niemand mehr anlügen können, ohne dass ich es merkte? Wie obergenial und unglaublich unfassbar war das denn bitte? »Ist das nicht der Wahnsinn?«, fragte ich deshalb.

»Sicherlich.« Daan seufzte. »In jedem Fall denke ich, dass es wichtig ist, dass du dein Talent weiterschulst. Elodie de Richemont ist eine hervorragende Sentifleur. Ich vermute, sie hat ausgiebig trainiert, die Gefühle anderer zu lesen. Das macht sie besonders gefährlich. Ich weiß, dass sie ihren Vater sehr geliebt hat, und garantiert wird sie mithilfe dieser Fähigkeit versuchen, die Ziele der Ewigen weiter voranzutreiben. Dem musst du gewachsen sein, wenn du die Duftapotheke übernimmst, Luzie. Um dich gegen mögliche Angriffe wehren zu können.«

Bei der Vorstellung, dass Elodie wirklich Gedanken lesen konnte, breitete sich eine Gänsehaut auf meinen Armen aus. Nun wusste ich, wie Elodie in Paris so schnell alles Mögliche über mich erfahren haben konnte. Und das musste sie brühwarm an ihren Vater weitergegeben haben – an Syrell de Richemont, den Anführer der Ewigen.

Trotzdem! Ich konnte nicht anders, als mich zu freuen. Denn was bitte war daran nicht fantastisch, dass auch ich diese Fähigkeit beherrschte?

Allein bei dem Gedanken, was ich damit machen könnte, kribbelte alles in mir.

2

Beginnen wir mit der zweiten Übung.« Daan griff in seinen Aktenkoffer. Seit er hier war, trug er jeden Tag diesen abgeschabten Lederkoffer mit sich herum. Der Taschenverschluss klackte und Daan zog eins seiner genauso abgeschabten Expeditionsbücher heraus, schlug es auf und legte es neben die Flakons auf den Tresen.

Ich ging einen Schritt näher heran. Diesmal wählte er selbst einen der Duftflakons aus, öffnete ihn und ließ einen Tropfen der »Traumhaften Brise« auf das Tagebuch fallen. Nachdem Daan den Flakon wieder verschlossen hatte, faltete er die Hände vor seinem Bauch und nickte mir erneut zu. »Lass den Duft mit allen Sinnen auf dich wirken.«

Langsam bückte ich mich zu den Seiten hinunter und betrachtete die zartrosa Duftwolke, die immer kräftiger aus dem Papier emporstieg und sich ausbreitete. Im ersten Moment roch alles süß, warm und angenehm. In mir breitete sich ein entspanntes Gefühl aus, eins, das sich nach Zufriedenheit anfühlte und mich innerlich zum Strahlen brachte. Das Glücksgefühl wirbelte in mir herum und tanzte in meinem Bauch Walzer.

Doch schon im nächsten Moment drängte sich eine bittere Duftnote in den Vordergrund und schien mit voller Wucht das glückliche Gefühl unter sich vergraben zu wollen.

»Was nimmst du wahr?« Daan de Bruijns Stimme drang nur schwach durch die Duftschwaden und mein Gefühlswirrwarr zu mir.

Ich schloss die Augen und beugte mich noch tiefer zu den Buchseiten hinunter. Das hier war Daans altes Tagebuch, sagte ich mir. Ich roch also etwas aus seiner Vergangenheit. Etwas, das ihm vor langer Zeit ziemlich zu schaffen gemacht hatte.

»Ein bittersüßes Gefühl«, antwortete ich. »Ich rieche Triumph, der mich eigentlich glücklich stimmen sollte, es aber nicht tut.« Ich sah durch den zartrosa Dunst zu Daan. »Irgendetwas überschattet das Glück.«

Daan hielt immer noch die Hände vor seinem Bauch gefaltet und wartete auf etwas. Und genau in diesem Moment wurde mir klar, was ich roch. Es war Reue, *bittersüße Reue,* die alles zunichtemachte und einen glauben ließ, dass alles, was gewesen war, besser niemals geschehen wäre.

»Du denkst, diese Fähigkeit, Gedanken und Gefühle anderer erkennen zu können, sei großartig«, unterbrach Daan meine Gedanken. »Und natürlich hast du einerseits recht damit. Es ist *der Wahnsinn*, wie du es so schön gesagt hast. Es verleiht dir eine ungeheure Macht, der sich kaum jemand entgegenstellen kann.« Daan seufzte. »Aber natürlich – wie bei allem im Leben – hat diese Macht auch eine Schattenseite. Eine, die mir mein Leben zur Hölle gemacht hat, das kann ich dir versichern.«

Jetzt kniff ich meine Lippen aufeinander, weil ich mir nicht vorstellen konnte, was an alldem so schrecklich sein sollte.

»Bislang hast du diese Seite deines Sentifleurtalents nur an vergangenen Emotionen geübt. An Erlebnissen, die nichts mit dir persönlich zu tun hatten.« Daan legte seine Stirn in Falten. »Du wirst merken, alles wird anders sein, wenn du die Gedanken oder Gefühle erfährst, die dich und die Menschen, die du liebst, betreffen. Wenn du beispielsweise den Zweifel anderer an dir nachempfinden kannst. Mal angenommen, du könntest tatsächlich *meine* früheren Zweifel an dir fühlen oder meine damalige Angst, dass du dieser Bürde, die ich dir auferlegt habe, nicht gewachsen bist. Stell dir nur einmal vor, wie das wäre.« Daan legte eine Hand auf meine Schulter und die Sorge in seinem Blick war unübersehbar. »Es ist überhaupt nicht leicht, immer und jederzeit die Wahrheit zu kennen. Es ist sogar ungeheuer schwer, die höflichen Fassaden der Menschen durchschauen zu müssen. Es kann schmerzhaft sein zu wissen, was andere in Wirklichkeit über dich denken, und es kann einen sehr einsam und misstrauisch werden lassen. So zumindest ist es mir ergangen und ich habe mir die längste Zeit meines Lebens gewünscht, kein Sentifleur zu sein.« Daan nahm seine Brille ab und strich sich über das Gesicht. »Du wirst nicht nur Glück und Freude, sondern auch Trauer, Angst und Unglück doppelt und dreifach empfinden müssen. Es wird so vieles geben, das dir wehtun und dich verletzen wird. Sei dir immer im Klaren darüber und lerne, damit umzugehen! Sonst wirst du es, so wie ich, nicht aushalten können. Das Sentifleurtalent ist Glück und Fluch gleichermaßen.«

»Aber gehören nicht auch die traurigen Gefühle zum Leben dazu?«, fragte ich, weil ich gut genug wusste, dass das Leben natürlich nie nur schön sein konnte. So klein war ich nun wirklich nicht mehr. Es war naiv zu hoffen, dass man immer nur glücklich sein würde.

Daan ging ein paar Schritte in der Duftapotheke umher, bis er sich in einen der zwei Sessel fallen ließ, die etwas vom Tresen entfernt standen. »Natürlich«, seufzte er. »Doch wenn all diese Gedanken und Gefühle der Menschen um dich herum sichtbar werden, wird es für dich überaus schwierig sein, dich davon nicht einnehmen zu lassen. All das kann dich schnell überwältigen.« Daan rieb sich über die Schläfen, als müsse er erst eine Erinnerung aus seinem Kopf verbannen, um weitersprechen zu können. »Und das ist die eigentliche Kunst, die wir Sentifleurs üben müssen. Sich trotz der vielen fremden Gedanken, die uns entgegenströmen, zu vergegenwärtigen, dass dies keine Wahrheiten sind. Du musst lernen, auf deine eigenen Gefühle zu hören. Mehr als auf alle anderen um dich herum. Sonst verlierst du dich selbst und das ist die allergrößte Gefahr.«

Ich lehnte mich an den Tresen. »Wissen Sie, was? Als ich in Paris in der Ewigen Residenz der Richemonts war, hat Elodie etwas zu mir gesagt, was ich bis heute nicht wirklich verstanden habe. Sie meinte, dass sich die Düfte ihr anpassen würden und nicht sie sich den Düften. Das war zumindest ihre Antwort auf meine Frage, warum sie nicht nach dem ›Duft der Ewigkeit‹ riecht. Können Sie mir erklären, was sie damit gemeint hat?«

»Tja.« Daan setzte sich seine Brille wieder auf. »Elodie kann scheinbar Dinge, mit denen ich mich nie beschäftigt habe. Sie sieht zwar sehr jung aus, aber sie muss älter sein, als wir denken. Und in dieser Zeit hat sie ihr Sentifleurtalent, im wahrsten Sinne des Wortes, eine halbe Ewigkeit trainiert und erkundet. Du darfst Elodie de Richemont *niemals* unterschätzen.«

»Stimmt es denn wirklich …?«, begann ich. »Sie haben mir einmal erzählt, dass Sie Ihr Sentifleurtalent verloren haben. Damals sagten Sie, es hätte etwas mit dem Ewigkeitsduft zu tun gehabt und dass Sie damals, als Sie ihn entwickelt haben, einfach zu viel davon eingeatmet haben. Aber ich frage mich, wieso Elodie dann nicht ihr Talent verloren hat? Auch sie ist doch eine Ewige und …«

»Dir entgeht wirklich nichts, Luzie Alvenstein«, unterbrach mich Daan. »Es ist richtig, ich habe mein Sentifleurtalent tatsächlich vor langer Zeit verloren. Nur … meine Erklärung, dass dies am zu intensiven Gebrauch des Ewigkeitsduftes lag, war … nun ja … nicht ganz ehrlich. Genau genommen, war es sogar eine Lüge.«

Ich zog scharf die Luft ein bei diesen Worten und auch Daan selbst stockte kurz.

»Ich wollte dir damals nichts von all den Dingen erzählen und hatte gehofft, dass dein Sentifleurtalent sich nicht weiterentwickeln wird. Aber das war unklug von mir.« Daan sah zur Seite. »Die Wahrheit ist: Ich habe alles dafür getan, mein Talent zu verlieren, nachdem ich die Villa Evie mit ihren schmerzhaften Erinnerungen an meine verstorbene Frau Eveline verlassen hatte. Alles Mögliche habe ich ausprobiert: jede Kombination von Duftapothekendüften, Giften oder Gegengiften. Ich habe mir die gefährlichsten Duftapothekenmischungen verabreicht, bis all das irgendwann mein Sentifleurtalent abtötete.«

Daan erhob sich aus dem Sessel und räumte einen Flakon nach dem anderen von der Theke zurück ins Regal. »Für heute hast du mehr als genug gelernt«, meinte er und räusperte sich.

Ein klares Zeichen dafür, dass unsere Unterrichtsstunde vorbei war.

Ich schluckte und suchte verzweifelt nach Worten, nach irgendetwas, das ich noch zu Daan sagen könnte. Aber die Vorstellung, was er sich selbst angetan hatte, fegte mir mein Hirn leer und ließ mich unter Schock zurück. Bei dem Versuch, mir auszumalen, wie es wohl für mich wäre, wenn ich mein Sentifleurtalent verlieren würde, zog sich eine Gänsehaut über meine Arme. »Das tut mir wirklich schrecklich leid«, brachte ich endlich doch hervor.

Daan drehte sich mit einem Lächeln zu mir um. »Das braucht es nicht, Luzie. Es ist, wie es ist.« Schweigend räumte er die letzten Flakons zurück, bis er sich schließlich von mir verabschiedete.

3

Als ich am nächsten Morgen aufwachte, musste ich gleich wieder über meine erste Unterrichtsstunde nachdenken. Nichts hatte ich mir in den letzten Monaten mehr gewünscht, als dass Daan mir alles erklären würde, worüber ich mir seit unserem Einzug in die Villa Evie den Kopf zerbrach. Ich hoffte so sehr auf ein paar Antworten, die mir mehr über den Zauber der Duftapothekendüfte verrieten und mir gleichzeitig halfen, mit meinem Sentifleurtalent umzugehen.

Daan hatte mir mehr verraten, als ich erwartet hatte. Doch es steckten noch so viele Geheimnisse und Überraschungen in den Düften!

Und mein Sentifleurtalent … ehrlicherweise musste ich zugeben, dass ich mir trotz Daans Warnungen zutraute, es im Griff zu behalten. Ich würde das schon schaffen, auch wenn es schwierig war. Jedenfalls wollte ich alles dafür geben.

Ich pellte mich aus dem Bett und zog mir Jeans und einen frischen Pullover über, dann lief ich zu meinem Schreibtisch und öffnete die Schublade. So hatte ich es in den letzten Wochen beinahe jeden Tag gemacht, inzwischen war es wie ein allmorgendliches Ritual.

Denn worüber ich mir wirklich Sorgen machte, war nicht mein Sentifleurtalent, sondern der Brief, der nach unserer Rückkehr aus Paris in der Duftapotheke auf mich gewartet hatte.

Es war ein Brief, der von niemandem unterschrieben worden war, nicht einmal ein Absender stand auf dem Umschlag. Doch am wenigsten verstand ich, *wie* der Brief in die Duftapotheke gekommen war. Die Person, die diese Zeilen geschrieben hatte, musste nicht nur gewusst haben, wo unsere Duftapotheke versteckt lag, sondern auch noch unbemerkt hineingekommen sein. Schließlich war weder ein Schloss aufgebrochen worden noch sonst etwas zerstört.

Vorsichtig griff ich in die Schublade und nahm den Brief heraus. Ich strich das Papier glatt und las die Zeilen zum gefühlt tausendsten Mal.

Du hattest recht, Luzie. Die Besser-geborenen waren von Anfang an zum Scheitern verurteilt. Danke, dass du mir die Augen geöffnet hast. Ich weiß nun: Macht ist kein Geburtsrecht. Mächtig werden nur die sein, deren Talent sie dazu befähigt. Menschen wie du. Menschen wie ich.

Ich freue mich darauf, dich unter neuen Umständen wiederzusehen.

Unschlüssig faltete ich den Brief wieder zusammen und legte ihn zurück. Die Nachricht war in schnörkeligen Buchstaben und mit Tinte geschrieben worden, aber ich erkannte die Handschrift nicht.

Das alles war nun schon fast zwei Monate her, aber passiert war rein gar nichts. Niemand hatte sich bei mir gemeldet oder versucht, mich *unter neuen Umständen* kennenzulernen. Nicht mal Daan oder Willem hatten eine Erklärung, woher dieser Brief gekommen war.

Die Bessergeborenen – das waren all diejenigen, die in irgendeiner Form zum Stammbaum der de Richemonts gehörten. Diejenigen, die sich für etwas Besseres hielten, weil sie einem alten Adelsgeschlecht angehörten und sich deshalb für besonders wichtig hielten. Nicht alle von ihnen gehörten auch zu den Ewigen, dem geheimen Verbund, den Syrell de Richemont gegründet hatte, aber trotzdem bewegten sie sich alle im selben Dunstkreis.

Beim ersten Lesen der Zeilen hatte ich natürlich sofort an Elodie gedacht. Nur wie hätte sie noch vor uns den Brief hierherbringen können? Schließlich war sie zu dieser Zeit auf der Polizeiwache gewesen und hatte sich für alles rechtfertigen müssen, was bei Éternité, dem Duftkonzern ihres Vaters, schiefgegangen war. Dafür hatte Syrell de Richemonts frühere Assistentin Camille gesorgt.

In Gedanken ging ich noch mal all die Leute durch, die wussten, wo ich wohnte oder genauer: *wo die Duftapotheke versteckt lag.* Also alle, die theoretisch den Brief hätten hineinschmuggeln können. Viele kamen dafür nicht infrage und die wenigen, die es taten, denen vertraute ich zu sehr, als dass ich sie ernsthaft hätte verdächtigen können.

Nach allem Grübeln blieb jedes Mal immer nur Elodie als einzig logische Verdächtige. Doch genauso blieb auch die Tatsache, dass weder sie noch irgendeiner ihrer vielen Angestellten hier vor uns hätten eintreffen können. Rein zeitlich wäre das einfach unmöglich gewesen.

Dasselbe galt für Daan de Bruijn, Willem, Bonsky oder auch dessen Tochter Helene und Edgar, Willems Enkel. Auch sie waren zwar alle bei unserer Ankunft in der Villa Evie gewesen, aber keiner von ihnen hätte mir heimlich diese seltsame Nachricht hinterlassen. Zudem wussten Helene und Edgar ja nicht mal etwas von der versteckten Duftapotheke unter unserer Villa Evie.

Wer kam also noch infrage? Am wahrscheinlichsten war es, dass es jemand der Ewigen war. Die Baronin von Schönblom wusste noch von früher, wo sich die Duftapotheke befand, und war bereits ein paar Mal mit Willem dort gewesen. Ich vermutete also, dass auch andere Ewige davon wussten. Nur bezweifelte ich, dass mir einer von ihnen einen solchen Brief schrieb und plötzlich alles, woran die *Bessergeborenen* glaubten, über Bord warf. Das kam mir so wahrscheinlich vor wie ein Eissturm in der Südsee.

Aber wer konnte es dann gewesen sein? In meinem Kopf drehte diese Frage seit zwei Monaten unaufhörlich ihre Runden. Und mit Sicherheit fand ich auch heute keine Antwort darauf.

Also schlurfte ich ins Bad über den Flur und putzte mir erst mal die Zähne, kämmte meine dunkelblonden Haare und spritzte mir zum Abschluss noch ein bisschen kaltes Wasser ins Gesicht, um mich wacher zu fühlen. Danach lugte ich in Bennos Zimmer, aber mein kleiner Bruder war wie immer längst aufgestanden.

Die Schlafzimmertür meiner Eltern war noch geschlossen und aus der Küche im Erdgeschoss hörte ich keinen Mucks. Ich tippte darauf, dass mein Langschläfer-Pa noch im Bett vor sich hin schnarchte und meine Frühaufsteher-Ma sich bereits um Benno kümmerte.

Schwerfällig, wie man sich an einem Samstagmorgen halt so bewegte, trottete ich die knarzenden Holzstufen unserer Treppe nach unten und schlurfte in die Küche. Aber niemand saß mehr dort. Bennos Müslischale und Mas Kaffeetasse standen genauso leer und verlassen auf dem Tisch, wie alles in unserem Haus an diesem Morgen leer und verlassen wirkte. Weil ich noch keinen Hunger hatte, schlurfte ich wieder aus der Küche hinaus und blieb unschlüssig in der Diele stehen. Wie immer, wenn ich dort auf dem Parkett mit seinen breiten und unregelmäßigen Rillen stand, sog ich den Duftmischmasch ein, der von darunter hinauf ins Haus zog.

Darunter … das war der Ort, an dem sich unsere Duftapotheke versteckte und sich nur für Kenner dadurch verriet, dass sich ihre Düfte durch die Ritzen im Holz ihren Weg hierher bahnten und unsere alte Villa Evie mit immer neuen und wechselnden Düften erfüllte.

Ich überlegte, was ich als Nächstes machen sollte. Ausnahmsweise hatte ich mir für heute nichts vorgenommen. Nach dem ausführlichen Unterricht mit Daan gestern Nachmittag hatte ich nämlich beschlossen, heute mal nicht in die Duftapotheke zu gehen, wie ich es am Wochenende sonst meistens als Erstes tat. Eigentlich hatte Daan mir das eher aufgetragen, als dass ich es selbst beschlossen hätte. Er meinte nämlich, dass es hilfreich war, ein bisschen *Abstand* nach den Unterrichtseinheiten zu gewinnen, um sich einen *frischen Blick* auf alles bewahren zu können.

Na gut, Daan wusste schon, wieso er mir das riet. Also griff ich mir Jacke und Hausschlüssel und beschloss, Mats zu wecken. Ich hatte nämlich schon eine Ahnung, wo er sein könnte.

4

Als ich die Haustür öffnete und mich die Sonnenstrahlen blendeten, hörte ich abwechselnd Hannes und Mas Stimme. Da war Ma also – und plapperte mit unserer Nachbarin über ihr Lieblingsthema. Aus ein paar Wortfetzen hörte ich gleich heraus, dass es mal wieder um die originalgetreuen Reparaturen unserer Villa Evie ging, die vor langer, langer Zeit ein eindrucksvolles und elegantes Gebäude gewesen sein musste. Eindrucksvoll war sie natürlich immer noch, nur elegant traf nicht mehr so ganz zu. Dafür war die Villa einfach viel zu kaputt.

Ma ließ sich von Hanne regelmäßig erklären, wie dieses oder jenes früher am Haus ausgesehen hatte, um es genauso wieder herrichten zu können. Ma liebte nämlich alles Alte und

Historische, und wehe, jemand ersetzte ein früheres Detail im Haus einfach durch etwas, nur weil es praktisch war. Nein, Ma wollte die Villa unbedingt in ihren Ursprungsglanz zurückversetzen. Und Hanne van Velden sollte ihr dabei helfen. Schließlich hatte Hanne ihr ganzes Leben lang in diesem Haus gelebt, bevor sie uns den größten Teil verkauft hatte und selbst in die ehemalige Dienstbotenwohnung im hinteren Teil des Erdgeschosses umgezogen war.

Hanne war wirklich ein großes Glück, nicht nur für Ma. Auch ich war froh darüber, dass sie sich so gut mit der Villa Evie auskannte.

Und mit den Geheimnissen der Duftapotheke.

Ich nickte Ma und Hanne nur im Vorbeigehen zu und störte sie gar nicht erst bei ihrem Gespräch, in das ich lieber nicht mit hineingezogen wurde.

Auch Benno war nicht weit, sondern warf auf dem Nachbargrundstück immer wieder einen Ball in die Luft. Und da – da war er.

Mats hockte am Rand des Grundstücks und ich erkannte sogar von hier aus, wie er meinem kleinen Bruder Tipps gab, wie es am besten gelingen würde, den Ball auch in den Basketballkorb an der Hauswand zu bekommen. Dabei lachte er und strich sich durch die dunkelbraunen Locken, als Benno den Ball einmal nur haarscharf an seinem Kopf vorbeisausen ließ.

Auf meinem Gesicht breitete sich automatisch ein Lächeln aus und mein Herz machte einen Hüpfer, während ich auf Mats zulief. Neben ihm entdeckte ich auch Leon,

Mats' großen Bruder, der an der Hauswand lehnte und Benno ebenfalls ein paar Tipps zurief.

»Hi, Luzie«, begrüßte mich Mats. Auch seine Mundwinkel schoben sich in die Höhe, als er mich sah. »Na, wie war der Unterricht gestern bei Daan?«

Ich setzte mich neben ihn auf eine Steinkante. »Gut«, sagte ich. »Mir brummt allerdings ziemlich der Schädel von den vielen Dingen, die er mich hat machen lassen. Ich zeig's dir demnächst. Ist ganz schön verrückt.«

»Wie jetzt?« Mats sah mich empört an. »Mehr verrätst du uns nicht?«

Auch Leon hob seine rechte Augenbraue. »Komm schon, Prinzessin. Du kannst meinen armen Bruder doch nicht so auf die Folter spannen.«

»Also gut ...«, setzte ich an, doch das Quietschen einer Autobremse ließ uns alle gleichzeitig herumwirbeln. Vor unserer Villa Evie hielt ein Wohnwagen, der ganz offensichtlich schon etliche Jahre auf dem Buckel hatte und den ich sofort wiedererkannte. Ich juchzte und sprang auf, genau wie Benno und Mats. Nur Leon brauchte eine Minute länger als wir, um zu verstehen, wer da vor unserer Villa parkte.

Mit Schwung öffnete sich die Wagentür und Helene Boer stieg vom Beifahrersitz. Hinter ihr erkannte ich ihren Sohn Edgar und schon umrundete auch Willem, unser früherer Gärtner, den Wohnwagen und kam mit großen Schritten auf uns zugelaufen.

Ma, die noch immer neben Hanne stand, guckte misstrauisch, als ich mich zu ihr stellte. Sie hatte sogar schon die Arme in ihre Seiten gestemmt und kniff die Augen zusammen. Ich tippte darauf, dass sie Willem einfach nicht erkannte.

»Einen recht schönen guten Tag, Frau Alvenstein!«, begrüßte Willem gut gelaunt meine Ma. Auch Hanne nickte er zu, während er näher kam.

Ma grüßte zurück und beugte sich danach unauffällig zu mir. »Ist das etwa … Willem Boer? Na, dem scheint die Rente ja gut zu bekommen.«

Sie wirkte ehrlich verblüfft, dass unser früherer grummelnder Gärtner sie tatsächlich freundlich begrüßte. Als wir hier eingezogen waren, hatte er kaum ein Wort mit uns gewechselt, geschweige denn, uns ein Lächeln zugeworfen.

Dass Willems gute Laune allerdings nicht an seiner Rente, sondern eher an Helenes und Edgars Befreiung aus der Geiselhaft der Baronin lag, ahnte Ma ja nicht.

Die beiden waren jahrzehntelang in einer Villa in Amsterdam eingesperrt gewesen und mussten dort als Diener Tag und Nacht schuften. So hatte die Baronin einerseits noch mehr Untergebene um sich sammeln können – und andererseits hatte sie so Willem erpresst, ihr immer wieder den »Duft der Ewigkeit« zu schicken.

Erst als Mats und ich in das Zuhause der Baronin eingebrochen waren, konnten die beiden endlich fliehen.

»Was für eine Überraschung!«, trällerte Hanne und streckte Helene und Edgar zur Begrüßung die Hand entgegen. »Schön, dass ihr tatsächlich einmal bei mir vorbeischaut.«

»Aber natürlich! Und wie schön, dass wir euch ebenfalls

hier antreffen.« Willem sah erst mich und dann auch die Jungs an. »Wenn man sich so spontan zum Tee anmeldet wie wir, dann ist das ein wirklicher Glückstreffer.« Über meinen Kopf hinweg starrte Willem in Richtung Garten. Er hielt nach irgendetwas Ausschau, während Helene mich herzlich zur Begrüßung umarmte.

»Hey, Luzie, schön dich zu sehen«, hörte ich Edgar sagen, bevor Helene mich wieder losließ. Er lächelte schief und streckte mir seine Hand entgegen.

Genau wie beim letzten Mal, als ich ihn gesehen hatte, schüttelte ich sie zaghaft. »Hi, Edgar«, sagte ich und sah verstohlen an ihm hoch.

Er war ein gutes Stück in die Höhe geschossen – und nicht nur das. Edgar wirkte irgendwie … *erwachsener.* Das letzte Mal, als wir uns begegnet waren, hatte er ausgesehen, als wäre er nur ein oder zwei Jahre älter als wir. Heute hatte er aber mehr Ähnlichkeit mit einem Siebzehn- oder sogar Achtzehnjährigen.

Während Edgar auch die anderen begrüßte, beugte sich Mats zu mir herüber. »Hat der aufgehört, seinen Ewigkeitsduft zu nehmen, oder warum ist der so … *alt?*«

Ich grinste. Mats war seinem Tonfall nach alles andere als begeistert, dass Edgar plötzlich größer war als er selbst. Insgeheim musste ich zugeben, dass mir Edgar nicht nur erwachsener vorkam, sondern dass er mittlerweile auch ziemlich gut aussah. Er trug nicht mehr diesen strengen Seitenscheitel und hatte sich die dunklen Locken stattdessen etwas länger wachsen lassen.

Aber all das sagte ich besser nicht laut. Zumindest, wenn

ich nicht wollte, dass Mats Edgar noch skeptischer beäugte, als er es sowieso schon tat.

Edgar musste bemerkt haben, dass wir ihn heimlich beobachteten, denn er drehte sich noch einmal zu mir. »Ich freue mich wirklich, dass wir uns mal wiedersehen«, sagte er. »Immerhin bist du ja so was wie meine Lebensretterin, stimmt's? Ohne dich wäre ich gar nicht hier.«

Von der geballten Aufmerksamkeit, die sich plötzlich auf mich richtete, schoss mir das Blut in den Kopf. Sowohl Hanne als auch Willem und Helene sahen mich an. Nur Ma hatte den Kommentar zum Glück nicht mitbekommen.

Wie peinlich! Bestimmt glühten meine Wangen rot. Hoffentlich interpretierte Edgar das jetzt nicht falsch.

»Daran waren aber auch noch ein paar andere beteiligt«, grummelte Mats leise neben mir.

»Nun kommt endlich! Der Tee ist längst fertig«, rief Hanne, verabschiedete sich kurz von meiner Ma und winkte die anderen zum seitlichen Hauseingang in ihre Wohnung.

»Wie läuft der eigentlich rum?« Noch im Gehen deutete Mats auf Edgars Stoffhose und die dunklen Mokassin-Schuhe, die er trug.

»Sieht doch gut aus«, sagte ich nur und zuckte die Schultern.

Hanne schloss ihre Wohnungstür auf und führte Helene an ihrem Arm hinein, Willem folgte mit ein paar Schritten Abstand.

»Weißt du noch, was Willem Hanne nach unserem Ausflug nach Paris alles vorgeflunkert hat, damit wir keinen

Ärger bekommen?« Ich kicherte, als ich Mats in den Arm stupste. Willem hatte damals wirklich alles so gedreht, dass am Ende absolut gar nichts unsere Schuld gewesen war.

Mats zwinkerte mir zu. »Ist jedenfalls ziemlich gut für uns, dass sich Hanne und Willem wieder verstehen.«

»Luzie!«, hörte ich Bennos Stimme nach mir rufen. »Wo bleibst du?«

Mein kleiner Bruder wurde also schon unruhig. Die leckeren Schokokekse, die Hanne immer zum Tee reichte, hatte er sicherlich auch längst aufgegessen.

In Hannes Wohnzimmer standen alle mit einer Tasse Tee in der Hand herum und unterhielten sich.

Mats und ich setzten uns neben Leon und Benno, während Edgar sich etwas abseits zu seiner Mutter stellte. Ich konnte nicht anders – mein Blick schnellte immer wieder zu ihm.

»Großvater«, sagte Edgar ins Geplauder hinein und räusperte sich. »Wolltest du nicht etwas mit Luzie besprechen?«

Willem seufzte. »Natürlich. Aber wir warten noch.«

Ich lehnte mich nach vorne. »Was denn besprechen?«

»Nun. So sehr ich mir wünschte, dass wir nur zum Teetrinken vorbeigekommen wären … ich fürchte, es gibt einen weniger fröhlichen Anlass.«

Im Wohnzimmer wurde es plötzlich so still, dass wahrscheinlich selbst ein fallendes Watteknäuel ein Geräusch verursacht hätte. Doch bevor Willem weiterreden konnte, wurde er von der Türklingel unterbrochen.

»Ah, sehr gut. Wie immer pünktlich«, meinte Willem.

Jetzt, da ich meine Aufmerksamkeit voll auf ihn lenkte, und der nur noch schwache modrige Geruch, der von seinem Ewigkeitsduft ausging, zu mir drang … da roch ich, dass er hinter all der guten Laune ziemlich angespannt war.

Was war nur los?

Hannes Absätze klapperten über die Dielen des Flures und die Tür ging auf. Als sie zurück ins Wohnzimmer kam, stand hinter ihr Daan de Bruijn.

»Einen recht schönen guten Tag«, begrüßte er uns und ging mit ausladenden Schritten auf Willem zu. Er umarmte den alten Gärtner, ließ sich von Hanne einen Tee reichen und setzte sich. Zurückgelehnt blickte er einmal quer durch den Raum. »Was macht ihr alle für strenge Gesichter?«

»Gut, dass du gleich gekommen bist«, begann Willem. »Es wird Zeit, dass wir die neuesten Entwicklungen gemeinsam besprechen.«

Daan wirkte verwundert. »Sollten wir das nicht unter vier Augen machen?«

Mit offenem Mund starrte ich Daan an. Mit *vier Augen* waren scheinbar er und Willem gemeint. Was bitte wollten die zwei Herren denn jetzt schon wieder vor uns verheimlichen? In mir fing eine alte, angestaute Wut an, sich ihren Weg zu meinem Mund hinauf zu suchen. Trotzdem kniff ich meine Lippen aufeinander und sperrte meine Wut fürs Erste ein, damit sie nicht mit voller Wucht aus mir herausbrach, bevor ich überhaupt wusste, worum es genau ging.

»Nun.« Willem wirkte zerknirscht. »Ja aber … Edgar hat mich wiederholt darauf hingewiesen, dass …«

»Es geht uns *alle* etwas an.« Edgar hatte die Arme vor der Brust verschränkt. »Ganz besonders Luzie.«

»Also gut …«, sagte Willem. »Hört zu … Die Baronin von Schönblom und Elodie de Richemont planen etwas. Etwas, das nichts Gutes bedeutet.«

»Und was genau?«, fragte ich.

»Ein Turnier«, schaltete sich Daan ein. »Die beiden planen ein Duftturnier. Willem vermutet, dass sie neue Talente entdecken wollen.«

»Sie meinen …« Ich sah zu Daan hinauf und glaubte kaum, was er da sagte. »… *Sentifleurtalente*? Aber wie soll das denn gehen? Die Ewigen werden doch angeblich Tag und Nacht von der Polizei überwacht! So ein Duftturnier können sie doch gar nicht so einfach durchführen!«

Edgar verzog die Lippen. »Deshalb soll es ja auch in England stattfinden. Dort ist die französische Polizei nicht mehr zuständig.«

Mein Ärger wurde immer größer. »Seit wann wusstet ihr das?«, polterte es aus mir heraus.

»Erst seit gestern Abend, Luzie«, sagte Daan mit seiner ruhigen, warmen Stimme.

»Und woher?«

»Das ist eine gute Frage.« Edgar schmunzelte und zog etwas aus seiner Hosentasche. Dann lief er zum Sofa, auf dem Mats und ich saßen, und hielt mir ein gefaltetes Stück Papier hin. »Das hat Willem geschickt bekommen. Von einem Aussteiger der Ewigen, der uns warnen wollte.«

Ich zog das Papier zu mir heran, auch Mats beugte sich darüber.

Es war ein Anschreiben. Eins, das Elodie verfasst hatte. Zumindest verriet mir das der Briefkopf, auf dem ihr Name sowie ihre Adresse abgedruckt waren.

Meine liebe Chloé,

hiermit möchte ich Dich herzlich einladen, an unserem Turnier der tausend Talente teilzunehmen. Wir richten einen Wettbewerb für fähige neue Dufttalente aus und ich hoffe, ich darf auch Dich zu unseren Teilnehmern zählen.
Wer in den verschiedenen Disziplinen sein außerordentliches Können beweist, wird in Die ewige Liga der Dufttalente aufgenommen und erhält die ruhmreiche Aussicht, einen unserer neuen Parfümerie-Standorte leiten und führen zu dürfen.
Das Turnier wird zwei Tage dauern und in einem Auswahlverfahren, welches aus drei verschiedenen Wettkampfarten besteht, die möglichen Talente herausfiltern. Der beste aller Teilnehmer wird sich in einem finalen Wettkampf mit mir höchst persönlich messen dürfen.
Vorkenntnisse sind nicht erforderlich. Einzige Voraussetzung ist: Teilnehmen dürfen nur Nachkommen, die in direkter Linie aus einer unserer bessergeborenen Stammbaumfamilien abstammen.
Ort, Zeit und Anfahrt finden sich auf der Rückseite.
Ich erwarte mit großer Vorfreude Deine Anmeldung,

Deine Elodie

Ich hob mein Gesicht und sah Edgar fassungslos an.

»Von diesen Einladungen gibt es laut dem Aussteiger sehr viele«, beantwortete er meine nicht gestellte Frage. Er sah im Raum umher, von Willem zu Daan, von Hanne zu Helene, von Mats zu Leon und schließlich zu mir.

»Alle Nachkommen der Familien, die zum Stammbaum gehören, haben so eine Einladung bekommen. Das wird groß!«

5

Edgar nahm mir den Brief wieder ab. »Fest steht, dass wenn es außer dir und Elodie tatsächlich noch irgendwo andere Sentifleurs gibt … und wenn Elodie die findet, zusammen mit der Baronin …« Edgars Miene verdunkelte sich. »… dann *kann* das nicht gut ausgehen. Die beiden sind die Pest. Wenn sie etwas gemeinsam planen, wird es eine Katastrophe geben, das verspreche ich euch.«

Bei der Vorstellung an die zwei Frauen wurde auch mir ganz mulmig. Mich hatte die Baronin zwar nicht gekidnappt und jahrelang eingesperrt, wie sie es mit Edgar gemacht hatte, aber ich hatte sie trotzdem gut genug kennengelernt, um zu ahnen, zu welchen furchtbaren Dingen sie fähig war.

Und Elodie …

Nach allem, was sie mit Mats und mir in Paris veranstaltet hatte, wusste ich, dass wir sie auf keinen Fall unterschätzen durften. Wenn ich mich an ihre »Untertänige Wolke« erinnerte, mit der sie mich völlig zu ihrem Sklaven gemacht hatte, dann war das tatsächlich eine extrem gefährliche neue Situation.

Elodie und ich – wir waren die einzigen lebenden Sentifleurs. Nur wir konnten die Düfte in allen einzelnen Bestandteilen riechen, nur wir konnten sie neu zusammenbauen. Und nur wir konnten durch diese Düfte in die Gefühle anderer hineinsehen.

Zumindest hatte ich das bis heute geglaubt.

Daan nahm in aller Ruhe einen Schluck von seinem Tee. »Und was genau, glaubst du, haben sie mit den Sentifleurs vor, mein lieber Edgar?«

»Das können Sie nicht ernsthaft fragen.« Edgar machte einen Schritt auf Daan zu. »Das liegt doch auf der Hand.«

»Edgar!«, wies Willem seinen Enkel scharf zurück, doch der ließ sich nicht zurückhalten.

»*Großvater!*«, antwortete Edgar genauso streng. Dann schaute er wieder zu Daan. »Natürlich wird Elodie versuchen, die Pläne ihres Vaters weiterzuverfolgen. Und das im großen Stil. Ganz bestimmt sucht sie neue Talente für die vielen Duftapotheken, die ihr Vater zusammen mit der Baronin geplant hatte. Ihr wisst doch, wozu die Baronin in der Lage ist …« Edgar zog eine Grimasse und ich sah, wie seine Hand zuckte. »Wenn wir zu lange abwarten oder uns einfach nicht eingestehen wollen, in welcher Gefahr wir schweben, kommen wir vielleicht zu spät.«

Bei seinen Worten warf Edgar Willem einen vorwurfsvollen Blick zu. Die beiden starrten sich einen Moment lang an, dann schaute Willem betroffen zu Boden.

Mir wurde klar, dass Edgar Willem überredet haben musste, uns von dem Turnier zu erzählen. Vielleicht hätten Daan und Willem uns ohne ihn sogar nie eingeweiht.

»Wenn jemand Elodie aufhalten kann, dann Luzie«, setzte Edgar nach.

Ich blinzelte. So viel Vertrauen hatte ich von Edgar nicht erwartet. Hoffentlich überschätzte er mich nicht und erhoffte sich Dinge von mir, die ich gar nicht erfüllen konnte.

»Nun ja«, durchbrach Daan die Stille und wiegte seinen Kopf hin und her. »Das mag alles ganz richtig sein. Aber habt ihr einmal daran gedacht, dass das Turnier auch eine Falle sein könnte? Elodie de Richemont mag ja vieles sein, aber dumm ist sie nicht. Und die Person, die sie am meisten braucht, ist nun einmal Luzie.«

Edgar gab ein Schnauben von sich. »Das kann schon sein, aber erstens wissen wir das nicht genau und zweitens könnt ihr deshalb ja nicht einfach nichts tun. Was, wenn es *keine* Falle ist?« Edgar reichte Daan den Brief, den er zuvor mir gezeigt hatte. »Die Ewigen sind einfach zu gefährlich. Das müssen Sie doch zugeben.«

Daan las das Schreiben, dabei wiegte er seinen Kopf zur Seite. »Zumindest scheint der Brief wirklich von Elodie verfasst worden zu sein. Das Briefpapier kenne ich von früher, als mich Syrell noch andauernd mit seinen Briefen belästigt hat.« Daan nahm die Brille ab und rieb sich über die Augen. Dabei fiel mir auf, wie müde und erschöpft er wirkte.

»Du hast recht, Edgar«, sagte er und setzte wieder seine Brille auf. »Vielleicht sollten wir das hier nicht zu leicht abtun.«

»*Vielleicht?*« Edgars Stimme klang wieder schärfer. »Oh nein. Diesmal dürft ihr es nicht darauf ankommen lassen. Etwas so Schlimmes, wie es meiner Mutter und mir passiert ist, darf *nie wieder* geschehen!«

Erneut wurde es so still im Raum, dass es fast unheimlich war. Ich schielte zu Helene, Edgars Mutter. Bisher hatte sie noch keinen Ton von sich gegeben, doch jetzt erhob sie zaghaft die Stimme.

»Mein Sohn hat recht. Die Baronin richtet nichts als Unheil an, wenn sie es darauf anlegt.«

Helene sah unverhohlen zu Daan, der sich augenblicklich unwohl zu fühlen schien. Und ihr Blick ließ mich darüber nachdenken, ob Daan die beiden wohl früher hätte retten können – und ob er es wohl je versucht hatte.

»Also gut.« Daan nickte Willem zu. »Sie haben recht. Wir müssen schnell handeln. Aber …« Er sah einmal in die Runde. »Lasst uns nicht kopflos losstürmen. Laut der Einladung haben wir noch zwei Wochen Zeit, bis dieses Turnier beginnt. Die werden wir nutzen, um ausreichend Informationen zu sammeln, einen Plan zu schmieden und alle Möglichkeiten abzuwägen.« Daan drehte sich zu mir. »Einverstanden?«

»Ja«, antwortete ich. »Einverstanden.«

Mit diesen Worten erhob sich Daan und Willem folgte ihm nach draußen, während sich die anderen im Wohnzimmer in Gespräche vertieften. Edgar suchte meinen Blick. Ich lächelte ihm zu und winkte, als er sich mit einem kurzen Nicken ebenfalls nach draußen verabschiedete.

Ich war unheimlich froh, dass er Willem und Daan gegenüber so deutliche Worte gefunden hatte. Und vor allem, dass er die zwei Männer zwang, etwas zu tun. Dass wir ohne ihn jemals von dem Turnier erfahren hätten, bezweifelte ich. Genau so, wie ich nicht sicher war, ob ich selbst Daan jemals so wie er hätte die Stirn bieten können.

»Das sind ja vielleicht Neuigkeiten«, stöhnte Mats und riss mich aus meinen Gedanken. »Da dachte ich, wir hätten endlich mal Ruhe ... und jetzt das.«

Ich nickte nur und verzog das Gesicht.

»Du wolltest mir eigentlich noch erzählen, wie es gestern mit Daan war«, hakte Mats nach.

Auch Leon sah zu mir herüber, während Benno neben mich aufs Sofa rutschte. Es war nicht zu übersehen, dass die Jungs vor Neugier platzten.

»Es war ganz ... gut«, sagte ich bloß, um sie noch ein bisschen auf die Folter zu spannen.

»Ach, soooo genau wollte ich es jetzt gar nicht wissen«, scherzte Mats und auch Benno knuffte mich ungeduldig in die Seite.

»Jetzt erzähl endlich!«, drängelte mein kleiner Bruder.

»Okay, okay«, gab ich nach und berichtete von den Neuigkeiten, die mir Daan über mein Sentifleurtalent nicht nur verraten, sondern auch gezeigt hatte.

»Also … das heißt …«, haspelte Mats, als ich fertig war. »… ab jetzt kann ich dir nie mehr einen Bären aufbinden?« Er lachte nervös. »Ernsthaft? Du lernst gerade, wie man *Gedanken liest?*«

»Mehr oder weniger«, gab ich zu.

Mats' Staunen übertrug sich blitzschnell auch auf die beiden anderen.

»Okay, Prinzessin«, sagte Leon und zeigte mit dem Daumen auf sich selbst. »Meine Gedanken lässt du aber schön in Ruhe. Das macht man nicht, wenn es keinen *absolut oberwichtigen* Grund dafür gibt, verstanden?«

Mats verschränkte gleichzeitig die Arme vor der Brust. »Das gilt ja wohl für uns alle. Auch in meinen Gedanken wird unter gar keinen Umständen herumgeschnüffelt.«

»Natürlich nicht!« Ich grinste, weil es in Mats' Worten *so* unglaublich cool klang, was ich da können sollte. Auch wenn ich mir nicht sicher war, ob Daans Theorie tatsächlich auch in der Praxis funktionieren würde.

»Ist das ein Geheimnis?« Benno legte den Kopf schief. »Eins, das ich nicht verraten darf?«

»Klar ist es das!«

»Dann darf ich es *niemandem* erzählen? Auch nicht Willem oder Hanne?«

»Ach so.« Ich machte eine wegwerfende Handbewegung. »Willem kannst du es schon erzählen. Und Hanne, Helene, Edgar und allen, die noch von der Duftapotheke wissen.«

Im nächsten Moment, als hätte sie ihren Namen gehört, kam Hanne zu uns zurück ins Wohnzimmer und setzte sich in ihren Lieblingssessel. »Ach, es ist so praktisch, dass Daan nicht mehr in Utrecht, sondern hier in der Nähe geankert hat!«, sagte sie und versuchte, ihr Gesicht zu einem Lächeln zu zwingen. Dabei spürte ich an ihr auch eine tiefe Sorge, die sich in ihrem sonst so warmen, Hanne-typischen Duft niedergelassen hatte.

Und auch in mir stieg wieder das ungute Gefühl angesichts der Neuigkeiten auf. Ich kräuselte meine Stirn und lehnte mich näher zu Mats. »Meint ihr, es ist noch etwas anderes im Busch, das uns die zwei Herren mal wieder verschweigen?«

Mats blies die Wangen auf. »Zutrauen würde ich es ihnen.«

»Ach was.« Hanne schüttelte den Kopf. »Sie haben doch versprochen, dass wir alles gemeinsam besprechen. Und darüber hinaus …«, Hanne lächelte mich an, »… ist Willem so froh, dass er sich nicht mehr mit Helene und Edgar zu verstecken braucht. Die Baronin von Schönblom hat im Moment schließlich genug Ärger und keine Zeit, sich um die Boers zu kümmern. Ich glaube, er genießt es, uns alle um sich zu haben. Und dass die Ewigen vorerst nicht mehr an sie rankönnen.«

Da hatte Hanne wahrscheinlich recht. Es hatte Willems Leben viel leichter gemacht, dass nicht nur die Baronin, sondern alle anderen Ewigen von der Polizei überwacht wurden.

Das hatten wir Camille zu verdanken. Als Syrells ehemalige Sekretärin hatte sie kurzerhand beschlossen, alles auszupacken, was sie über ihren früheren Chef und Éternité wusste. Natürlich hatte sie der Polizei nichts vom Ewigkeitsduft oder der Duftapotheke erzählt, aber sehr wohl etwas darüber, dass Syrell illegale Substanzen in seine Düfte hineinmischen wollte. Und seitdem hielt die Polizei die Ewigen unter ständiger Beobachtung.

Leider waren den Ewigen ihre Verbrechen kaum nachzuweisen. Syrell hatte dafür gesorgt, dass seine Spuren nicht zurückzuverfolgen waren. Aber Camilles Aussage führte immerhin dazu, dass sich die Ewigen nicht mehr so oft aus ihren Löchern trauten, aus lauter Angst, eingesperrt zu werden.

Und das Beste daran war, dass sich Willem, Helene und Edgar zumindest wieder frei bewegen konnten. An sie würde sich die Baronin von Schönblom ganz sicher nicht mehr herantrauen. Denn wenn rauskam, dass sie die beiden – eine Mutter und ihren Sohn – jahrelang auf ihrem Anwesen eingesperrt hatte, würde sie den Rest ihrer Ewigkeit ganz sicher hinter Gittern verbringen.

Während sich die anderen wieder in Gesprächen verloren, stand ich auf und lief in Hannes Flur hinaus. Ich wollte noch mal mit Daan reden, wahrscheinlich waren er und Willem längst in der Duftapotheke.

Doch kaum, dass ich an Hannes Eingangstür ankam, hörte ich von draußen leise Stimmen. Vorsichtig spähte ich um die Ecke. Daan und Willem standen ein paar Meter entfernt an der Hauswand und waren so vertieft in ihr Gespräch, dass sie mich gar nicht bemerkten.

»Ich bin mir nicht sicher, wie gut er schon ins Leben zurückgefunden hat«, hörte ich Willem flüstern. »Ihm fehlen vor allem Freunde, aber wo sollen die auch auf die Schnelle herkommen? Er hatte noch nie im Leben welche. Wie auch? Schließlich war er meinetwegen sein Leben lang eingesperrt.«

Ich hörte, wie Daan sich räusperte. »Es ist nicht deine Schuld, mein Freund.«

Willem seufzte – und sagte nichts.

Daan legte eine Hand auf Willems Schulter und zusammen liefen die beiden in Richtung des Gartenhauses. »Hab Vertrauen. Edgar ist so intelligent, der schafft das schon. Nach allem, was er hinter sich hat … Gib ihm etwas Zeit.«

Mehr verstand ich nicht, denn die beiden waren bereits zu weit entfernt. Aber ihre Worte ließen mich noch verharren. Sie machten sich Sorgen um Edgar … aber war das wirklich nötig? Klar, er war noch immer wütend – auf die Ewigen, auf die Baronin.

Aber das war *ich* schließlich auch.

6

Bis zum Turnier waren es nur noch zwei Wochen und Daan hatte sich zusammen mit Willem auf sein Hausboot zurückgezogen. Es ankerte an einem Kanalausläufer, der vom Rhein in unsere Nähe führte.

So ganz würden sich die beiden wahrscheinlich nie ändern, was ihre Geheimniskrämerei anging. Ich hoffte einfach, dass sie uns mit einbeziehen würden, wenn sie so weit waren.

Was jedoch nicht hieß, dass wir in der Zwischenzeit untätig sein mussten. Schon am nächsten Tag verabredeten wir uns mit Edgar und zogen uns in Leons Zimmer zurück. Einerseits, weil ich wusste, dass Edgar niemanden außer seiner Mutter hier kannte, andererseits, weil ich ahnte, dass er noch viel mehr wusste, als er gestern gesagt hatte.

»Du musst die Ewigen ganz gut kennen, oder?«, fragte ich ihn. »Nach den vielen Jahren, die du bei denen gelebt hast.«

Edgar saß auf dem Sofa, das Leon seit ein paar Wochen in seinem Zimmer stehen hatte. Und im Gegensatz zu uns lümmelte er nicht darauf herum, sondern saß kerzengerade. Bei meinen Worten hob er jedoch seinen rechten Mundwinkel. »Das kann man wohl sagen. Leider kenne ich die meisten von ihnen mehr als *nur ganz gut.* Ich musste sie schließlich Tag und Nacht bedienen. Die Ewigen ahnen nicht mal, was ich alles über sie weiß – wie gut ich ihre Stärken, Schwächen, heimlichen Wünsche, ihre Macken und Eitelkeiten kenne. Ich weiß alles über sie, absolut alles.«

»Dann hast du nie eine Schule besucht?«, fragte Leon mit Begeisterung in der Stimme.

Edgar schüttelte den Kopf.

»Hauslehrer?«, fragte ich, doch er verneinte wieder.

»Es gab nur meine Mutter«, meinte Edgar und streckte nun doch seine Beine aus, um es sich ebenfalls bequemer zu machen. »Glaubt mir, ich habe mich halb zu Tode gelangweilt. Deshalb hab ich es mir zum Hobby gemacht, mir Dinge über all diejenigen zu merken, die bei der Baronin zu Besuch waren.«

Ich musste grinsen. »Erzähl uns was von Monsieur Bernard.«

Bernard war der Flakonhersteller für die magischen Düfte. Ich hatte ihn bislang nur ein einziges Mal persönlich gesehen – in der Villa der Baronin.

»Er schlafwandelt … und redet dabei.« Edgar grinste ebenfalls. »Ich hab mich ein paar Mal neben ihn gesetzt und ihn über seine Firma ausgefragt. Er hat mir alles beantwortet … alles! … was ich wissen wollte. Seitdem weiß ich, wie man theoretisch Flakons herstellt und welcher Flakon für welchen Duft der richtige ist.«

»Ist das nicht am nächsten Morgen rausgekommen?«, fragte Mats.

»Quatsch. Am nächsten Tag hat er mich nicht mal mehr wiedererkannt.« Edgar lachte leise. »Zum Abschied habe ich ihm noch gesagt, dass mir unser Gespräch gut gefallen hat. Da hat er mich bloß angesehen, als hätte ich den Verstand verloren.«

Leon prustete los und auch Edgars Lachen klang mittlerweile ungezwungener. Mein Blick klebte an ihm, während er uns mit immer schnelleren Worten und funkelnden Augen erzählte, was er in der Villa der Baronin alles erfahren hatte. Es waren so viele winzige Details und Dinge, dass mir der Mund offen stand.

Es tat gut zu sehen, welcher Mensch hinter all dem Leid steckte. Und dass ihn die vielen Jahre in Gefangenschaft nicht zerstört hatten. Auch wenn sie natürlich nicht spurlos an ihm vorbeigezogen waren.

Leon pfiff, sichtlich beeindruckt. »Wie merkst du dir das denn alles? Ich glaube, ich muss dich mal als lebenden Spickzettel für die Schule ausleihen«, witzelte er. »Dann verhaue ich nie mehr eine Klassenarbeit.«

»Du weißt ja nicht, wie gut du es hast«, sagte Edgar und lächelte schief. »Wie gerne hätte ich mich die letzten Jahre von Lehrern quälen lassen. Stattdessen war das Interessanteste, was ich bei der Baronin tun durfte, diese hochwohlgeborenen Rotzlöffel zu bedienen.«

Leon klopfte ihm auf den Rücken. »Du kennst meinen Mathelehrer noch nicht.«

Edgar zog ein Gesicht, als gruselte er sich halb zu Tode. »Okay, okay!«, winkte er ab. »Ich gebe zu, dass ich mir Dinge wirklich ganz gut merken kann. Zumindest um einiges besser als der Durchschnitt.«

»Das ist die Untertreibung des Jahres.« Leon schüttelte den Kopf. »Du bist ein wandelndes Lexikon!«

Und das stimmte wirklich, da bestand kein Zweifel. Edgar besaß tatsächlich ein beeindruckendes Gedächtnis, ganz besonders, wenn es um die Ewigen ging. Dank ihm würden wir ab sofort immer wissen, mit wem wir es zu tun hatten, wer sich mit wem gut oder schlecht verstand und vor allem ... wo ihre Schwächen lagen.

Die Tage vergingen wie im Flug, während wir zur Schule gingen und der Alltag einfach wie gewohnt weiterlief. Trotzdem fühlte jeder von uns, dass sich etwas Unheilvolles zusammenbraute. Daan hatte uns irgendwann mitgeteilt, dass er noch ein paar Tage zum Nachdenken brauchte, bevor wir konkret festlegen würden, wie wir genau auf das bevorstehende Turnier reagieren sollten.

Mats, Leon und ich wurden langsam ungeduldig. Doch am ungeduldigsten war Edgar. Er konnte die Warterei auf Daans Vorschlag am wenigsten ertragen und wirkte immer angespannter.

Helene und er wohnten zusammen mit Willem für die kommenden Tage auf Daans Hausboot, nachdem dieser meinte, dass Willems Wohnwagen keine passende Lösung sei. Schließlich besaß Daan mehr Zimmer auf seinem Boot, als man von außen vermutete. Trotzdem kam Edgar täglich bei uns vorbei und zog sich in den Wohnwagen zurück, weil er die Geheimniskrämerei der zwei Männer nur schlecht ertrug.

Ich spürte, wie ihn die Ungewissheit und das Nichtwissen belasteten, und konnte mir auch denken, warum. Die Ewigen hatten ihn jahrelang gefangen gehalten – natürlich machte es ihm Sorge, dass sie nun wieder irgendetwas ausheckten.

Ich verstand ihn. Mir ging es ja auch so. Und deshalb beschloss ich, ihn etwas abzulenken.

Außerdem hatte ich das Bedürfnis, Edgar etwas zurückzugeben. Eine Art Wiedergutmachung für alles, was hinter ihm lag. Würde es die Duftapotheke und ihre magischen Düfte nicht geben, hätten Edgar und Helene schließlich niemals in Gefangenschaft auf dem Anwesen der Baronin gelebt. Daran waren einzig die Geheimnisse unserer Düfte schuld.

Und aus genau diesem Grund fand ich, hatte Edgar ein Anrecht darauf, unsere Duftapotheke wenigstens ein Mal mit eigenen Augen sehen zu dürfen.

Er hatte es verdient, ein Teil hiervon zu sein.

Am Nachmittag fing ich Edgar ab, als er mit Helene bei Hanne zum Tee vorbeikam. Unauffällig beugte ich mich zu ihm, während ich nach einem von Hannes Keksen griff, und sagte: »Wenn du möchtest, zeige ich dir etwas, das du noch nicht kennst. Interessiert?«

Edgar hob eine Augenbraue. »Äh … natürlich.«

Wir blieben noch ein paar Minuten, doch schließlich sagten wir Helene und Hanne, dass wir noch etwas zu erledigen hatten.

Ich lotste ihn durch den Flur zurück nach draußen und führte ihn auf das Grundstück hinter der Villa Evie. Zusammen betraten wir das Gewächshaus und schlenderten vorbei an den duftenden Blumen und Kräutern in Richtung Geräteschuppen.

»Willst du mir etwa die Blumen meines Großvaters zeigen?« Edgar lachte. »Glaub bloß nicht, dass ich seine Vorträge nicht schon in- und auswendig kenne. Meine Mutter und ich haben schließlich ein paar Monate mit ihm verbracht. Und das Tag und Nacht. Wenn du mir eine besondere Pflanze zeigen willst, musst du dich schon anstrengen. Ich kenne nämlich alle.«

»Keine Sorge. Um Blumen geht es nicht wirklich«, sagte ich und öffnete die Tür zum Geräteschuppen.

»Du willst mir … Gartenzubehör zeigen?« Edgar hob seinen rechten Mundwinkel und schaute mich belustigt an. »Sehr interessant. Ich wusste ja gar nicht, welche Hobbys in Luzie Alvenstein schlummern.«

Ich grinste und winkte ihn in Richtung Schuppen.

Edgar tat, was ich von ihm wollte. Er sagte zwar nichts, aber ich sah ihm an, dass er sich unsicher war, ob ich mir einen Scherz mit ihm erlaubte. Erst als ich den Hebel betätigte und sich der Boden unter unseren Füßen wie ein Karussell anfing zu drehen, wich der skeptische Blick aus seinem Gesicht.

»Was zur …«, setzte er an, als sich vor uns die Wand öffnete und die Sicht auf die Treppe freigab, die hinunter zur Duftapotheke führte.

Betont langsam ging ich an den Fotografien von Daans Expeditionen den Flur entlang und beobachtete aus dem Augenwinkel, wie Edgar vor jedem einzelnem Foto stehen blieb und die eingravierte Jahreszahl und die dazugehörigen Orte auf den goldenen Bilderrahmen überflog.

Ich schmunzelte, weil ich mich so an mich selbst erinnert fühlte, während ich Edgars Interesse für die vergilbten und uralten Fotos beobachtete. Er studierte Daans Bildgalerie genauso interessiert, wie ich es damals getan hatte. Diese Fotografien zeigten Daans Entdeckungsreisen, die dazu geführt hatten, dass die Duftapotheke überhaupt erst entstehen konnte.

Vor einem der Bilder, das Daan auf einem Eisgletscher zeigte, blieb Edgar besonders lange stehen.

»Wo hat er eigentlich das Meteorpulver gefunden?«, fragte er und lugte zu mir. »Weißt du, wie er darauf kam, dass man damit magische Düfte herstellen kann?«

Ich hob nur die Schulter. »Wo, das weiß niemand außer ihm selbst. Und Syrell de Richemont«, schob ich noch hinterher und ging auf das Bild zu. »Daan hat mir bloß erzählt, dass er auf einer seiner Forschungsreisen einen dunkel glitzernden Brocken entdeckt hat, um den herum alles nicht nur intensiv gerochen, sondern auch wunderschön geblüht hat. Das hat ihn so sehr gewundert, dass er angefangen hat, damit zu experimentieren. Ziemlich schnell hat er danach gemerkt, welche Wirkungen der Meteorbrocken in Verbindung mit anderen Substanzen entwickelt.« Ich sah zu Edgar. »Na ja, und ein bisschen Zufall war es wohl auch.«

Mit einem zweimaligen Klacken schloss ich die massige Tür am Ende des Flures auf. Ich freute mich bereits darauf, Edgars Gesicht zu sehen, wenn ihn nicht nur das Funkeln und Sprudeln der Flakons in den Regalen begrüßte, sondern auch der wilde Mischmasch aus Düften. Es war immer noch mein absoluter Lieblingsmoment, wenn sich die Tür zur Duftapotheke öffnete. Mit einem Schlag strömten einem all die Magie und der Zauber ihrer Düfte entgegen.

Ich ließ Edgar nicht aus den Augen und strahlte, als er ein genauso überwältigtes Gesicht aufsetzte, wie ich es beim ersten Mal gehabt haben musste.

Langsam ging er an den Holzregalen entlang und bestaunte die Beschriftungen der Etiketten auf den bunten Flakons.

»Die Duftapotheke … liegt direkt unter der Villa Evie?«, waren die ersten Worte, die er schließlich hervorbrachte. »Ich habe mir alles Mögliche ausgemalt, wo ihr die Duftapotheke versteckt. Ein doppelter Boden, ein Geheimzimmer im Haus … aber nie hätte ich vermutet, dass sie unter der Erde liegt!«

Lächelnd lehnte ich mich gegen den Tresen, während Edgar auf Erkundungstour ging.

Es war leicht, ihn zu mögen, dachte ich mir.

In den letzten Tagen, in denen wir über Elodie und die Ewigen gesprochen hatten, hatte er auf mich gewirkt wie ein Allesbeschleuniger. Er stieß die Dinge an und brachte sie ins Rollen.

Es war schön, jemanden wie ihn an unserer Seite zu haben. Jemanden, der an mich glaubte – und jemanden, der sich wegen der Ewigen ebenso große Sorgen machte wie ich.

Edgar begann, die Kategorien und Duftnamen zu entziffern, die in die Messingschilder eingraviert waren und die unsere Düfte sortierten. Immer wieder hielt er dabei inne und zog die unterschiedlichen Restgerüche an den Flakons ein.

»Unglaublich!« Edgar sah mich mit Begeisterung in den Augen an. »Es ist noch viel spektakulärer, als ich es mir vorgestellt habe.«

Ich lächelte. »Ja, finde ich auch.«

Doch mit einem Mal drehte er sich zum Regal und winkte mich näher. »Guck mal ... Wenn ihr das hier umstellt, dann könntet ihr die Düfte nicht nur nach ihren einzelnen Wirkungen sortieren, sondern auch nach ihren Wechselwirkungen.«

»Was denn für *Wechselwirkungen*?«

Edgar zeigte erst auf zwei Fläschchen im Regal der »Traumhaften Düfte«, dann auf drei aus dem Regal der heilenden. »Wenn du zum Beispiel diese hier zusammen mit denen in ein Regal sortierst, hast du alle Düfte an einem Platz, die gegen Depressionen oder schreckliche Erinnerungen helfen.«

Ich starrte ihn an. »Woher *weißt* du das?«

Edgar schob ein paar Flakons zusammen, andere stellte er beiseite. Dann lehnte er sich gegen ein Regal.

»Während meiner Gefangenschaft habe ich oft, wenn niemand in der Nähe war, die Duftapothekendüfte der Baronin miteinander gemischt und damit experimentiert. Ich habe festgestellt, dass man auf diese Weise neue Düfte mit völlig unerwarteten Wirkungsweisen erschaffen kann. Es ist kaum zu glauben, wie einige dieser Düfte miteinander reagieren.«

Ich stutzte. Nicht nur, weil Edgar so viel über unsere Duftwirkungen wusste, sondern auch, weil er tatsächlich nach gerade mal zehn Minuten hier unten vorschlug, alles umzusortieren.

»Das klingt eigentlich ziemlich gut. Aber es geht auf keinen Fall«, widersprach ich. »Wir können die Kategorien der Düfte nicht einfach aufheben. Es ist nämlich ein riesiger Unterschied, ob ein Duft eine *ewige* Wirkung hinterlässt oder nur eine *flüchtige.* Es ist grob fahrlässig, wenn man das als Duftapotheker nicht mehr nachvollziehen kann. Und genauso wichtig sind auch die Unterkategorien. Wir müssen bei der Anwendung genau wissen, ob ein Duft zeitverschiebend, verletzend oder täuschend wirken kann.«

Edgar wirkte überrascht. »Oh okay, alles klar.« Er grinste. »Das war auch nur so ein Gedanke eines Nicht-Duftapothekers.«

Ich blieb am Tresen, während Edgar wieder an den Regalen entlanglief.

Auch wenn er kein Sentifleur war und keine Duftapothekerausbildung hinter sich hatte, wusste er trotzdem beeindruckend viel über die Wirkungen kombinierter Düfte. Das war etwas, worüber ich kaum nachdachte. Das letzte Jahr hatte ich mich nur auf die Herstellung neuer Düfte und ihre einzelnen Zutaten konzentriert. Ich hatte ausschließlich destilliert und Pflanzen oder Pülverchen zusammengestellt, um neue Wirkungen zu kreieren.

Aber Edgar war ganz anders an unsere Düfte herangegangen. Bei der Baronin gab es schließlich keine Duftapotheke, in der man aus einzelnen Zutaten etwas entwickeln konnte. Er hatte nur die alten Düfte von Daan zur Verfügung gehabt, die die Baronin noch besaß.

In Paris hatte ich auch einmal unwissentlich mit den Duftmischungen gearbeitet und somit einen neuen »Duft der Endlichkeit« entwickelt – nur war mir damals gar nicht klar gewesen, dass das auch in anderen Fällen möglich war. Ich wusste kaum etwas darüber, hatte aber in Paris erlebt, wie heftig einzelne Düfte unserer Apotheke miteinander reagierten, sich gegenseitig aufhoben oder ganz neue Wirkungen hervorriefen.

Mir wurde plötzlich klar, wie viel in der Duftapotheke noch möglich war.

Hinter mir knarzte die Tür und ich drehte mich um. Aus Mats' Gesicht blickten mir gleich drei Gesichtsausdrücke kurz hintereinander entgegen: zuerst Entsetzen, dann Wut und schließlich Enttäuschung.

»Hallo, Mats«, begrüßte Edgar ihn beiläufig. Wahrscheinlich hatte er seinen fassungslosen Blick gar nicht bemerkt. »Wahnsinn, was ihr hier alles stehen habt!«

Mats stand der Mund offen, während er von mir zu Edgar und wieder zurückblickte. Ganz langsam ging er einen Schritt rückwärts.

»Ich dachte, du bräuchtest vielleicht meine Hilfe«, raunte er.

»Ja klar«, sagte ich. »Super, dass du da bist!«

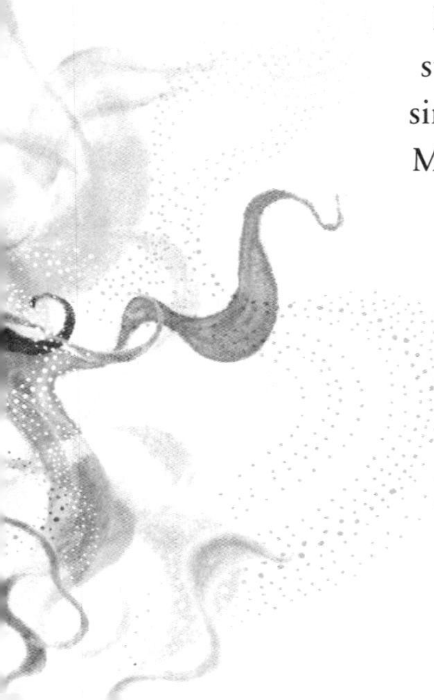

Für einen Moment hing ein unangenehmes Schweigen in der Luft und Mats warf mir einen Blick zu, der mir einen Stich versetzte.

»Ich komm einfach später noch mal«, sagte er endlich in die Stille hinein. »Ich hab ganz vergessen, dass ich meiner Mom versprochen hatte, noch was einkaufen zu gehen. Sie arbeitet heute in der Spätschicht im Krankenhaus.«

Noch bevor ich irgendwas darauf sagen konnte, drehte Mats um und verließ die Duftapotheke.

Mir fehlten die Worte. Ratlos blickte ich von der Stelle, an der Mats gerade noch gestanden hatte, zu Edgar.

Aber Edgar verzog nur belustigt den Mund. »Da hat wohl jemand etwas in den falschen Hals bekommen«, meinte er. »Na los. Lauf deinem Mats schon hinterher und sag ihm, dass er sich wegen mir wirklich keine Sorgen machen muss.«

Ich spürte, wie meine Wangen schon wieder anfingen, sich rot zu färben, und drehte mich reflexartig zur Tür. Dann rannte ich Mats hinterher. Ich holte ihn noch ein, während er im Geräteschuppen darauf wartete, dass der Raum sich zurückdrehte. Mit einem Satz hechtete ich die Stufen hinauf und hopste zu ihm, bevor das Karussell seine Arbeit aufnahm.

»Mann, Mats, was ist denn los?«, fragte ich und boxte ihn wie immer spielerisch auf den Arm. Aber Mats reagierte nicht darauf. Er verzog keine Miene.

»Nichts ist los. Ich dachte nur, die Duftapotheke ist *unser* Geheimnis.«

Ich schluckte. Zugegeben, ich hatte gar nicht daran gedacht, dass ihn das stören konnte. Gleichzeitig fühlte ich mich aber auch völlig überrumpelt von seinem Ärger.

»Okay, tut mir leid. Darüber habe ich nicht nachgedacht«, gab ich zu. »Aber … musst du deshalb wirklich gleich sauer sein? Was erwartest du überhaupt von mir?«

»Keine Ahnung.« Mats starrte auf die Wand, die sich jeden Moment öffnen und den Weg ins Gewächshaus freigeben würde. »Aber ich dachte, die Duftapotheke … ich dachte … ich hab wirklich geglaubt, dass nicht jeder, der gerade mal ein bisschen nett ist, gleich …« Mats stockte, dann verzog er das Gesicht. »Wieso ist es dir überhaupt so wichtig, dass Edgar dich cool findet?«

»Mir ist es nicht wichtig, dass Edgar mich cool findet«, sagte ich, während der Geräteschuppen aufhörte, sich zu drehen, und anhielt. »Ich will doch nur, dass er …«

»Dass er was?« Mats' Stimme klang scharf.

»Na, dass er sich nicht ausgeschlossen fühlt!« Denn für mich war das das Logischste der Welt. »Leon, Willem, Hanne, sogar Bonsky kennen die Duftapotheke und es stört dich nicht. Wieso bei Edgar?«

»Einfach so, weil Edgar nicht Bonsky, Leon oder Hanne ist. Egal! Ich muss los.«

Mit den Worten marschierte Mats aus dem Schuppen. Im Eiltempo lief er durchs Gewächshaus und ließ mich einfach stehen.

Sprachlos blieb ich im Schuppen und blickte ihm nach. Was hatte er bitte für ein Problem? Langsam zog ich den Hebel nach oben und drehte mich wieder zurück.

Mats sollte sich wirklich erst mal wieder beruhigen.

Schließlich hatte er nicht darüber zu entscheiden, mit wem ich mich anfreundete und mit wem nicht. Ausgerechnet der hatte das nötig, nach allem, was in Paris passiert war – nachdem *er* mich für Elodie hatte links liegen lassen, »Untertänige Wolke« hin oder her.

Ach Mist! Jetzt ärgerte ich mich auch.

Der hatte sie doch nicht mehr alle!

7

Am nächsten Tag lud uns Daan auf sein Hausboot ein.

Mats, Leon, Edgar und ich saßen, zusammen mit Helene und Hanne verteilt, in den Korbsesseln zwischen den zahllosen Zimmerpflanzen, die in Daans Wohnzimmer aus ihren Kübeln bis zur Hausbootdecke wucherten. Aufgereiht zwischen dem wilden Grün, sahen wir durch die Fenster auf den Fluss. Draußen auf dem Geländer des Bootes krähten ein paar Vögel gegen das Knarzen unserer Sessel an. Gespannt warteten wir alle darauf, was uns die beiden Männer gleich eröffnen würden.

»Daan und ich haben in den letzten Tagen intensiv Erkundigungen eingeholt«, begann Willem, der heute mal wieder sein Basecap trug, unter dem seine grauen Locken hervorlugten. »Wir haben ein paar unserer früheren Kontakte zu den Ewigen wiederbelebt. Es ist, fürchte ich, genau so, wie wir vermuteten: Elodie veranstaltet nicht nur ein Duftturnier, sondern lädt dafür auch sämtliche potenzielle Talente nach England ein, die in irgendeiner Form die Gene der bessergeborenen Familien in sich tragen. So will sie testen, ob nicht noch mehr unerkannte Sentifleurs unter ihnen schlummern.« Willem legte eine Pause ein und sah zu Daan, der einen geräuschvollen Seufzer von sich gab.

»Und wir müssen befürchten, dass Elodie ihre ›Untertänige Wolke‹ an den Talenten anwenden wird«, Daan sah zu mir, »so wie sie es bei dir versucht hat. Und wenn sie das tut, dann stehen wir einer Gruppe gegenüber, die nicht nur aufgrund ihres Sentifleurtalents ungemein starke Gegner sein werden, sondern auch noch aus einer Horde Befehlsbefolgern besteht, die keine Skrupel und Gewissensbisse mehr verspüren.« Daan strich sich über seine in Falten gelegte Stirn. »Es wäre heikel und sehr gefährlich, dorthin zu fahren. Ganz gleich, ob das eine Falle ist oder nicht.«

»Aber wir müssen!«, wandte ich sofort ein. »Wir –«

»Ja, Luzie, ich weiß«, beruhigte mich Daan. »Ihr habt recht. Es gibt im Grunde keine andere Möglichkeit, als das Turnier zu unterlaufen.« Er stand auf und blickte in die Runde. »Willem und ich sind zu dem Schluss gekommen, dass wir beide allein Elodie nicht mehr gewachsen sind, so erschreckend diese Erkenntnis auch ist. Wir können nicht gegen sie gewinnen, wenn wir auf unserer Seite keine Sentifleurs haben. Daher werden wir ohne dich, Luzie, nicht die geringste Chance haben.«

»Ich bin bereit«, sagte ich. »Ich kann Elodie besiegen, ich werde alles dafür tun.«

Daan schenkte mir ein müdes Lächeln und nickte. »Ja, das glaube ich auch. Trotzdem müssen wir auf deine Sicherheit achten. Elodie darf keinesfalls herausfinden, wer du bist – sonst würde sie alle Ewigen auf dich hetzen. Keiner darf erfahren, dass wir dort sind, versteht ihr?«

Ich nickte. Mats, Leon und Edgar taten dasselbe.

»Es wäre also gut, wenn du dich als Teilnehmerin unter falscher Identität einschleichst und Elodies Spiel mitspielst«, erklärte Daan weiter. »Und wir werden Augen und Ohren offen halten und bereit sein einzuschreiten, wenn es nötig wird. Wir werden immer in deiner Nähe sein und dich selbstverständlich nicht aus den Augen lassen. Das verspreche ich dir.«

»Ich werde ebenfalls mitgehen«, meinte Edgar und verschränkte die Arme vor der Brust. »Wenn Luzie sich den Ewigen aussetzt, werde ich an ihrer Seite sein.«

Willem zog sich die Kappe vom Kopf. »Edgar …«

»Nein.« Edgar verschränkte die Arme. »Ich weiß alles über die Ewigen – ihr *braucht* mich.«

»Aber die Baronin kennt dich«, warf Daan ein. »Und ihre Besucher …«

»Wer erinnert sich von denen schon an einen kleinen Dienstboten«, sagte Edgar. »Und ich werde nur aus der Entfernung beobachten und mithören. Keine Sorge. Ich weiß genau, auf wen und was ich achten muss.«

Daan holte einmal tief Luft und sah zu Willem, der nur noch seine Augenbrauen zu einem Strich zusammenzog.

Mats warf mir stattdessen einen genervten Blick zu, doch ich freute mich über Edgars Beistand. Er kannte nicht nur die Ewigen in- und auswendig, er hatte bei der Baronin so vieles über die magischen Düfte aufgeschnappt und heimlich mit ihnen experimentiert, dass uns das garantiert beim Turnier helfen würde.

»Ich komme übrigens auch mit«, schnaubte Mats.

»*Wir* kommen mit«, berichtigte ihn Leon. Er lächelte mir in seiner gewohnten Leon-Art zu. »Auf keinen Fall lassen wir dich das alleine durchstehen, Prinzessin.«

»Ihr könnt nicht einfach alle mitkommen, Jungs«, setzte Willem mit perplexem Gesichtsausdruck an. »Ihr habt doch keine richtige Erfahrung mit den Düften der Duftapotheke …«

»Und wie wir die haben!«, protestierte Mats. »Wer außer Luzie kümmert sich denn ständig um die Duftapotheke?« Mats hatte die Arme verschränkt und ich sah ihm an, dass er innerlich kochte. »Leon und ich sind vielleicht keine Super-Sentifleurs … trotzdem werden wir mitkommen. Wir kommen *immer* mit, wenn Luzie in Schwierigkeiten geraten könnte. Wir lassen sie das doch nicht ohne uns machen!«

Ich spürte, wie mir warm wurde. So viel Beistand hatte ich nicht erwartet.

Daan hob seine Hand. »Ich glaube euch gern, dass ihr Luzie beschützen wollt – das wollen wir alle. Aber ich muss euch warnen. Elodie wird Vorkehrungen getroffen haben, und wenn wir nicht achtgeben, wird sie uns schneller ertappen, als wir ›Ertappt‹ sagen können. Also, meine Herren: Wenn ihr mitkommen wollt, haltet ihr euch an folgenden Plan …«

Endlich erläuterten uns Willem und Daan, was sie ausgetüftelt hatten. Mit Willems Wohnwagen würden wir nach Frankreich aufbrechen und von dort per Schiff nach England übersetzen. Das Turnier würde in Cornwall stattfinden, auf einer weitläufigen Grünfläche im Nirgendwo. Sicher hatte Elodie das Gelände so ausgewählt, dass auch nur die hineinkamen, die hineinkommen durften.

Die beiden Männer hatten mithilfe ihres befreundeten Aussteigers herausgefunden, dass Elodie und die Baronin strikte Anweisungen zur Anmeldung veranlasst hatten. Jeder, der teilnehmen wollte, benötigte eine persönliche Einladung zu dem Turnier.

Das Problem war natürlich, dass niemand von uns eine persönliche Einladung besaß, von der an Chloé de Richemont mal abgesehen. Niemand von uns war zum Turnier zugelassen, ganz sicher durften wir nicht mal als Zuschauer dabei sein.

Daan räusperte sich. »Damit man uns also nicht erkennt, habe ich in den letzten zwei Tagen ausgiebig am ›Hauch Veränderung‹ gearbeitet.« Ein kleiner Funke Stolz schlich sich in seine Stimme und ich musste lächeln. »Mithilfe meiner überarbeiteten Duftformel können wir uns über eine längere Zeitspanne hinweg in jemanden verwandeln, der zum Turnier eingeladen wurde, aber nicht auftauchen wird.«

»Aber woher wissen wir, wer von den eingeladenen Gästen fahren wird und wer nicht?«, fragte Mats.

»Ja, gute Frage, mein Junge«, brummte Willem und zog einen Stapel Briefe aus seiner Jackentasche hervor. »Dank unserer Kontakte haben wir von den Familienmitgliedern erfahren, die auf jeden Fall die Einladung ablehnen würden. Dafür gibt es die unterschiedlichsten Gründe, einige sind krank, andere grundsätzlich abgeneigt. Bonsky höchstpersönlich hat das alles für uns überprüft und bestätigt.«

Leon pfiff beeindruckt. »Na, wenn Bonsky das bestätigt hat, gibt es keine Zweifel mehr.«

Wir grinsten und sogar Willem hob einen seiner Mundwinkel.

»So könnte man das sagen.« Daan spitzte amüsiert die Lippen.

Doch Willem kam gleich wieder auf den Ernst der Lage zurück. »Nachdem wir also wussten, wer ein Ablehnungsschreiben losschicken würde und wann, mussten wir Bonsky nur noch um einen weiteren Gefallen bitten. Für uns hat er die Einladungsbriefe sowie die Zusagen an Elodie gefälscht. Bonsky hat glücklicherweise in verschiedenen Bereichen langjährige Berufserfahrung. Und er wird die Leute weiterhin beobachten, falls einer von ihnen seine Meinung ändern sollte.«

Noch während Willem sprach, reichte Daan jedem von uns einen der Briefe. »Das sind eure Identitäten für das Turnier.

Ich fürchte, die Hauptarbeit liegt auf deinen Schultern, Luzie. Auch wenn ich wünschte, dass es nicht so wäre.«

Daan zog geräuschvoll Luft durch die Nase ein. »Du musst sie alle täuschen. Und du musst bis zum Ende des Turniers durchhalten – das ist das Allerwichtigste.«

Ich wusste sofort, warum, und eine Gänsehaut zog sich über meine Arme. »Wegen Elodie?«, flüsterte ich.

Daan nickte. »Genau. Denn das wird mit großer Sicherheit der Moment sein, in dem Elodie ihre ›Untertänige Wolke‹ über den verbliebenen Talenten öffnen wird. Ich fürchte, zu diesem Zeitpunkt werden wir dir nicht mehr helfen können. Nur *du* kannst sie am Ende daran hindern. Nur eine Sentifleur kann eine andere Sentifleur besiegen.«

Mir wurde ganz kalt bei der Vorstellung.

Daan sah alles andere als zufrieden aus. »Willem und ich werden alles tun, um dich zu beschützen. Wir werden dich keine Sekunde aus den Augen lassen und immer in deiner Nähe sein.«

Willem atmete schwer. »Trotzdem ist es am Ende natürlich allein deine Entscheidung, ob du dich dem aussetzt oder nicht. Überlege in Ruhe, ob du dich dafür bereit fühlst. Uns ist bewusst, dass wir zu viel von dir verlangen.«

Ich sah zu Mats, der blass wirkte. Doch als er meinen Blick bemerkte, zwang er sich ein Lächeln auf die Lippen, als wollte er mir Mut machen.

»Ich tue es«, antwortete ich und versuchte, dabei selbstsicher zu wirken. »Wir machen das so.«

»Ich werde mich auch als Teilnehmer anmelden«, schaltete sich Mats ein. »So kann ich am besten in Luzies Nähe bleiben.«

»Genau!« Leon nickte. »Ich bin auch dabei.«

»Du?« Daans Kopf drehte sich zu Leon.

»Zwei sind immer noch besser als einer.«

»Aber ... du wirst keine Chance haben, im Turnier zu bestehen.«

Leon zuckte nur mit den Schultern. »Das glaube ich auch. Aber was soll's. Als Teilnehmer bin ich wenigstens am selben Ort wie alle anderen untergebracht. Wir haben ja in Paris gesehen, was so schiefgeht, wenn ich nicht auf meinen kleinen Bruder aufpasse.« Er klopfte Mats kräftig auf die Schulter und grinste.

Selbst Willem lächelte. Doch schon im nächsten Moment warf er den Jungs wieder einen strengen Blick zu. »Wir werden mit euch noch einmal alles im kleinsten Detail durchgehen. Und ihr werdet euch an den abgesprochenen Plan halten. Es wird keine Alleingänge, spontanen Entscheidungen oder derlei Dinge geben. Ist das klar?«

»Wie Kloßbrühe«, sagte Leon und auch Mats sah Willem mit einem Gesichtsausdruck an, als könnte er nie und nimmer ein Wässerchen trüben.

8

Eine Sache hatten Willem und Daan nicht durchdacht. Und das war die Sache mit der Schule und unseren Eltern.

Nie und nimmer würden sie uns erlauben, allein nach England zu fahren, erst recht nicht mitten in der Schulzeit und schon gar nicht mit zwei ihnen fast völlig unbekannten Erwachsenen. Schließlich begleiteten uns Hanne und Helene nicht, sondern würden während unserer Abwesenheit über die Duftapotheke wachen.

Und wer Daan und Willem wirklich waren, konnte ich Ma und Pa auch nicht mal eben erklären. Dass es Menschen gab, die ihr Lebensalter mit einem magischen Duft um über ein Jahrhundert verlängert hatten, war schon ziemlich absurd. Mindestens genauso absurd würden sie es finden, wenn ich ihnen vorschlug, dass ich mal eine oder zwei Wochen nicht in die Schule ging, um stattdessen mit Mats, Leon und ein paar anderen Freunden nach Cornwall zu reisen. Und das, weil wir dringend die Welt vor einer Gruppe Verrückter und ihren gefährlichen Parfums retten mussten.

Tja. Es wäre wohl leichter, meine Eltern davon zu überzeugen, dass es den Weihnachtsmann tatsächlich gab.

Wir brauchten also eine Lösung, die uns erlaubte, für eine längere Zeit wegzufahren. Eine Lösung, die ohne große Erklärungen, aber auch ohne Lügen funktionierte. Nachdem ich Daan und Willem darauf angesprochen hatte, herrschte eine Zeit lang Schweigen im Raum.

»Könnte man nicht so etwas wie einen Vergessensduft wählen?«, fragte Edgar schließlich.

Während Daan, Mats und auch ich Edgar schockiert anstarrten, lachte Hanne bloß empört auf und schlug die Beine übereinander.

Was sie davon hielt, brauchte sie wirklich nicht näher zu erklären. Schließlich hatte sie jahrelang unter dem »Duft des Ewigen Vergessens« gelitten und ihr halbes Leben unter einer Glocke aus Ahnungslosigkeit verbracht.

Und auch ich erinnerte mich noch zu gut daran, wie es war, als Ma und Pa vor einigen Monaten unter dem Einfluss des Duftes gestanden hatten. Etwas Schlimmeres hatte ich in meinem Leben noch nie erlebt. Und ich wollte bestimmt nicht, dass sich so etwas noch einmal wiederholte.

»Dieser Duft hat in der Vergangenheit Furchtbares angerichtet«, erklärte Daan mit ruhiger Stimme.

»Ich meine ja nicht, dass es ein ewiger Duft sein sollte …«, verteidigte sich Edgar.

»Bei allem Respekt, mein junger Edgar«, schnitt Daan ihm das Wort ab. »Du weißt nicht, was unsere Düfte für ungeheure Kräfte entfalten können.«

»Natürlich kenne ich mich mit den Wirkungsweisen der Düfte nicht gut aus!«, sagte Edgar. »Aber ich denke, irgendein Duft, der eure Eltern dazu bringt, euch eine Woche nicht zu vermissen, sollte doch in der Duftapotheke zu finden sein …« Er verzog den Mund. »Natürlich ohne bleibende Schäden zu hinterlassen.«

Daan strich sich über das Kinn. »Vielleicht hast du recht. Ich werde schauen, was sich finden lässt.« Dabei sah er mich an, als wartete er auf meine Erlaubnis. Nur was sollte ich darauf schon antworten? Klar, ich *musste* fahren, aber noch klarer war, dass ich meinen Eltern niemals freiwillig einen gefährlichen Duft verabreichen würde. Noch einmal könnte ich es nicht ertragen, dass sie mich vergaßen.

Daan hatte uns alle erst mal nach Hause geschickt, um sich in seine früheren Aufzeichnungen zu vertiefen. Er wollte herausfinden, welcher Duftapothekenduft unsere Eltern dazu brachte, uns fahren zu lassen, ihnen gleichzeitig aber keinen wirklichen Schaden zufügte. Nachdenklich brummend, schob er uns vom Hausboot. Also radelten Leon, Mats und ich nach Hause, während sich Helene, Willem und Edgar in ihren Wohnwagen zurückzogen.

Aber schon in einer Stunde wollte sich Daan wieder mit uns in der Duftapotheke treffen, schließlich rann uns die Zeit nur so durch die Finger. Trotzdem kaufte Leon auf dem Weg nach Hause für uns drei Portionen Pommes, weil er meinte, mein Magen würde die ganze Zeit schrecklich laute Knurrgeräusche von sich geben. Was Quatsch war, in Wirklichkeit hatte er einfach nur selbst Kohldampf. Aber immerhin spendierte er allen eine Runde, dafür ließ ich ihn auch meinen Magen unrechtmäßig beschuldigen.

Nachdem wir an der Villa Evie ankamen, rief mir Leon nur ein »Bis später!« zu und war kurz darauf verschwunden. Mats dagegen kettete sein Rad umständlich an den Gartenzaun und schien es weniger eilig zu haben. Ob er noch sauer auf mich war?

Ich stellte mich direkt vor ihn. »Tut mir leid, okay? Ich hätte es mit dir besprechen sollen, bevor ich Edgar in die Duftapotheke mitgenommen habe …«

Mats richtete sich auf und schaute mich mehrere Sekunden lang aus seinen dunklen Augen an. Es war genau dieser Blick, der mir so oft die Knie weich werden ließ.

»Ist schon okay«, sagte er endlich, obwohl er alles andere als *okay* klang. »Ich muss noch was mit Leon besprechen. Aber wir sehen uns gleich, ja?«

»Ja«, hauchte ich und starrte Mats noch lange hinterher.

Manchmal verstand ich ihn einfach nicht.

Eine knappe Stunde später standen Mats und ich bereits in der Duftapotheke, als Daan durch den Flur gelaufen kam. Unter seinem Arm klemmten zwei dicke Wälzer, die er schnaufend auf den Tresen in der Mitte des Raumes fallen ließ.

Er warf mir einen besorgten Blick zu. »Luzie, diese Aufgabe ist kompliziert, befürchte ich. Jeder Duft bringt seine Tücken mit sich. Zumindest wenn wir einen Duft anwenden wollen, der mehrere Tage lang wirken soll. Entweder die Duftwirkung verfliegt nach ein paar Stunden oder wir müssen ihn derart stark anwenden, dass er unberechenbare Nebenwirkungen hervorrufen kann.« Daan nahm seine Brille ab und putzte sie mit seinem Hemdzipfel. »An derlei Duftanwendungen habe ich nie auch nur einen Gedanken verschwendet. Ich bin unschlüssig. Wir könnten den ›Schläfrigen Duft‹ oder den ›Duft der Langsamkeit‹ anwenden, aber …« Daan brach mitten im Satz ab und er lief zu einem Regal, in dem eine Reihe flüchtiger Düfte standen. »… die beste Chance haben wir wohl mit diesem hier.«

Er zog einen hellblau schimmernden Flakon hervor und stellte ihn vor mich auf den Tresen. Auf dem Etikett stand in fein geschwungenen Buchstaben »Sorglose Note«.

Dann legte er mir noch einen seiner Rezeptewälzer vor die Nase, blätterte zu einer Seite in der Mitte und tippte darauf.

»In den Aufzeichnungen habe ich keine Nebenwirkungen gefunden, die wirklich dagegensprechen würden«, erklärte Daan. »Außer etwas Übelkeit und Schwindelgefühlen.«

Ich überflog den Eintrag mit der »Sorglosen Note«. An

sich klang alles ganz harmlos. *Völlig sorglos,* genau das sollten meine Eltern bitte eine Woche lang sein, damit ich Elodie und die Baronin von Schönblom stoppen konnte.

Bei dem Gedanken an Elodie und die Baronin spürte ich wieder meine Hände zittrig werden. Ich würde sie tatsächlich wiedersehen und auch noch versuchen, gegen sie anzutreten. Mit einem Mal bäumte sich eine Welle aus Angst und Aufregung in mir auf. Ich atmete ein paarmal ein und wieder aus und versuchte, mich damit zu beruhigen, dass ich schließlich nicht allein sein würde.

Ich schob das Rezeptebuch zu Mats und lugte unsicher zu ihm. »Ein bisschen Übelkeit könnten wir unseren Eltern ausnahmsweise mal zumuten oder was meinst du?«

»Ja, das halten die schon mal aus.« Mats nickte.

»Sind Sie sich sicher, dass Übelkeit das Schlimmste ist, was passieren kann?«, fragte ich Daan. »Wenn ein Risiko besteht, dass sie …«

»Es wird ihnen nichts passieren.« Daan lächelte mich an, dann hielt er »Die Sorglose Note« ins Licht und schaute sich die blubbernden Blasen im Inneren an. »Ich mache das aber nur mit eurer Erlaubnis.«

Mir wurde ganz schlecht. Konnte ich meiner Familie das wirklich antun? Was, wenn die »Sorglose Note« doch noch weitere Nebenwirkungen besaß? Vielleicht wussten wir nicht genug darüber, um seine Wirkung gut genug einschätzen zu können?

Plötzlich schoss mir ein Gedanke durch den Kopf, der mich zusammenzucken ließ. »Was machen wir eigentlich mit Benno?«, fragte ich und drehte mich zwischen Daan und Mats hin und her. Es stand außer Frage, dass Benno mit uns zu diesem gefährlichen Turnier kam, aber der Gedanke, einen Duft auf ihn anzuwenden, trieb mir beinahe die Tränen in die Augen.

»Kann man einem Sechsjährigen, der sowieso schon völlig sorglos durchs Leben stapft, so einen Duft überhaupt verabreichen? Was, wenn er so sorglos wird, dass er anfängt, über rote Ampeln zu laufen, oder irgendetwas in der Art?«

»Es gibt keinen Duft, der nicht auch ungeahnte Überraschungen mit sich bringen könnte.« Daan hob den Kopf und sah mich ernst an. »Aber ich habe bereits mit Hanne und auch Helene besprochen, dass sie hierbleiben werden, um auf eure Familien aufzupassen. Wir überlassen natürlich weder Benno noch eure Eltern sich selbst.«

»Aber was, wenn Hanne und Helene mal nicht aufpassen?«, warf ich ein. »Was, wenn sie nur ein Mal nicht in der Nähe sind, wenn es nötig wäre?«

»Das werden sie nicht.« Daan legte eine Hand auf meine Schulter. »Vertraut mir, Kinder. Alles wird gut gehen.«

Ich nickte langsam und schielte zu Mats, der gleichzeitig ratlos und zustimmend die Schultern hob.

Daan öffnete seinen abgeschabten Aktenkoffer und ließ den Flakon darin verschwinden. »Wir sollten es gleich anwenden, damit wir noch heute Abend aufbrechen können.«

Noch heute Abend?

Bei der Vorstellung zog sich mein Magen zusammen und die Angst um Ma, Pa und Benno überrollte mich beinahe.

Daan drehte sich zur Tür und verließ mit uns die Duftapotheke. Wir folgten ihm hinaus durchs Gewächshaus zur Villa Evie – und dabei waren meine Beine schwer wie Blei.

Daan riet Mats in der Zwischenzeit, nach Hause zu gehen, um sich dort mit Leon darauf vorzubereiten, seiner Mutter ebenfalls die »Sorglose Note« zu verabreichen. Bis Susan nach Hause kam, sollten die Jungs schon mal packen und ihre Reise vorbereiten.

»Bis gleich«, verabschiedete sich Daan von Mats, bevor er mich bat, ihm die Villa Evie zu öffnen.

Ich hasste, was gleich hinter unserer Haustür passieren würde.

Aber ich wusste auch, dass wir keine andere Wahl hatten.

»Da bist du ja!« Benno sprang mir auf den knarzenden Treppenstufen entgegen. »Ich hab dich schon überall gesucht!« Erst jetzt bemerkte er Daan, der hinter mir die Tür schloss, und hielt eine Sekunde lang in seiner Bewegung inne. Meine Knie fingen an zu zittern.

»Guten Tag, Herr de Bruijn.« Benno klang betont höflich, wie immer, wenn er mit Daan sprach, und sprang die letzten Stufen zu uns in die Diele. »Ich find's super, dass Sie uns besuchen kommen! Vielleicht dürfen Sie ja heute bei uns mitessen?«

Daan lächelte, aber ich sah ihm an, wie angespannt er war.

»Benno … wo sind denn Ma und Pa?«, fragte ich, um alles nicht noch schwieriger zu machen, als es das eh schon war.

»Ma ist in ihrem Zimmer, Pa macht Abendessen.«

Daan nickte und schob mich sacht voraus in die Küche.

»Holst du bitte Ma?«, bat ich Benno. »Wir müssen etwas zusammen besprechen.«

»Klaro!« Benno rannte ins Arbeitszimmer und rief lauthals nach Ma, dass sie schnell mal kommen musste. Und zwar gleich!

Ich lächelte und begrüßte Pa, der sich über einen dampfenden Kochtopf beugte und seine Papa-Spezial-Gewürzmischung hineinstreute. »Oh, guten Tag!« Er stellte die Kräutergläschen beiseite und wischte sich die Hände an der Schürze ab. »Ein Überraschungsbesuch?« Pa sah an mir vorbei, um zu erkennen, wer da genau hinter mir stand.

Doch bevor ich Daan vorstellen konnte, kamen schon Ma und Benno in die Küche. Ma begrüßte den alten Duftapotheker genauso verwundert – nur lautstärker. »Wen hast du denn heute zu Besuch mitgebracht?« Ma streckte Daan ihre Hand entgegen. »Guten Abend.«

»Guten Abend, Frau Alvenstein«, begrüßte Daan zuerst meine Mutter – und dann auch meinen Vater. »Ich wünschte, wir hätten uns unter anderen Umständen kennengelernt.«

Ma runzelte verwundert die Stirn, doch bevor sie irgendetwas fragen konnte, reichte Daan mir schon eine dieser Gesichtsmasken aus seinem Aktenkoffer. Mit Gänsehaut auf den Armen zog ich mir die Maske über Mund und Nase, genau wie Daan es auch machte. Ich kannte die altmodische Atemmaske noch gut genug von Elodie und ich wusste, wie es sich angefühlt hatte, als Einzige im Raum keine aufzuhaben – in dem Wissen, dem Duft, der gleich auf einen zuströmen würde, hilflos ausgeliefert zu sein.

So wie es Ma, Pa und Benno gleich wären.

Doch es ging nicht anders.

»Luzie?«, fragte Benno ängstlich und ich schloss meine Augen, weil ich es einfach nicht mit ansehen konnte, wie sich die Duftwolken aus Daans Flakon erhoben. Ich wollte nicht sehen, wie der Duft meine Eltern und meinen kleinen Bruder veränderte.

Da drang auf einmal Bennos Lachen zu mir. Es klang hell und fröhlich – und dann war da Daans Stimme, als er meiner Familie irgendwas Belangloses über die Villa Evie erzählte. Erst plauderte er über die früheren Partys und schon wechselte er zu unserer geplanten Reise nach England.

»Cornwall ist immer eine Reise wert. Es ist ganz traumhaft dort«, sagte er. »Luzie wird dort eine sehr schöne Zeit haben.«

Langsam öffnete ich die Augen und warf Pa einen verstohlenen Blick zu. Aber der rührte nur weiter in seinem dampfenden Kochtopf und nickte verständnisvoll. »Traumhaft, ja … wirklich ganz traumhaft«, bestätigte er.

Ma strich sich ihre dunklen Haare aus dem Gesicht und warf Pa einen verträumten Blick zu. »Hach, wenn ich an unsere Reise zurückdenke, damals … Cornwall war einfach bezaubernd, Schatz!«

Ich spürte, wie mir die Tränen in die Augen stiegen, doch ich zwang mich, einmal tief Luft zu holen und all meinen Mut zu sammeln.

»Ich werde nicht allein fahren, Mats begleitet mich. Genau wie auch Leon und Willem Boer.« Ich sah zu Ma, dann zu Pa. »Mir wird es gut gehen. Und wir sind auch sicher nicht länger als eine Woche weg. Versprochen.«

Ma hatte immer noch diesen furchtbar gedankenverlorenen Gesichtsausdruck. »Wie schön, dass Mats und du so viel zusammen unternehmt!«

»Und vergesst bitte nicht, der Schule noch eine Entschuldigung für mein Fehlen zu schicken, ja?«, fügte ich mit einem Kloß im Hals hinzu. »Am besten, ihr denkt euch einfach irgendeine Ausrede aus, für die man keine Krankschreibung braucht. Dann können wir gleich heute Abend noch losfahren.«

»Oh gut, dass du uns daran erinnerst.« Pa zwinkerte mir zu. »Als Lehrer kenne ich schließlich alle Ausreden dieser Erde, das kriege ich schon hin! Mach dir mal keine Gedanken deshalb, sondern genieße Cornwall.«

»Bringst du mir was Tolles mit?«, quietschte Benno dazwischen. »Aber auf keinen Fall so ein hässliches Ding, wie du es im Gesicht hast!« Mein kleiner Bruder zeigte auf meine Atemmaske. Allein dass sich niemand in meiner Familie darüber wunderte, zeigte schon, wie sehr es die »Sorglose Note« in sich hatte.

»Na klar, ich finde auf jeden Fall was Cooleres für dich«, meinte ich, während mir fast die Stimme versagte. Mit einem Berg aus Schuldgefühlen strich ich Benno über seine blonden Haare und betete, dass schon alles gut werden würde.

»Gute Reise, mein Schatz!« Ma breitete ihre Arme aus und umarmte mich. Ich drückte sie so fest an mich, wie ich nur konnte. Am liebsten hätte ich sie gar nicht mehr losgelassen.

Sie winkte mir zu, als ich mich von Daan zum Ausgang der Küche ziehen ließ. »Melde dich doch mal und erzähl, wie es mittlerweile so in Cornwall ist.«

Zum Glück sah man nicht, wie mir unter meiner Maske die Tränen die Wangen hinabrollten. Mit einem Herz, das wie ein Stein in meiner Brust hing, verließ ich hinter Daan die Küche.

»Pack bitte schnell deine Tasche«, sagte er. »Ich bin solange drüben bei den Jansens und kümmere mich dort um das Nötige. Sobald alles geregelt ist, treffen wir uns am Gartentor und brechen auf.«

Vorsichtig griff er an die Maske auf meinem Gesicht und zog sie ab. Doch dann hielt er inne, weil er die Tränen auf meinen Wangen bemerkte.

»Es tut mir leid, dass ich das alles von dir verlangen muss, Luzie.«

»Schon gut«, flüsterte ich und sah Daan hinterher, wie er sich auf den Weg zu Mats und Leon machte.

9

Ich stand am Gartentor und bekam kaum was mit, so sehr war ich damit beschäftigt, nicht darüber nachzudenken, was ich gerade getan hatte. In mir wog die Angst einen Zentner. Was, wenn irgendwas schiefging und die »Sorglose Note« doch etwas hervorrief, womit meine Familie die nächsten Tage ganz allein sein würde? Oder wenn der Duft gar nicht so flüchtig war, wie wir dachten? Es reichte ja schon, wenn sich Daan in der Dosis und Anwendung vertan hatte und der Duft entweder zu lang oder zu kurz wirkte!

Auch Mats und Leon wirkten blass,

als sie hinter Daan zum Gartentor kamen. Der alte Duftapotheker war der Einzige von uns, der etwas sagte, das aus mehr als drei Worten bestand.

»Willem wird uns gleich abholen. Habt ihr alles, was ihr für ein paar Tage benötigt?«

Wir nickten stumm, weil eine vergessene Zahnbürste oder ein fehlendes T-Shirt im Rucksack seit ein paar Minuten einfach nicht mehr zu unseren Sorgen zählte. Wir standen nur an den Zaun unserer Einfahrt gelehnt und warteten darauf, bis Willems Wohnmobil in den Lavendelweg einbog und quietschend vor uns zum Stehen kam.

Edgar öffnete die Tür und half mir, meine Reisetasche in den Bus zu hieven.

Willem begrüßte uns vom Steuer aus, und sobald wir alle auf einem freien Sitz Platz genommen hatten, wendete er und wir rollten den Lavendelweg entlang in Richtung Ungewissheit.

Willem erzählte irgendetwas vom Proviant, den sie für die Fahrt eingekauft hatten, aber ich hörte nur mit halbem Ohr hin. Mit aller Kraft versuchte ich, mein schlechtes Gewissen Ma, Pa und Benno gegenüber aus meinen Gedanken zu verscheuchen, und bereute beinahe, dass ich nicht wenigstens ein klitzekleines bisschen von der »Sorglosen Note« eingeatmet hatte. Dann wäre bestimmt alles viel leichter.

Kurz ließ ich meinen Blick durch Willems Bus schweifen, der mich mehr an eine Wohnung als an ein Wohnmobil erinnerte. Was vor allem an der Wahl der historischen Möbel lag.

Der Bus bot genug Platz für uns alle. Zwei Sitzreihen hatte Willem hinter dem Fahrer eingebaut und dazwischen eine herunterklappbare Tischplatte konstruiert. Seitlich entdeckte ich eine kleine Küche und eine antike Sofaecke am Ende des Busses. Sogar ein abgetrenntes Kämmerchen fiel mir auf. Ich tippte mal auf das Bad.

Über unseren Köpfen gab es gleich drei Hochebenen, in denen man schlafen konnte wie in einem Hochbett. Darüber erkannte ich Dachluken, die in die Decke gebaut worden waren und durch die ich in den Sternenhimmel sehen konnte.

»Es wird schon alles gut gehen«, raunte Mats mir zu. Er hatte sich neben mich gesetzt und stupste mir aufmunternd in die Seite. »Daan weiß, was er tut.«

Ich lächelte ihn an und nickte als Antwort, dann ließ ich meinen Kopf an seine Schulter sinken. Ich wusste einfach nicht, was ich sagen sollte, ohne dass mir gleich wieder die Tränen in die Augen schossen, also schwieg ich lieber. Mats legte einen Arm um mich und ich war froh und dankbar, dass er seinen Ärger über Edgar endlich beiseiteschob. Ohne ihn wollte ich das hier nämlich auf keinen Fall durchstehen.

Irgendwann zog er sich aber trotzdem – wie er es so oft in solchen Situationen tat – seine Kopfhörer über und schaute aus dem Fenster. Auf die gleiche Art hatte sich auch Leon zurückgezogen. Den beiden hing die Sorge um ihre Eltern offenbar nicht weniger im Nacken als mir. Und inzwischen wusste ich, dass sie ihre Probleme am liebsten erst mal mit sich selbst ausmachten, bevor andere daran teilhaben durften.

»Wie lange werden wir unterwegs sein?«, fragte ich Edgar, um mich einerseits abzulenken und andererseits, weil er der Einzige war, der noch ansprechbar wirkte. Er grübelte nicht wie Leon und Mats, steuerte nicht wie Willem den Bus oder blätterte wie Daan in irgendwelchen uralten Aufzeichnungen.

»Na ja.« Edgar legte den Kopf schief. »Wenn wir nicht irgendwo im Stau stecken bleiben, dann brauchen wir noch vier Stunden, bis wir am Hafen in Frankreich ankommen. Danach wird unsere Überfahrt übers Meer schätzungsweise zwei Stunden dauern … ich tippe mal, etwas Wartezeit müssen wir einrechnen, bis wir auf die Ferry nach Dover aufsetzen können. Und von Dover aus müssen wir dann aber noch quer entlang der Südküste nach Cornwall fahren, was uns sicher weitere sechs Stunden kostet.«

»Uff«, sagte ich und zog ein absichtlich übertrieben genervtes Gesicht. »Na, da haben wir ja noch ein bisschen Zeit, uns gemeinsam im Bus die Zeit zu vertreiben.«

Edgar grinste mir zu. »Die haben wir.«

Die Nacht brach an und ich dämmerte auf meinem Sitz vor mich hin. Willem und Edgar wechselten sich als Fahrer ab und so hielt der Bus so gut wie nie an, außer wenn wir Pausen einlegten.

Daan blätterte unaufhörlich auf einem der Rücksitze in seinen Unterlagen, von denen er immer wieder neue aus seinem Aktenkoffer zog. Er war dabei so in Gedanken versunken, dass er auf keins der Gespräche im Bus reagierte. Immer wieder beobachtete ich ihn verstohlen. Mir fiel auf, wie viel Traurigkeit nach wie vor in seinem Gesicht lag und wie schwer es ihm fiel, sich uns mitzuteilen, nach der langen Zeit, die er in völliger Einsamkeit verbracht hatte.

Alles, was er tat, tat er, ohne darüber zu sprechen. Ich hatte mich so oft darüber geärgert, dass Daan uns an seinen Entscheidungen nicht teilhaben ließ. Aber vielleicht hatte er es ja auch einfach nur verlernt über die Jahre hinweg und es war gar keine böse Absicht?

Bei dem Gedanken ließ ich meinen Kopf zurück an Mats' Schulter sinken und schloss die Augen.

Es war längst stockdunkel, als wir am Hafen hielten und unser Bus sich in die Autoschlange einreihte, die darauf wartete, mit der nächsten Fähre übers Meer geschippert zu werden. Trotz aller Sorgen und Ängste, die sich seit Stunden in mir ausbreiteten, spürte ich plötzlich auch eine ganz normale Reisevorfreude in mir ausbrechen.

Ich war noch nie in England gewesen, noch nie auf einer Fähre über den großen Ozean geschippert und ich hatte noch nie an einem Turnier teilgenommen. Ich hatte nicht nur Angst, auch meine Aufregung wuchs, weil ich tief in mir spürte, dass auch ich – genau wie Elodie – um jeden Preis alle Sentifleurs dieser Welt kennenlernen wollte. Wir hatten nur unterschiedliche Gründe dafür.

Für mich war es eine unglaubliche Vorstellung, nicht allein mit Elodie zu den einzigen Sentifleurs zu gehören, die es noch gab. Dass ich diese Fähigkeit nämlich ausgerechnet mit der Person teilte, die ich am wenigsten leiden konnte, bereitete mir schon seit unserer Rückkehr aus Paris Bauchschmerzen.

Edgar kam vom Fährenhäuschen zurück und reichte Willem einen Stapel Tickets, mit denen wir noch heute nach England übersetzen konnten. Wir standen alle um den Bus herum und versuchten, uns ein bisschen die Beine zu vertreten. Über uns schimmerte ein fast kugelrunder Mond und ließ das dunkle Meer glitzern. Dabei war der Hafen bei Tag sicher weniger zauberhaft und eher schaumig braun als magisch funkelnd. Aber das sah man heute Nacht zum Glück nicht.

Nach und nach begannen die Autos und Reisebusse, aufs Schiff zu rollen, und ich suchte mir zusammen mit Mats und Leon einen guten Platz an Deck. Als das Schiff sich in Bewegung setzte und das Wasser gegen die Reling klatschte, merkte ich, wie froh ich war, dass die beiden mitgekommen waren. Leon hatte sich, ohne dem Sternenhimmel auch nur eine Sekunde seine Aufmerksamkeit zu schenken, schnell auf die Suche nach etwas zu essen gemacht. Diesmal schob er es auf Mats' blasse Nase, die bei all dem Geschaukel besser nicht grün werden sollte. Und dagegen half natürlich – klar – nur was Ordentliches im Magen. Völlig selbstlos kam Leon nach kurzer Zeit mit drei Portionen *Fish and Chips* zurück, die in Zeitungspapier gewickelt waren. Ich hatte so was noch nie gesehen, aber Leon behauptete steif und fest, dass frittierter Fisch auf essiggetränkten, matschigen Pommes ein traditionelles englisches Gericht sei, das unsere Reise gebührend einleitete.

Um uns herum tauchten immer mehr Leute mit weißen Gesichtern und grünen Nasenspitzen auf, die aussahen, als müssten sie sich alle der Reihe nach über die Reling übergeben. Um den Leuten nicht dabei zusehen zu müssen, verdrückten wir uns wieder ins Schiffinnere. Es war draußen eh viel zu kalt geworden. Der Wind über dem Meer toste uns durch die Haare, kroch durch jede Naht meiner Kleidung und die feuchte Luft tat ihr Übriges. Also suchten wir Willem und Daan, die sich im Schiffsrestaurant versammelt hatten. Mats und Leon schoben sich zu den zwei Männern an den Tisch. Doch ich entdeckte Edgar etwas abseits bei einer der großen Glasscheiben und ging zu ihm hinüber.

Edgars Blick schwebte nachdenklich über das tosende Meer hinter dem Glas. Erst als er mich bemerkte, hob er seine Mundwinkel etwas. »Die Macht, die das Wasser besitzt, ist unglaublich, oder? Ich könnte hier stundenlang stehen und den Wellen zusehen.«

Ich sah zu ihm hoch und nickte.

»Manchmal wache ich nachts auf …«, redete Edgar weiter und zog dabei die Worte in die Länge, »… und jedes Mal bin ich im ersten Moment fest davon überzeugt, immer noch in meinem alten Dienstbotenzimmer eingeschlossen zu sein. In den ersten Sekunden warte ich sogar darauf, dass ich die Baronin nach meiner Mutter und mir rufen höre.«

Ich schluckte und spürte, wie sich eine Gänsehaut über meine Arme zog. »Das … tut mir so leid«, flüsterte ich. »Es ist schrecklich, dass ihr beide nicht früher gerettet werden konntet.«

»Ja, das ist es.« Edgar strich sich durch seine Haare und blickte wieder aufs Meer. »Jahrelang habe ich mir ausgemalt, wie ich mich an den Ewigen rächen könnte. Dieser Gedanke hat mich lange beherrscht.« Er drehte sich wieder zu mir und lächelte angestrengt. »Aber ich versuche, daran zu arbeiten und nicht mehr so wütend zu sein. Meine Mutter sagt mir ständig, dass keine Rache der Welt mir meine verlorene Kindheit zurückgeben kann. Ich muss es einfach akzeptieren, dass es so war, wie es war … und nicht mehr zurückblicken.«

10

Der Morgen war angebrochen und die Möwen kreischten, als die Fähre andockte und wir mit steifen Gliedern wieder in Willems Bus saßen. Wir tuckerten inmitten der Autoschlangen von Deck. Von hier aus hatten wir noch ein gutes Stück Fahrt entlang der Südküste Englands vor uns, aber der größte Teil war geschafft. Am Nachmittag würden wir das Turnier erreichen und an der Küste Cornwalls ankommen.

Der Wind drückte gegen die Windschutzscheibe, während Willem darüber schimpfte, dass der Verkehr in England genau andersherum funktionierte als bei uns zu Hause. Ich versuchte, Willems Gemecker auszublenden, schaute aus dem

Fenster auf das Meer und hörte dem Kreischen der Möwen zu. Obwohl noch nicht Sommer war, wirkte alles in England satt und grün und der Himmel über uns leuchtete hellblau.

Während Willem den Wohnwagen über die Straßen lenkte, kramte Daan wieder in seinem Aktenkoffer. Dann reihte er mehrere Flakons des »Hauch Veränderung« auf dem Klapptisch auf. Mit gewohnter Strenge bat er uns, dass wir uns zu ihm setzten.

Es wurde also ernst und ich fühlte, wie sich die Aufregung mit meiner Angst mischte.

»In wenigen Stunden sind wir da«, begann er und zeigte auf die bereitgestellten Fläschchen. »Ich habe euch ja bereits erzählt, dass ich den ›Hauch Veränderung‹ etwas überarbeitet habe. Das heißt, ihr werdet nicht mehr ständig an die Person denken müssen, um eure Tarnung aufrechtzuerhalten. Es hilft euch zwar weiterhin, solltet ihr merken, dass eure Verwandlung nachlässt, aber ihr könnt euch dank der neuen Formel auch noch auf andere Dinge konzentrieren.«

Ich nickte. Mats und ich hatten den Duft bereits vor einiger Zeit ausprobiert, als ich mich, eher unbeabsichtigt, in Willem verwandelt hatte. Deshalb wusste ich, dass der »Hauch Veränderung« einen die Erscheinung der Person annehmen ließ, an die man dachte, während man die Duftwolke einatmete.

Und nun sollten wir uns also in die Leute verwandeln, von denen wir wussten, dass sie ihre Einladung nicht wahrnehmen würden.

Daan fasste noch einmal die wichtigsten Dinge zusammen, die bei der Anwendung des Duftes zu beachten waren, dann holte Edgar eine Reihe Fotos hervor. Jedem von uns reichte er eines davon und ich erkannte, dass die Leute darauf ungefähr mit unserem Alter übereinstimmten.

»Wir haben Teilnehmer ausgesucht, die euch zumindest körperlich sehr ähnlich sind«, bestätigte Daan meine Vermutung. »Auf diese Art wirkt der ›Hauch Veränderung‹ am längsten und verbraucht sich nicht ganz so schnell.«

Er hatte für jeden ein Duftfläschchen vorbereitet und verteilte sie unter uns, damit wir den »Hauch der Veränderung« jederzeit benutzen konnten, sobald wir spürten, dass unsere Täuschung nachließ.

»Öffnet den Duft immer nur unbemerkt und nie, wenn jemand Fremdes in eurer Nähe ist«, ermahnte uns Daan. »Und passt auf, dass niemand aus Versehen ebenfalls etwas vom ›Hauch Veränderung‹ abbekommt und sich zusammen mit euch verändert. Habt ihr verstanden?«

Wir nickten alle gleichzeitig und ich beäugte die Person auf meinem Foto.

Edgar hatte mir ein Foto von einem ungefähr sechzehnjährigen Mädchen in die Hand gedrückt. Sie hatte hellblonde, halblange Haare, knallblaue Augen und trug Klamotten, die wahnsinnig teuer aussahen. Allerdings war das Mädchen auch ziemlich hübsch.

»Das ist Anastasija Wladimastow«, erklärte Edgar und grinste. »Sie liegt derzeit wegen eines Reitunfalls mit einem gebrochenen Bein im Bett.«

Ich überlegte, ob Elodie und Anastasija vielleicht Freundinnen waren. Immerhin hatten sie das passende Alter und

Anastasija stammte sicherlich nicht nur aus einer adligen Familie, sondern war eine *Bessergeborene* – genau wie alle zum Turnier eingeladenen Gäste.

Irritiert sah ich zu Daan und Willem, doch nur Edgar schien die stumme Frage aus meinem Gesicht ablesen zu können.

»Elodie mag Anastasija nicht besonders. Erstens ist sie keine Ewige und hätte schon deswegen keine Chance auf den Status als Elodies Freundin, zweitens ist Anastasija zu hübsch, als dass Elodie sie gern neben sich hätte, und drittens ist sie auch nur eine *halbe* Bessergeborene. Das ist keine reine Blutslinie oder wie man das unter denen ausdrücken würde.« Er legte nachdenklich den Kopf schief. »Wie genau die russischen Wladimastows mit dem französischen Familienzweig der de Richemonts verwandt sind, ist anscheinend etwas kompliziert. Aber egal, jedenfalls brauchst du dir keine Sorgen zu machen, dass Elodie mit Anastasija reden will. Elodie hat sie so gut wie nie getroffen. Vielleicht mal bei ein oder zwei protzigen Kostümbällen.« Edgar konnte sich ein Grinsen nicht verkneifen.

Ein klein wenig beruhigt schielte ich über meine Schulter zu Mats' Foto hinüber.

»Wen hast du bekommen?«

Mats rümpfte die Nase. »Irgendeinen Grafen Konstantin zu Hohenflies, der entfernt der Linie der van Velden entstammt und sechzehn Jahre alt ist«, las Mats von der Rückseite seines Fotos vor. »Oh Mann. Klingt wie so ein richtiger schnöseliger Vorzeigeadliger.«

»*Konstantin?*« Edgar stieß einen anerkennenden Pfiff aus.

»An den kann ich mich noch gut erinnern. Der ist wirklich ein Vorzeigeadliger. Er geht auf ein überteuertes Internat, singt im Chor und ist besonders gut im Sportfechten, das trainiert er dreimal die Woche.«

Ich staunte wieder, wie schnell Edgar all diese Informationen parat hatte. Doch da fing Leon neben mir an zu lachen. »Na, wenn das nicht die perfekte Identität für unseren Mats ist, dann weiß ich auch nicht.« Er klopfte seinem Bruder auf die Schulter und lachte noch mehr. »Geben Sie bitte Bescheid, Euer Hochwohlgeboren, wenn Sie etwas wünschen«, näselte er. »Wir alle werden selbstverständlich eilen und es Ihnen alsbald bereitstellen!«

Sogar Edgar entwich ein leises Lachen und er gab Leon ein High Five, als der auffordernd die Hand hob. Mir fiel auf, wie gut sich die beiden mittlerweile verstanden. Fast wirkte es, als wären sie schon lange befreundet.

Mats jedoch verdrehte nur die Augen und sah zu Daan. »Und was ist, wenn dieser Konstantin doch auf dem Turnier auftaucht? Oder Anastasija?«

»Das werden sie nicht.« Daan winkte ab. »Vertraut mir, wir haben jede dieser Personen sorgfältig überprüft. Außerdem behält Bonsky sie alle im Auge und gibt uns sofort Bescheid, falls sich doch einer von ihnen auf den Weg hierher machen sollte.«

Mats drehte das Foto hin und her, dann sah er zu Leon und zwinkerte ihm zu. »Also gut, Bruderherz, die nächsten Tage werden einem gewissen Graf Konstantin sicher öfter mal ein paar Wünsche einfallen, die er dann gern und schnellstens erfüllt sehen möchte.«

»Freu dich mal nicht zu früh«, sagte Edgar. »Die Hohenflies verstehen sich nämlich leider sehr gut mit den de Richemonts. Elodie kennt ihn.«

Mats stöhnte. »Na toll.«

»Und ich werde sein: *Harvey … Hattington …*«, las Leon von seinem Foto vor und grinste, als er mir einen durchtrainierten Neunzehnjährigen entgegenhielt. »Englischer Elitestudent«, erklärte er erfreut.

»Und interessiert sich zum Frust seiner Eltern für nichts außer der nächsten Party«, ergänzte Edgar.

»Na, das passt ja!«, rief Mats nur und pfefferte sein Foto mit einem Augenrollen auf den Tisch.

Daan und Willem hielten zwei Fotos von älteren Herren in der Hand. Sie waren irgendwelche Familienangehörigen von Anastasija und Konstantin, erklärte uns Edgar, und konnten somit problemlos als Zuschauer immer in unserer Nähe sein. Daan würde sich in einen weißhaarigen englischen Lord in Tweedjacke und mit Halbglatze verwandeln. Willem wiederum würde zu einem schmächtigen französischen Herrn werden, der von Kopf bis Fuß schwarz gekleidet war. Über seinen braunen Haaren trug er einen glänzenden Zylinder, gefolgt von einem auffällig eleganten Frack und Lackschuhen.

Edgar hatte wohl schon auf der Fähre mit Willem und Daan abgesprochen, dass er sich der Einfachheit halber als Dienstbote verkleiden würde. »Nichts lässt einen unsichtbarer für die Ewigen werden, als wenn man eine Dienstbotenuniform trägt.« Er lachte bitter. »Und es hat den Vorteil, dass ich fast überall hinkomme, wo von euch niemand hinkommt.«

Ein Teil von mir fand es schade, dass er nicht direkt an unserer Seite sein würde. Vermutlich hätte er uns bei den Wettbewerben gut helfen können. Aber wahrscheinlich hatte er recht: Jemanden hinter den Kulissen einzuschleusen, war ein ziemlich kluger Schachzug.

Erst als wir nur noch wenige Kilometer vom Turniergelände entfernt waren, machten wir uns dafür bereit, uns zu verwandeln.

Wir hatten Stunden im Auto gesessen und ich glaubte schon kaum noch daran, dass wir irgendwann wirklich ankommen würden.

Willem parkte den Bus auf einem riesigen Parkplatz. Durch die Fenster konnte ich um uns herum unzählige Luxuskarossen, schicke Sportwagen und sogar eine echte Kutsche entdecken.

Ja, hier waren wir definitiv richtig.

Nachdem Edgar als Einziger den Bus verlassen und die Tür hinter sich zugezogen hatte, öffnete Daan den ersten Flakon mit dem »Hauch Veränderung«.

Mein Puls raste und mir war gar nicht wohl. Alle Aufregung und Nervosität, die der Gedanke an das Turnier in mir auslösten, brach mit einem Mal in mir aus. Ich atmete tief ein und stellte mich ganz dicht neben Mats. Seine bloße Anwesenheit beruhigte mich.

»Wir schaffen das«, raunte er mir ins Ohr. »*Du* schaffst das!«

Ich drehte mich zu ihm und fühlte mich sofort besser. Das Tolle an Mats war, dass er – wenn es drauf ankam – immer die richtigen Worte parat hatte. Ich griff nach seiner Hand und drückte sie einmal ganz fest.

»Jeder konzentriert sich nun bitte auf sein Foto«, wies Daan uns an, während sich ein zitroniger, lakritzeartiger Duft im gesamten Innenraum des Busses ausbreitete.

Ich sah mir Anastasija genau an und spürte keine zwei Sekunden später, wie alles an mir anfing zu kribbeln, so wie ich es zusammen mit Mats bereits einmal erlebt hatte. Meine Beine, Arme und Hände wurden ganz weich und fühlten sich an wie Knete. Alles zog an mir und verschob sich in jede mögliche Richtung, während ich meinen Blick konzentriert auf Anastasija richtete und spürte, wie ich wuchs und mich veränderte. Erst als Daan zufrieden in die Hände klatschte, traute ich mich, wieder aufzuschauen.

»Wunderbar, es ist geschafft!«, rief er und ich stürmte sofort mit meinen viel zu langen Beinen ins Badezimmer, um mich im Spiegel anzuschauen. Große blaue Augen, schimmernde hellblonde Haare und feine Gesichtszüge. Herrje, ich sah aus wie ein Mädchen aus einer Modezeitschrift! Und mein neuer, sehr fremder Körper … der steckte plötzlich in sicherlich überteuerten Designerkleidern, die ich mir nie im Leben hätte leisten können.

Als ich zurückkam, starrten mir vier fremde Gesichter entgegen. Oder, na ja, nicht *komplett* fremde Gesichter, aber ich hatte sie bislang nur auf den Fotos gesehen.

Es dauerte einen Moment, bis ich mich erinnerte, welcher der Jungs Mats und welcher Leon war, doch als einer von ihnen lang gedehnt pfiff, als er mich sah, brauchte ich nicht mehr überlegen.

Das war ganz klar Leon.

»*Sehr* hübsch, Prinzessin.«

»Jaja«, winkte ich ab. Dann sah ich zu Mats, der mich schief anlächelte.

»Das war sie vorher schon«, murmelte er und rieb sich wie immer durch die Haare, eine Geste, die bei all seinem fremden Äußeren vertraut war.

»Verlieren wir keine wertvolle Zeit«, unterbrach uns Willems neue Stimme und er lotste uns nach draußen.

Edgar grinste, als er uns sah, und musterte uns von Kopf bis Fuß. Er heftete sich an Leons Seite, der nun beinahe so groß war wie Edgar und sich ausgiebig über seine Schickimickiklamotten lustig machte.

Auf der Freifläche parkten bereits so viele Autos, dass ich gar nicht richtig erkannte, wo wir genau angekommen waren. Erst nachdem wir ein paar Schritte zwischen den Wagen hindurchgingen und ich meinen Kopf in alle möglichen Richtungen drehte, bekam ich einen Überblick.

Um uns herum sah man nichts als grüne satte Wiesen und Hügel. In der anderen brach die Landschaft einfach plötzlich ab, und obwohl wir es von hier aus nicht sehen konnten, stellte ich mir vor, wie die Meereswellen mit voller Kraft hoch an die Steilküste schlugen und Schaumkronen zurückließen. Ein kühler Wind aus salziger Meeresluft wehte mir in die Nase und zerzauste uns die Haare. Ich drehte mich weiter und schließlich sah ich es.

»*Da* findet das Turnier statt?« Ich glaubte es kaum.

In einiger Entfernung von uns ragte eine Burg auf. Mit ihren hohen grauen Mauern wirkte sie Ehrfurcht einflößend und ich konnte nicht mal ansatzweise schätzen, wie viele Zimmer sich wohl hinter den unzähligen Fenstern aneinanderreihten. Die Burg, die Hügel und die grüne endlose Weite um uns herum erinnerten mich ein bisschen an Märchenfilme. Fast erwartete ich, dass jeden Moment eine Horde Ritter auf ihren Pferden an uns vorbei und hinauf zur Burg galoppieren würden.

Je näher wir der Burg kamen, desto imposanter wurde sie. Ich sah zu Edgar, der mittlerweile neben mir stand.

»Was hast du denn erwartet?«, fragte er belustigt. »Bei Elodie und der Baronin von Schönblom ist *immer* alles groß, größer und am größten. Und wenn die Bessergeborenen zu einem Turnier laden, dann wird aufgefahren, was geht.« Sein Blick verdunkelte sich und zuckte angespannt über die Burg hinweg. »Rumprotzen können sie so gut, dass mir fast übel wird.«

»Wir halten sie auf«, versprach ich ihm leise und Edgar nickte mir zu.

»Ja. Das werden wir.«

Hinter uns stöhnte jemand. Ich drehte mich um und erkannte Daan, oder besser gesagt, sein neues Ich samt Tweedjacke. »Elende Angeber!«, brummte er, als er die Burg beäugte.

Etwas eingeschüchtert, folgten wir Daan und Willem einen Kiesweg entlang zur Burg. Mit jedem Schritt tauchten mehr Menschen um uns herum auf und ich versuchte zu überblicken, wie viele Teilnehmer sich wohl schon angemeldet hatten. Nachdem ich mich aber zweimal verzählt hatte, gab ich schließlich auf und stellte einfach fest, dass es *sehr, sehr viele* sein mussten.

In die Burgmauer hinein führte nur ein einziges riesiges Tor, sonst sah ich keinen weiteren Ein- oder Ausgang. Und ich wettete darauf, dass man hier nicht mehr so leicht hinauskam, wenn das Eisengitter einmal hinuntergelassen wurde.

Das war bestimmt ein gutes Gefühl gewesen, wenn draußen vor den Burgmauern Feinde auf einen gewartet hatten. Nur in unserem Fall lauerten diese leider im Inneren.

Unter unseren Füßen knirschte der Kies und ich ließ mich vorwärtstreiben, von Daan, von Willem und vom Wind, der mir immer wieder die ungewohnt blonden Haare von Anastasija vors Gesicht schob.

Mats und Leon gingen dicht neben mir und schauten sich mit einem Gesichtsausdruck um, der haargenau mein ungutes Gefühl wiederspiegelte. Aber was blieb uns schon anderes übrig? Wir *mussten* weiter, hinein in die Höhle des Löwen und einfach hoffen, dass der »Hauch Veränderung« uns nicht im Stich ließ.

11

Inmitten des Burghofes stand ein riesiges Zelt. Es war wunderschön und sah aus, als stammte es aus einer längst vergangenen Zeit. Von der Größe ähnelte es einem Zirkus, nur dass der Stoff nicht knallbunt war, sondern eher an die Tischdecke einer eleganten Teegesellschaft erinnerte. Zusätzlich verhinderten die dichten Stoffbahnen den Blick ins Zeltinnere am Eingang. Egal, wie sehr ich auch die Augen zusammenkniff, ich erkannte rein gar nichts, was dahinter auf uns wartete.

»Ist das echte Seide?«, raunte Mats mir zu.

Ich betrachtete die bestickten glänzenden Tücher, die bis zum Boden hinunterreichten. »Wahrscheinlich.« Ich verdrehte nur die Augen. »Diese Bessergeborenen … und ihre Vorliebe für *Besseres.*«

Selbst Leon musste sich ein Lachen verkneifen, bevor ein altbekannter modriger Geruch nach Erde in unsere Nasen stieg und uns sofort alle Fröhlichkeit wieder austrieb. Ich drehte mich zu Edgar um, der hinter uns ging. »Was glaubst du«, fragte ich leise, »sind die meisten hier Ewige oder gibt es auch ganz normale Leute?«

Edgar schürzte den Mund, bestimmt weil auch ihm ein Schwall Ewigkeitsduft gerade in die Nase stieg. Er beugte sich zu mir. »Keine Sorge. Es gibt haufenweise Bessergeborene, die keine Ewigen sind. Ihr seid zum Beispiel keine.«

Ich brauchte eine Sekunde, um zu verstehen, dass Edgar mit *ihr* Anastasija, Konstantin und unsere anderen neuen Identitäten meinte.

»Ich wette, von den Teilnehmern gehören die wenigsten wirklich zu den Ewigen«, setzte er nach und ich nickte erleichtert, während wir endlich auf den Eingang des Zeltes zuliefen.

Von drinnen hörte ich Stimmen, die wild durcheinanderredeten. Die Luft knisterte nur so vor Aufregung und Anspannung. Doch je näher wir kamen, desto mehr wurde mir klar, dass die meisten Sätze und Wörter, die vom Zelt zu uns drangen, sehr … *seltsam* … klangen.

Englisch, Französisch … und unzählige andere Sprachen ertönten von allen Seiten. Ein paar Fetzen Spanisch, Italienisch und schließlich auch: *Russisch.*

Viele dieser Sprachen hatte ich noch nie mit eigenen Ohren gehört. Aber das eigentlich Verrückte war: Ich konnte sie ohne Probleme verstehen!

»*Chto zdes proischodit?*«, fragte ich und wirbelte erschrocken zu Daan herum. Hatte ich gerade Russisch gesprochen?

»Was passiert hier?«, setzte ich noch einmal nach.

Mats, Edgar und Leon starrten mich mit großen Augen an. Nur Willem schien wenig verwundert.

»Ich kann die Leute verstehen, obwohl sie andere Sprachen sprechen«, sagte ich perplex und Mats und Leon nickten, als hätten sie es auch bemerkt.

Daan dagegen lächelte mich nur an. »Ein großer Vorteil der Bessergeborenen ist, dass sie ihre Kinder immer mindestens fünfsprachig aufziehen«, sagte er leise zu uns. »Und diese Fähigkeit habt ihr dank des ›Hauch Veränderung‹ ebenfalls übernommen. Ihr könnt nun dieselben Sprachen sprechen wie sie. Genau so, wie ihr deren Stimmen und Bewegungen oder ihre Art zu lachen übernehmen werdet – zumindest wenn ihr das wollt.«

Nicht nur ich sah Daan ungläubig an. Mats stieß sofort ein paar Worte auf Italienisch aus, während Leon in einem näselnden britischen Englisch vor sich hin schwadronierte.

In Gedanken ging ich einige Worte auf Russisch durch. Tatsächlich – es bereitete mir keinerlei Probleme.

Daan und Willem winkten uns weiter. Doch erst, als wir neben dem Zelteingang ankamen, bemerkte ich einen kleinen Mann, der fast hinter seinem Stehpult verschwand.

»Sind Sie Teilnehmer oder Zusehende?«, fragte er und tippte auf ein großes Blatt Papier, das vor ihm lag.

»Äh …« Hilfe suchend sah ich zu Mats, der als Konstantin neben mir stand.

»Wir sind Teilnehmer.« Mats' Stimmlage klang ungewohnt tief. Aber *alles* an ihm war ja ungewohnt, auch sein Äußeres.

Es würde komisch sein, ihn in den nächsten Tagen nur so sehen zu können.

Wir gaben der Reihe nach unsere Namen an, die der kleine Mann mit seiner Liste abglich. Akribisch genau begutachtete er die Einladungen, die wir ihm hinstreckten.

Nachdem er unsere Identitäten ausgiebig überprüft hatte, begann er mit einer Leier von Regeln und Teilnahmebedingungen.

»Es werden drei Turnierrunden stattfinden. Durch ein Punktesystem der Jury wird der Auswahlprozess voranschreiten. Folgende relevante Information sollte Ihnen noch bewusst sein.« Er lehnte sich weit über sein Pult und beäugte uns kritisch. »Sobald Sie unterschrieben haben, dass Sie sich rechtmäßig als Teilnehmer des Duftturniers anmelden, und das *Turnier der tausend Talente* beginnt, können Sie das Gelände für die Turnierdauer nicht mehr verlassen. Das ist eine Vorsichtsmaßnahme, damit Betrügereien unter den Teilnehmern verhindert werden können. Erst nachdem Sie offiziell ausgeschieden sind, ist es Ihnen erlaubt, das Gelände zu verlassen. Vorher ist es strengstens verboten.« Der Mann beendete sein Geleier, indem er Mats ein Blatt Papier hinhielt. »Dort bitte unterzeichnen. Danach dürfen Sie sich im Zelt von den Juroren Ihre Teilnahmenummer und Plakette aushändigen lassen.«

Mats beugte sich vor und versuchte, die klein gedruckten Worte auf dem Zettel zu lesen, während der Mann wieder ungeduldig mit den Fingern auf seinem Pult herumtrommelte.

»Ich habe es Ihnen doch bereits vorgetragen!«, näselte er. »Bitte unterzeichnen Sie nun, es warten noch weitere Gäste darauf, eingelassen zu werden.«

Mats hielt inne und warf mir einen zögernden Blick zu, den ich mit einem Achselzucken beantwortete. Also unterzeichnete er und ich sah, dass er beinahe seinen eigenen Namen hingeschrieben hätte, doch im letzten Moment besann er sich eines Besseren.

Dann reichte er den Stift an mich weiter. Ich unterschrieb ebenfalls. Die Schreibweise von *Anastasija Wladimastow* hatte ich mir zuvor gut eingeprägt, trotzdem ließ ich mir Zeit, um auch sicher keinen Fehler zu machen.

»Nun denn!« Der Mann am Stehpult trommelte noch lauter mit den Fingern. »Im Zelt bekommen Sie Ihre Ausrüstung und ein Gästezimmer zugewiesen, in das Sie sich zur Vorbereitung zurückziehen können. Viel Vergnügen!«

Na, schönen Dank auch.

Endlich durften wir durch die Bahnen aus Stoff laufen und ließen uns vom Zelt verschlucken.

Über uns funkelten sogleich Hunderte von Lichtern und beleuchteten die ausladenden Sitzbänke, die sich im Kreis um uns herumfächerten. Alles spiegelte und glitzerte und jetzt erinnerte mich das Zelt doch an einen Zirkus, nur dass genau in der Mitte, dort wo im Zirkus normalerweise eine Manege war, ein Haus aus Glas mit einer schnörkeligen Metallkonstruktion stand. Es sah ein bisschen aus wie eine Miniausgabe unseres Gewächshauses hinter der Villa Evie.

Etwas entfernt davon, hatte sich eine zweite Schlange aus Menschen gebildet, die sich offensichtlich anstellten, um alles Weitere für ihren Anmeldungsprozess zu erledigen. Eine Teilnahmenummer und Plakette brauchten wir noch, hatte der Mann am Eingang gesagt.

»Ich muss zum Dienstbotenbereich und mich dort anmelden«, raunte Edgar uns zu. »Wir sehen uns!« Und schon verließ er das Zelt genauso schnell, wie er es betreten hatte.

»Anastasija.« Von hinten legte mir Daan eine Hand auf die Schulter. »Wir mischen uns unter die Leute«, flüsterte er und auch Willem winkte uns zum Abschied zu, bevor sie im Gemenge der Zuschauer verschwanden.

»Wieso steht da ein Glashaus?«, flüsterte ich Mats zu, obwohl ich es mir fast denken konnte. Schließlich war das hier ein *Duftturnier.*

Mats verzog als Antwort nur den Mund und warf mir einen beunruhigten Blick zu.

Das Glashaus selbst war komplett leer, da stand überhaupt nichts drin, außer zwei kleinen runden Beistelltischchen. Seltsam. Wie dieses Turnier wohl ablaufen würde? Meine Beine wurden wieder weich, diesmal allerdings lag es nicht an der »Täuschenden Brise«, sondern an meiner ausufernden Fantasie.

Vor so einem großen Publikum sollten wir miteinander um den Sieg kämpfen? Das konnte ich mir nur schwer vorstellen.

Ich strich mir durch die blonden Haare und nahm mir vor, mich sofort auf etwas anderes zu konzentrieren.

»Meinst du, die anderen Teilnehmer kennen sich alle schon mit den Düften aus?«, murmelte ich Mats zu.

Mats blies die Backen auf. »Schwer zu sagen. Aber ich hoffe doch nicht. Sonst ist unser Vorteil jedenfalls dahin.«

Wir betrachteten die Leute um uns herum, die ebenfalls anstanden. Es waren viele in unserem Alter dabei, Kinder

und Teenager. Die meisten von ihnen wirkten ziemlich aufgekratzt und konnten kaum still stehen.

Und sie alle waren Elodies Einladung gefolgt, weil sie hofften, in *Die ewige Liga der Dufttalente* aufgenommen zu werden und in der Firma der Richemonts eine rosige Zukunft zu haben.

»Ist das cool!« Es war Leon, der sich hinter uns im Kreis drehte und dabei mit offenem Mund zur Decke starrte. »Allein die Lampen sind doch der Wahnsinn!«

Würde mir dieses Haus aus Glas nicht so viele Bauchschmerzen bereiten, hätte ich Leon zugestimmt. Das Zelt war wirklich beeindruckend. Über uns hingen unzählige Scheinwerfer und Lämpchen, die im Wechsel die unterschiedlichsten Farben und Lichter erzeugten. In der kurzen Zeit, in der wir hier warteten, hatte sich die Zirkusdecke in einen Sternenhimmel verwandelt, der hell und glitzernd über uns erstrahlte. Hin und wieder zogen grüne oder türkise Lichtschwaden über die Punkte hinweg.

»Das sollen bestimmt Nordlichter sein«, staunte Leon weiter. »Und da! Guckt mal, alle Sitze sind mit Samtpolstern bezogen!« Leon stieß Mats in die Seite und nickte in Richtung der Zuschauerreihen. Auf ihnen saßen lauter Eltern oder Familienangehörige, die darauf warteten, dass ihre Kinder endlich bei dem Anmeldeprozess an die Reihe kamen. Auch Daan und Willem hatten sich dort niedergelassen und beobachteten uns aus den Augenwinkeln.

Nur Edgar konnte ich nirgends mehr sehen. Er war längst abgetaucht und probierte vermutlich schon seine Dienstbotenuniform an.

Die Warteschlange bewegte sich Schritt für Schritt vorwärts. Als wir uns dem Tisch mit den Juroren näherten, spürte ich meinen Pulsschlag immer schneller schlagen. An einer Säule hing ein Plakat, auf dem in schnörkeligen Buchstaben die drei Turnierstufen aufgelistet waren.

Die Turnierrunden:

Tag 1 – Auswahlrunde

Tag 2 – Entscheidungsrunde

Tag 3 – Endrunde

Meine Anspannung stieg mit jedem Schritt. Ganz sicher würde ich dort auf Elodie treffen. Solange dieser Moment nur in meiner Vorstellung existiert hatte, war er mir gar nicht so schlimm erschienen, aber jetzt, da es gleich passieren würde, begann mein Herz, so zu rasen, als wollte es mir davongaloppieren.

Vor uns gingen zwei Teenager beiseite und dann, als eine Frau mit ihrem Sohn den Platz räumte, stand ich ihr direkt gegenüber. *Elodie.* Sie saß neben der Baronin von Schönblom und einem Mann mit schütterem Haar, der mir erst nach einem Moment wieder bekannt vorkam.

Das war einer der Ewigen, den ich bereits bei der Baronin von Schönblom gesehen hatte. An dem Tag, als wir uns auf ihr Anwesen geschlichen hatten. Dieser Mann hatte sich mit Monsieur Bernard, dem Flakonhersteller, unterhalten. Er war groß und kräftig und trug seine Kartoffelnase viel zu hoch in der Luft.

Doch ich hatte nur Augen für Elodie und spürte, wie der Schreck, plötzlich direkt vor ihr zu stehen, den »Hauch Veränderung« abschwächte.

Dieser Duft wirkte trotz aller Arbeit, die Daan daran betrieben hatte, immer noch am besten, wenn man die Person, die man vorgab zu sein, in Gedanken behielt. Also versuchte ich, mir wieder Anastasijas Foto vorzustellen, das ich in meiner Hosentasche trug, und lächelte möglichst unbekümmert.

Elodie strahlte so schön, wie ich sie in Erinnerung hatte. Trotz allem, was passiert war, fühlte ich mich fast geblendet von ihrem Aussehen. Nur ihr Blick wirkte unruhiger und ihre langen dunklen Haare nicht mehr ganz so seidig, wie sie es bei unserem letzten Aufeinandertreffen in der Ewigen Residenz getan hatten. Und ein kleiner Teil in mir war froh, dass unser Kampf auch bei ihr und all ihrer Makellosigkeit Spuren hinterlassen hatte.

»Konstantin!«, rief Elodie erfreut. »Das ist ja wunderbar, dass du doch am Turnier teilnehmen kannst.«

Mats reagierte darauf mit einem »Freut mich auch«, während ich mich hinter ihm versteckte, um Kraft zu sammeln.

»Du wirst hier alles vorfinden, was du benötigst.« Elodie wirkte zufrieden mit sich selbst. »Für Essen und Unterbringung haben wir selbstverständlich gesorgt. Teilnehmer- und Zimmernummern finden sich in den Unterlagen. Hier, bitte. Und: Bei Fragen einfach fragen.« Sie reichte Mats ein paar Unterlagen sowie einen Namenspin, den er sich an sein Hemd stecken sollte.

Nun war ich an der Reihe. Elodie wartete bereits darauf, dass ich ihr auch meinen unterschriebenen Zettel vom Eingang reichte, was ich so beherrscht wie möglich tat.

»Wir beginnen bereits heute Abend mit den Prüfungen.« Elodie nahm sich den Zettel, ohne mich ausführlicher zu begrüßen, worüber ich wirklich erleichtert war. Edgar hatte also recht gehabt. Elodie interessierte sich nicht für Anastasija.

»Wir rufen alle Teilnehmer der Reihe nach auf«, erklärte sie weiter, »und teilen euch erst danach die erste Aufgabe mit.« Sie hob ihr Kinn und streckte mir ebenfalls einen Namenspin sowie einen Stapel Papiere entgegen, genau wie sie es gerade bei Mats getan hatte. »Viel Erfolg!«, sagte sie noch und schon wandte sie sich Leon zu, der hinter mir stand.

»Danke schön«, gab ich etwas perplex zurück und ging weiter. Meine Finger zitterten leicht, als ich mir genau wie Mats meinen Pin ans T-Shirt steckte, aber das bemerkte zum Glück niemand.

Mats stieß mich unauffällig an und lächelte ermutigend. Ein Teil meiner Anspannung löste sich, denn obwohl er so fremd und anders aussah, war sein Blick immer noch derselbe.

Aus dem Augenwinkel beobachteten wir Leon, der jetzt vor Elodie stand. Auch als Harvey Hattington trug er sein typisches Leon-Lächeln im Gesicht, das selbst Elodie kurz die Sprache zu verschlagen schien. Während Leon den

Mund öffnete, hielt ich die Luft an, weil ich befürchtete, dass gleich ein »Hallo, Prinzessin« rauskommen würde, aber zum Glück tat es das nicht.

Stattdessen strich er sich sichtlich angetan von Elodie durch sein geliges Haar. Uah! Ich wollte mir gar nicht vorstellen, wohin er jetzt den Glibber schmierte, der daraufhin bestimmt an seiner Handfläche klebte. Trotzdem musste ich zugeben, die Rolle des aufgemotzten Angebers Harvey Hattington spielte Leon absolut perfekt. Zumindest hatte ich mir ihn genauso vorgestellt.

Als wir endlich mit der Anmeldung fertig waren, verließ ich hinter Mats das Zelt. Nur ein letztes Mal sah ich über meine Schulter zu Elodie, die sich längst anderen Teilnehmern zugewendet hatte.

Über den hinteren Teil des Hofes gingen wir hinein in die Burg. Bereits die Eingangshalle war so altmodisch eingerichtet, wie man es nur aus Schlössern aus dem Mittelalter kannte. Doch wen wunderte es? Schließlich kannten wir den Einrichtungsgeschmack der Ewigen bestens und wussten, dass sie historischen Protz über alles liebten.

Am Eingang waren kleine Tafeln aufgestellt, auf die Zimmernummern und Pfeile gemalt waren. Ich blieb davor stehen und blätterte in meinen Unterlagen. »Welche Zimmernummer hast du denn?«, fragte ich Mats.

»231«, antwortete er.

»Meine ist 149«, sagte ich nur und sah enttäuscht auf die Tafel.

Hinter uns tauchten Daan und Willem auf, die uns tatsächlich nicht aus den Augen gelassen hatten.

»Na, ihr beiden«, sagte Willem. »Heute Abend geht es also schon los. Fühlt ihr euch bereit?« Ich hörte trotz der fremden Stimme Sorge durchklingen.

Ich nickte unschlüssig und drehte mich zu Daan. »Meinen Sie, unser ›Hauch Veränderung‹ reicht wirklich bis zum Ende des Turniers aus?« Dass wir vorher nicht hier herauskonnten, bereitete mir immer noch Bauchschmerzen.

»Ja. Ich denke, das bekommen wir problemlos hin«, meinte er und nickte mir aufmunternd zu. »Kümmert euch nur um die Wettkämpfe, alles andere regeln wir. Zur Not schleuse ich neue Flakons hier rein, in Ordnung? Und wenn ihr Probleme habt, gebt uns einfach ein Zeichen. Wir werden immer in eurer Nähe sein.«

Ich atmete tief durch und nickte. Wir waren nicht alleine. Das sagte ich mir immer und immer wieder, während der modrige Geruch der Ewigen durch meine Nase zog.

»Ich bin auch in Zimmer 231«, hörte ich Leon hinter uns sagen.

»Na dann …« Mats grinste schief, »… darf ich dir wohl mal wieder beim Schnarchen zuhören.«

12

Zu dritt machten wir uns auf den Weg zu unseren Zimmern, bis Mats und Leon in eine andere Richtung abbiegen mussten. Willem und Daan wiederum hielten eine ganz andere Zimmernummer in den Händen, aber das lag daran, dass die Zuschauer in einem von den Teilnehmern des Turniers abgetrennten Trakt der Burg untergebracht wurden. Wir wohnten in einem Teil, der durch massive Flügeltüren vom Rest der Burg abgeschottet war.

Alleine lief ich einen Flur entlang, bis ich bei dem Zimmer mit der Nummer 149 ankam. Unschlüssig ging ich hinein und verharrte kurz im Türrahmen.

Obwohl dicke Teppiche, bedruckte Tapeten und Gemälde in goldverzierten Bilderrahmen eine herrschaftliche Atmosphäre erzeugten, drängten sich in diesem Raum acht Betten eng aneinander. Mir wurde schon beim Anblick mulmig. So viele Teilnehmer in einem Zimmer? Oje, hoffentlich bemerkte keins der Mädchen meine Tarnung! Was, wenn ich mich mitten in der Nacht von Anastasija in mich selbst zurückverwandelte, ohne es zu merken?

Mir wurde ganz heiß bei der Vorstellung, also scannte ich das Zimmer nach einem Bett ab, das möglichst weit von allen anderen entfernt stand. Außerdem nahm ich mir vor, den Flakon mit dem »Hauch Veränderung« auch nachts immer griffbereit zu haben und mir die Bettdecke, so gut es ging, über den Kopf zu ziehen.

»Hallo!«, begrüßte ich die fünf Mädchen, die bereits im Zimmer waren. Drei von ihnen standen zusammen und unterhielten sich, eine packte ihre Tasche aus und eine Dritte – ein auffällig junges Mädchen, das schätzungsweise erst acht war –, hatte sich auf ihr Bett verzogen und las in einem Buch.

»Hallo«, nuschelte die Kleine mir zu, die anderen beäugten mich eher misstrauisch.

Ich räusperte mich. »Welches Bett kann ich denn nehmen?«, fragte ich vorsichtshalber auf Englisch, das mir dank Anastasijas Sprachkenntnissen ohne jedes Zögern über die Lippen kam.

»Nimm doch das da«, antwortete eine aus der Dreiergruppe ebenfalls in Englisch. Sie zeigte auf eines der Betten und grinste die anderen zwei Mädchen an.

Ich seufzte innerlich. Es war das Bett, das direkt an der

Tür stand und das natürlich niemand wollte, weil jeder, der ins Zimmer hinein- oder hinausging, daran vorbeimusste.

»Super«, murmelte ich und wollte gerade meine Tasche darauf abstellen, als die Kleine am Fenster von ihrem Buch aufsah. »Neben mir ist auch noch eins frei«, sagte sie auf Deutsch – scheinbar hatte sie mein Gemurmel gehört.

Ich lächelte sie dankbar an und ging zu ihr hinüber, während die anderen drei Mädchen wieder die Köpfe zusammensteckten und tuschelten. Ich hörte heraus, dass sie sich gegenseitig irgendwelche Dinge aus einem Buch über die wichtigsten Duftbausteine abfragten. Außerdem vermutete ich, dass sie sich dazwischen irgendwelche Gemeinheiten über alle anderen im Zimmer zuraunten.

Egal! Wenn die glaubten, dass ihnen irgendwelche auswendig gelernten Formeln bei dem Duftturnier helfen würden, dann bitte schön! Mir zeigte das nur, dass die drei definitiv null Ahnung hatten, was ihnen bevorstand.

Doch was war das? Ich rümpfte die Nase und schielte noch einmal zu den Mädchen hinüber. Da lag ein undefinierbarer Duft in der Luft, der nach Kälte und Hitze zugleich roch. Er erinnerte mich irgendwie an … Angst.

An eine furchtbare Angst zu versagen.

Eine Gänsehaut wanderte über meine Arme. Hier, umgeben von den anderen Teilnehmern, kam es mir vor, als würde mein Sentifleurtalent völlig verrücktspielen. Es hatte sich schon früher ab und an bemerkbar gemacht, zum Beispiel, als ich Daan de Bruijn zum ersten Mal begegnet war, aber nie so auffällig wie jetzt. Aber wahrscheinlich achtete ich mittlerweile nur ganz besonders darauf.

Unter die Versagensangst, die von der Mädchengruppe zu mir waberte, mischte sich nun auch noch eine tiefe Abneigung und diese – diese richtete sich gegen mich! Ja tatsächlich: Ich konnte spüren, dass besonders das Mädchen, das mir das Bett an der Tür angeboten hatte, mich seltsam fand. *Seltsam?* Ich war doch nicht *seltsam!*

Ich schluckte und musste zugeben, dass ich auf einmal doch ein bisschen verstand, wovor Daan mich während unseres Unterrichts gewarnt hatte. Zu wissen, was die Mädchen wirklich über mich dachten, fühlte sich gar nicht gut an. Ganz im Gegenteil.

»Hi«, sagte ich zu dem Mädchen neben mir. »Ich heiße … äh, Anastasija. Und du?«

»Ich bin Ella.« Sie lächelte mich aus ihren hellgrünen Augen schüchtern an und vertiefte sich gleich wieder in ihr Buch. Ihre langen braunen Haare fielen dabei wie ein Vorhang nach vorn, sodass man nicht mehr viel von ihr sah.

Froh über den von allen anderen am weitesten entfernten Schlafplatz im Zimmer, reservierte ich mir das Bett am Fenster und sah noch mal zu Ella. Sie schien älter zu sein, als ich zunächst gedacht hatte. Vermutlich waren die meisten in ihrer Klasse größer als sie.

»Bist du allein hier?«, fragte ich.

Ella schielte über ihr Buch und durch ihren Haarvorhang zu mir hinüber. »Ja, ich bin die Einzige aus meiner Familie, die eine Einladung bekommen hat. Aber meine Eltern begleiten mich. Und du?«

»Ein paar Teilnehmer habe ich gerade schon kennengelernt«, versuchte ich, ihrer Frage auszuweichen, weil mir plötzlich klar wurde, dass Konstantin und Harvey ganz bestimmt nicht zusammen hergekommen wären. Es war gar nicht so leicht, auf alles gleichzeitig zu achten, wenn man eine Rolle überzeugend spielen musste.

Am besten verschwand ich so schnell wie möglich wieder aus dem Zimmer, bevor ich mich noch verplapperte. Außerdem waren die fiesen Gedanken, die die drei zusammengluckenden Mädchen verbreiteten, alles andere als angenehm. Auch Ella sah aus, als könnte sie jemanden an ihrer Seite gebrauchen, so wie sie da ganz allein auf ihrem Bett kauerte und versuchte, sich hinter ihrem Wälzer zu verstecken. Bestimmt würde sie es nicht merken, wenn mir der ein oder andere Anastasija-Patzer über die Lippen kam.

Immerhin hatte ich den Vorteil, dass meine Familie aus Russland kam, und somit kannte Ella hoffentlich weder mich noch meine Verwandtschaft.

»Magst du mit rauskommen?«, fragte ich sie deshalb. »Wir könnten uns ein bisschen umsehen, was meinst du?«

»Ja gern!« Ella klappte augenblicklich ihr Buch zu, als hätte sie nur darauf gewartet, und verließ mit mir das Zimmer.

Wir gingen nebeneinander den Flur entlang. Um uns herum liefen auch die anderen Teilnehmer auf und ab und versuchten, sich zurechtzufinden. Die meisten waren so ungefähr zwischen zehn und zwanzig Jahre alt. Die jüngsten kamen in Begleitung ihrer Eltern und ließen sich nicht nur beim Zurechtfinden helfen. Hinter einer Kurve, die in einen hohen Saal samt Ritterrüstungen und baumhohen Kerzenständern führte, gingen wir an einem Vater vorbei, der seinen Sohn regelrecht anblökte, dass er es bloß nicht wagen sollte, das Turnier zu vermasseln. Der Junge zitterte schon vor lauter Anspannung.

Ein anderes Elternpaar wiederum saß rechts und links neben der Tochter auf einem altmodischen Sofa aus Seidenbezug, das so klein war, dass sie sich darauf regelrecht aneinanderquetschen mussten. Die Eltern flöteten um die Wette, wie grandios ihr Perlchen im Vergleich zu allen anderen doch war.

»Danke, dass du mich aus dem Zimmer geholt hast«, sagte Ella neben mir.

»Ich finde die Mädchen in unserem Zimmer auch nicht besonders nett«, meinte ich und zwinkerte Ella zu. »Wir verbringen unsere Zeit lieber ohne die.«

Ella strahlte mich an und winkte mich um eine Ecke. »Es gibt einen Vorbereitungsraum«, sagte sie. »Wenn du magst, zeig ich ihn dir.«

»Ja gern!« Ich folgte ihr durch zwei weitere Flure hinein in ein Kaminzimmer. Der Raum wirkte überraschend warm und gemütlich. An den Wänden klebten dunkelrote Stofftapeten und die wenigen Lampen leuchteten orange. Auf einigen Beistelltischchen standen Schalen mit Keksen und Obst herum. Ella zog eins der Tischchen hinüber zu einem breiten Ledersofa, auf das wir uns setzten. Nebeneinander schauten wir ins Kaminfeuer, das heimelig vor sich hin knisterte.

»Weißt du schon ein bisschen mehr über das Turnier?«, fragte ich sie.

Ella warf mir einen seltsamen Blick zu. »Ich dachte eigentlich, du könntest mir mehr darüber verraten.« Mit einem Seufzen sah sie zur Seite. »Ich weiß nur, dass alle in meiner Familie sehr, sehr stolz auf mich wären, wenn ich einen guten Platz mache.«

Ich nickte und wusste genau, was sie meinte. Auch wenn ich mir kaum vorstellen konnte, wie es sein würde, wenn meine Eltern von alldem hier wüssten – oder mich sogar dabei unterstützen würden.

»Kennst du viele der Teilnehmer?«, fragte ich.

»Nur ganz grob.« Ella hob die Schultern. »Die meisten habe ich natürlich schon mal gesehen, zumindest auf Fotos. Aber ... *du* kennst doch bestimmt die ganzen Familien, oder?«

Spätestens jetzt wurde mir wieder bewusst, dass ich alles, was an mickrigem Schauspieltalent in mir steckte, hervorkramen musste, wenn ich nicht auffliegen wollte.

Ob eine Bessergeborene wie Anastasija sich wohl auch nur mit bestimmten Teilnehmern hier unterhalten würde? Ob mich das auffliegen ließ, wenn ich mich einfach mit denen umgab, die ich am nettesten fand? So dachten die Bessergeborenen schließlich nicht!

Kurz ärgerte ich mich über mich selbst, dass ich nicht einfach für mich geblieben war. Das hätte alles so viel einfacher gemacht.

»Na ja«, sagte ich und zog meine Worte in die Länge, doch Ella kam mir zum Glück zuvor.

»Deine Familie ist doch sehr groß, oder? Und ihr besitzt eine direkte Linie zu den de Richemonts, wenn ich das richtig gelesen habe?«

Mir fiel wieder ein, dass Edgar gesagt hatte, dass Elodie Anastasija nicht übermäßig schätzte. Es gab irgendwelche Stammbaumgeschichten, die die russischen Wladimastows nicht als vollkommene Bessergeborene akzeptierten. Vielleicht konnte mir das jetzt helfen?

»Es gibt ein paar Unstimmigkeiten zwischen meiner Familie und den de Richemonts«, sagte ich. »Ist kompliziert, aber im Grunde wollen ein paar der Richemonts den Wladimastows den Status der Bessergeborenen wieder aberkennen. Frag mich nicht. Familienstreitereien eben ...«

Ellas Augen wurden groß. »Dann ... bist du auch nur eine *Halbe*? Ich dachte immer, jemand wie du hätte solche Probleme nicht.«

»Wie meinst du das?« Ich verstand nur Bahnhof. Was bitte war denn eine *Halbe*?

»Weißt du ...« Ella kniff ihre Lippen zu einem Strich zusammen und sah mich an. »Meine Familie gehört gar nicht so richtig zu den Bessergeborenen, wie ... na ja ...« Sie kam ins Stocken und warf mir noch einmal einen unsicheren Blick zu, als ob sie sich vergewissern wollte, ob sie mir das überhaupt anvertrauen konnte.

Ich lächelte sie an, um ihr damit ein bisschen Sicherheit zu geben. Bei mir brauchte sie sich natürlich keine Gedanken darüber zu machen. Sie wurde mir dadurch schließlich nur sympathischer. Aber klar, einer echten Wladimastow hätte sie all das besser nicht verraten.

Doch Ella wirkte erleichtert. »Die Zugehörigkeit meiner Familie ist im Stammbaum etwas unklar dargestellt, meinen manche Leute. Sie nennen uns deshalb nur *die Halben*.

Es ist natürlich nicht so, dass wir gar nicht anerkannt sind, sonst wäre ich ja auch nicht hier und hätte keine Einladung bekommen. Nur … normalerweise werden wir nicht gerade häufig eingeladen.«

Einen Moment lang überlegte ich, wie ich als Bessergeborene darauf wohl antworten müsste. Aber dann dachte ich: Anastasija war Ella genauso fremd, wie sie es mir selbst war. Also schob ich all meine Vorsicht beiseite.

»Mach dir nichts draus.« Ich legte eine Hand auf ihre Schulter. »Bessergeborene, *pfff!* Wer legt eigentlich überhaupt fest, wer dazugehört und wer nicht? Die de Richemonts? Die wissen auch nicht immer alles.«

Ella kicherte verstohlen, doch schon im nächsten Moment legte sie sich ihren Zeigefinger auf die Lippen und raunte mir ein »Pssst!« zu.

»Aber du …?«, flüsterte sie und schüttelte ihren Kopf. »Ich hätte nie gedacht, dass die Wladimastows von einigen auch als *Halbe* bezeichnet werden. Ich dachte immer, ihr gehört zu den direkten Blutsverwandten des Stammbaums.«

Mist! Ella kannte sich doch besser aus als vermutet. Aber eigentlich konnte das ja nur von Vorteil sein, zumindest solange ich ihr keinen Grund gab, mir zu misstrauen.

»Ja, das stimmt schon. Manche denken so darüber, andere anders. Es wird immer wieder diskutiert. Ich *fühle* mich nur nicht als etwas Besseres, weißt du? Ganz egal, was in irgendeinem Stammbaum festgelegt wurde oder nicht.«

Ella strich sich durch die braunen Haare, die ihr weit den Rücken hinunterreichten, und grinste. »Meine Eltern sagen immer, dass man kein bisschen besser ist, nur weil man meint, als Bessergeborener auf die Welt gekommen zu sein.« Doch schon im nächsten Moment sprach Ella wieder so leise, dass ich sie kaum verstand. »Die de Richemonts und meine Eltern sind nicht die besten Freunde und ich hab mich wirklich gewundert, dass ich trotzdem eingeladen worden bin.«

Auch ich konnte mir gut vorstellen, wie meine Eltern über Leute wie die de Richemonts reden würden. Ma hätte bei Syrells Angebereien nur genervt die Augen verdreht und Pa hätte dazu ständig seine spöttischen Bemerkungen gemacht.

Irgendwie hatte ich das Gefühl, Ella und ich waren uns ziemlich ähnlich. Außerdem spürte ich, nicht nur mithilfe meines Sentifleurtalents, dass ich ihr vertrauen konnte und dass ich besser ein bisschen auf sie aufpasste. Denn dass sie mir so schnell von ihren Sorgen erzählte, sprach nicht dafür, dass Ella eine Ahnung hatte, wie gefährlich die Bessergeborenen werden konnten.

Von hinten tippte mir jemand auf die Schulter. »*Hier* bist du! Wir haben dich schon gesucht.«

»Ma… Konstantin!«, sagte ich und war erleichtert, als ich Mats hinter mir stehen sah, auch wenn ich mich an sein verwandeltes Aussehen wohl so schnell nicht gewöhnen würde.

Ein paar Schritte hinter Mats kam Leon auf uns zu. »Und? Stellst du uns deiner neuen Freundin vor?«, fragte er betont lässig.

»Das ist Ella«, sagte ich und zeigte für sie erst auf Leon,

dann auf Mats. »Und die beiden heißen Konstantin und Harvey.«

Ella streckte ihnen ihre Hand entgegen und die Jungs schüttelten sie nacheinander, bevor sie sich zu uns setzten.

Ella schien beim Anblick der älteren Jungs plötzlich noch stiller und unscheinbarer zu werden. Beinahe hätte ich angefangen, darüber zu lachen, nicht weil ich mich über sie lustig machte, sondern ganz im Gegenteil. Die kleine Ella erinnerte mich so sehr daran, wie ich selbst noch vor gar nicht langer Zeit gewesen war. Wahrscheinlich war das der Hauptgrund, warum ich sie sofort ins Herz geschlossen hatte.

»Und, die Damen?« Leon grinste uns an. »Fühlt ihr euch gut vorbereitet auf die erste Turnieraufgabe?«

»Natürlich!«, sagte ich mit erhobenem Kinn. »Und selbst?«

»Sicher sind wir das«, schaltete sich Mats ein, griff sich einen Keks von einem der Beistelltische und biss hinein. »Habt ihr schon ein paar der anderen Teilnehmer kennengelernt? Ich habe ja ehrlich das Gefühl, dass viele gar nicht ahnen, was genau auf sie zukommt.«

Wir ja auch nicht, dachte ich im Stillen. Mats war genauso besorgt, das sah ich ihm an.

»Das ist vielleicht auch besser so«, antwortete ich jedoch nur. »Andererseits habe ich das Gefühl, einige Teilnehmer nehmen das Turnier sehr ernst.«

Leon klatschte in die Hände und lächelte sein typisches Lächeln. »Ernst ist es ja auch.«

»Ja aber …« Ich schüttelte den Kopf. »Habt ihr die Eltern auf dem Flur gesehen? Die sind doch total verbissen.«

Noch in meine Worte hinein läutete ein Gong durch die Hallen der Burg. Er jagte alle um uns herum aus ihren Sesseln und trieb sie aus dem Kaminzimmer nach draußen.

Mir wurde heiß und Aufregung brach in mir aus, als hätte jemand einen Schalter in mir umgelegt. Ich sah zu Ella, die nicht von meiner Seite wich und ganz blass um die Nase war.

Nur Leon schien sich nicht davon beeindrucken zu lassen und stand mit Schwung auf. »Also dann …«, sagte er und marschierte voraus. »Es geht wohl los!«

Wir folgten dem Strom der Menschen die Flure entlang. In der Eingangshalle der Burg erwarteten uns bereits Dienstboten der Ewigen. Ich entdeckte auch Edgar unter ihnen, der in seiner Dienerkluft wirklich kaum wiederzuerkennen war. Ich schaute schnell weg, damit mir nichts herausrutschte, das ihn noch verriet.

Vor uns hatte sich bereits eine Warteschlange gebildet, in der einem nach dem anderen eine Teilnehmernummer ausgehändigt wurde.

»Bist du bereit?«, flüsterte Mats mir zu.

»Besser, ich bin es«, sagte ich nur und verzog angespannt das Gesicht.

Im nächsten Moment stand ich schon vor Edgar, der mir meine Teilnehmernummer entgegenstreckte.

»Bitte schön«, sagte er und hob fast unmerklich seine Mundwinkel. »Und viel Erfolg beim Turnier.«

13

Im Turnierzelt lag Unruhe in der Luft und die Scheinwerfer blendeten beim Eintreten. Mein Herz begann, schneller zu schlagen, und meine Handflächen wurden feucht. Die allgemeine Anspannung waberte von allen Seiten zu mir; die Zuschauer rutschten auf ihren Stühlen hin und her und plapperten durcheinander.

Es war so leicht, die Gefühle und Empfindungen der Teilnehmer um mich herum aufzuschnappen. Je öfter ich mein Talent einsetzte, desto müheloser gelang es mir. Und als ich mich auf meinen Platz setzte, hatte ich das

Gefühl, dass die Aufregung im Publikum regelrecht explodierte.

Am Ende der Manege saßen die Teilnehmer auf fünf langen Stuhlreihen hinter dem Haus aus Glas. Dort waren wir aufgereiht wie die Hühner auf der Stange. Es waren so viele um mich herum, dass ich fast den Überblick verlor. Von unseren Sitzen aus konnten wir durch das Glashaus direkt in die nervösen Gesichter der Zuschauer und Familienmitglieder blicken. Nach einigem Suchen fand ich Daan und Willem im Publikum. Fast hätte ich die beiden nicht erkannt. Mit seiner neuen weißhaarigen Halbglatze und der Tweedjacke wirkte Daan genauso fremd auf mich wie Willem mit seiner ungewohnt schmächtigen Statur im Frack.

Und dort, hinten in einem der Gänge zwischen den Sitzlogen, stellten sich die Bediensteten in ihren steif gebügelten Uniformen auf. In ihrer Mitte entdeckte ich wieder Edgar.

Ebenfalls hinter dem Glashaus, noch vor den Zuschauern, saßen die Jurymitglieder an einem Tisch und taxierten uns. Ich schluckte, als mir klar wurde, dass die Jury wirklich nur aus Elodie de Richemont, der Baronin von Schönblom und dem Ewigen mit der Kartoffelnase bestand. Allein die Härte in ihren Gesichtern reichte aus, um meine Knie schlottern zu lassen.

Ich sah Mats an, der neben mir saß. Er fing meinen Blick auf und versuchte sich an einem Lächeln, das ihm nicht recht gelingen wollte. Ich lächelte zurück und hätte vor lauter Nervosität fast nach seiner Hand gegriffen. Wir saßen auf dem Präsentierteller und mussten jetzt unsere Rollen spielen.

Leon lehnte sich etwas nach vorne und zwinkerte nicht nur mir, sondern auch Ella zu, die auf der anderen Seite neben mir saß. »Na?«, feixte er. »Ihr seht aus, als wärt ihr gehörig nervös. Habt ihr etwa Angst?«

»Besser, du hast selbst welche«, fauchte ich ihm zu. Seine aalglatte Erscheinung als Harvey machte mich automatisch ärgerlich, dabei war es ja nur gut, dass er seine Rolle auch überzeugend spielte.

Plötzlich begannen sich die Lichter unter der Zirkusdecke zu bewegen und heller zu leuchten. Die Scheinwerfer streiften über uns hinweg und dazu erklang eine rhythmische dunkle Musik. Ich konnte sie nicht zuordnen, wusste aber instinktiv, dass diese Musik auf keinen Fall aus unserer Zeit stammte, sondern wahrscheinlich schon uralt war.

Die Juroren erhoben sich und schritten durch die Manege. Allen voran die Baronin von Schönblom, die ihre Arme ausbreitete, als gehörte ihr die Welt. Auch heute trug sie wieder ein Kleid, das aus einem Museum hätte stammen können. Es war ein hochherrschaftliches Seidenkleid mit Reifrock, Spitzen und Puffärmelchen und viel zu vielen Rockschichten, die beim Gehen über den Boden schleiften.

»Willkommen, meine lieben Bessergeborenen!«, erfüllte ihre Stimme das Zelt und mir fröstelte automatisch. »Mit Freuden stelle ich fest, wie viele wir doch sind! Nun, das lässt wahrlich auf eine *bessere* Gesellschaft in naher Zukunft hoffen!«

Im Zelt lachten einige der Bessergeborenen über den Wortwitz. Ich sah zu Edgar, der das Geschehen angewidert beobachtete. Ich konnte mir nur vage vorstellen, was ihm gerade durch den Kopf gehen musste, jetzt, da er die Baronin seit langer Zeit wiedersah.

Die Baronin gefiel sich jedenfalls in ihrer Rolle und die dramatische Lichtstimmung und Musik ließen sie auch tatsächlich beeindruckend wirken. Mir fiel auf, dass sie die letzte Zeit nicht weitergealtert war. Sie wirkte sogar fast ein bisschen jünger, als sie bei unserem letzten Treffen ausgesehen hatte. Offensichtlich war sie an neuen Ewigkeitsduft gekommen, nachdem sie einige Zeit ohne hatte auskommen müssen.

Die Baronin übergab Elodie das Wort, die natürlich so hübsch und perfekt aussah wie immer.

»Ihr alle habt die Ehre, aus den besten Familien abzustammen, die euch ein wertvolles Erbe weiterreichen.« Elodie ging um das Haus aus Glas herum und schritt dann langsam an den Turnierteilnehmern entlang. »Nicht nur eure Herkunft und der daraus folgende Stand eurer Blutslinien muss von euch weitergetragen und über die Generationen bewahrt und beschützt werden, sondern noch ein weiteres Erbe schlummert möglicherweise in einigen von euch. Wer von euch es in sich trägt, werden wir in diesem Turnier herausfinden!« Elodie legte eine lang gezogene Pause ein. Im Zelt war es mucksmäuschenstill. Jeder wartete darauf, was sie als Nächstes sagen würde.

»Uns Juroren ist bewusst, dass die Voraussetzungen und Vorkenntnisse der einzelnen Teilnehmer überaus unterschiedlich sind.« Elodie ließ ihren Blick schweifen. »Aber das macht nichts. In diesem Wettkampf geht es ausschließlich um Intuition und Talent!«

Die Baronin nickte dem dritten Juror mit der Kartoffelnase zu, woraufhin der in seine kräftigen Hände klatschte. Gleich darauf traten ein paar Bedienstete mit beladenen Tablets vor und ich war erleichtert, dass Edgar nicht unter ihnen war.

Nicht auszudenken, was passiert wäre, wenn die Baronin ihn von Nahem gesehen hätte.

Das bunte Scheinwerferlicht wurde gedimmt und beleuchtete die Diener, wie sie nacheinander kleine Flakons vor sich hertrugen und einen nach dem anderen auf einem Tischchen im Haus aus Glas abstellten. Dazu hallte die Musik wie ein Marsch durchs Zelt. Neben mir sank Ella ein Stück tiefer in ihren Stuhl.

»Es geht los«, flüsterte sie so leise, dass ich sie nur gerade so verstand.

Die Baronin setzte sich neben den Mann mit der Kartoffelnase, während Elodie auf das Haus aus Glas zuschritt. Unter den Scheinwerfern leuchteten die bunten Flakons um die Wette.

»Beginnen wir!«, rief Elodie und ihre Stimme klang dabei, als feuerte sie einen Startschuss in die Luft ab. »Folgendes erwartet euch: Diese Flakons stehen im Haus aus Glas für euch bereit. Sicher haben die wenigsten Erfahrung mit den Düften unseres ehrwürdigen Meisters Daan de Bruijn, aber ich bin mir sicher, dass sie jedem von euch nur zu gut aus Erzählungen bekannt sind und ihr bereits den einen oder anderen Duft in euren Familien miterleben durftet. Denn nur wir, die bessergeborenen Nachkommen, haben dieses Privileg. In unseren Familien sind die Flakons der

Duftapotheken seit langer Zeit Tradition und haben bereits vielerlei Probleme gelöst!«

Ein zustimmendes Raunen kam aus den Zuschauerreihen und erfüllte das Zelt. Ich jedoch spürte, wie wütend mich Elodies Worte machten. All die Düfte, die wir beim Turnier verwenden würden, musste Daan gemischt haben. Es waren Düfte, die die Richemonts über die Jahrhunderte hinweg bei Daan bestellt hatten, als er noch als Duftapotheker gearbeitet hatte. In der Ewigen Residenz in Paris hatte ich gesehen, wie groß der Vorrat an Flakons war, den die Richemonts angesammelt hatten. Er stand in Größe und Auswahl unserer Duftapotheke nur wenig nach.

Und nun benutzten sie Daans Düfte, um weitere Sentifleurs zu finden und für ihre Zwecke zu missbrauchen.

»Nun denn!« Elodie klatschte in die Hände. »Heute wird sich zeigen, wer unter euch aus unseren hochwohlgeborenen Blutslinien das überaus seltene Talent der Sentifleurs weitervererbt bekommen hat.«

Diesmal ging ein Murmeln durch die Stuhlreihen der Teilnehmer.

Ella blinzelte zu mir. »Was … was ist denn ein Sentifleurs?«

Ich biss mir auf die Unterlippe und sah wieder stur geradeaus. Ich konnte es ihr jetzt nicht erklären, so gern ich auch wollte.

Elodie griff sich ein Blatt Papier. »Alle Teilnehmer werden nacheinander aufgerufen. Jeder, der an der Reihe ist, darf die Arena unseres *Turniers der tausend Talente* betreten.« Elodie zeigte auf das Haus aus Glas. »Wir werden den ersten Teil mit der Auswahlrunde beginnen. Das bedeutet, ihr sollt uns zunächst nur zeigen, ob ihr die Duftapothekendüfte erkennt und wie ihr auf sie reagiert.« Elodie ging auf das Haus aus Glas zu und öffnete die Tür. »Jeder aufgerufene Teilnehmer darf die Arena betreten. Sobald die Tür geschlossen ist, werden wir sie mit einem Duft befüllen. Eure Aufgabe in der Auswahlrunde ist es, den Duft zu erkennen und ihn mit einem der für euch im Glashaus bereitgestellten Düfte in den Flakons unwirksam zu machen oder zumindest abzuschwächen. Wem dies von euch gelingt, erhält die Ehre, in die Entscheidungsrunde zu gelangen.«

Damit schritt Elodie zum Tisch, an dem die Baronin und der Kartoffelnasenmann saßen.

»Nun gut!«, rief sie uns entgegen und die Zuschauer begannen zu der aufs Neue einsetzenden Musik in die Hände zu klatschen. »Talente … zeigt uns, was in euch steckt!«

14

Elodie griff sich die Türklinke zum Eingang des Glashauses. »Es beginnt … Felicitas Bernard!«, verkündete sie und trat zur Seite. Mit ihrem ausgestreckten Arm wies sie ins Innere des Glashauses und wartete in dieser Haltung auf ein Mädchen mit kurzen rotblonden Haaren, das ganz am Ende unserer Reihe saß und nur zögerlich aufstand.

Felicitas wirkte sehr nervös und schaute Elodie kaum an, dabei war sie sicherlich ein paar Jahre älter, fast schon erwachsen. Unschlüssig betrat sie das Innere und betrachtete die Flakons auf dem Tisch, während Elodie mit einem Klacken die Tür hinter ihr verschloss. An der Zeltdecke erloschen die Lichter. Nur ein letzter Scheinwerfer beleuchtete das rothaarige Mädchen, das nun wie eine Gefangene vor uns stand, umgeben von Glaswänden.

Elodie nickte einem Dienstboten zu, der seitlich bereitstand. Er öffnete eine kreisrunde Klappe außen am Glashaus und klinkte einen Flakon ein. Keine Sekunde später dampfte ein mir wohlvertrauter blaugrauer Dunst ins Innere und umnebelte das Mädchen hinter den durchsichtigen Scheiben.

Ich hielt die Luft an und spürte, wie mein Herz immer schneller klopfte. Der Dienstbote hielt ein Schild hoch. Zuerst konnte ich nicht sehen, was darauf stand, denn er drehte die beschriftete Seite lediglich dem Publikum zu. Doch schließlich lief er im Kreis um das Glashaus herum, immer darauf bedacht, dass Felicitas das Schild nicht lesen konnte. Und dann sah ich die Beschriftung. Der Name des Duftes, der nun ins Glashaus floss, stand darauf. Und es war genau der Duft, auf den ich längst getippt hatte. Es war die »Regenwolke« … und ich ahnte schon, was gleich passieren würde.

Die marschartige Musik erklang erneut und steigerte sich in ihrer Lautstärke, während der blaugraue Nebel als Wolken an die Glashausdecke stieg. Es dauerte nur wenige Sekunden, dann fiel ein Regenschauer auf Felicitas herab. Unter den dicken Wassertropfen, die auf sie niederstürzten, durchforstete sie die Flakons vor sich, schien aber nicht zu wissen, welcher Flakon ihr weiterhelfen könnte.

»Nimm die ›Vertrocknete Note‹«, murmelte ich leise vor mich hin, aber natürlich hörte Felicitas mich nicht.

Sie griff zu einem Flakon, stellte ihn jedoch gleich wieder weg. Hilfe suchend sah sie nach draußen in die Zuschauerreihen, dann wieder auf die Flakons.

Das Wasser, das aus den Wolken hinabströmte, hatte sich am Boden des Glashauses gesammelt und stieg Felicitas mittlerweile bis zu den Knöcheln. In wenigen Minuten würde wohl der gesamte Kasten geflutet sein. In ihrer Panik entschied sich Felicitas für einen kleinen, bauchigen Flakon und öffnete ihn. Eine kaum sichtbare Duftwolke stieg durch die Regenmassen empor. Ich konnte nicht recht erkennen, welcher Duft es war, doch er hatte offenbar keine Auswirkung auf die Wassermassen, die auf Felicitas hinabfielen. Stattdessen schien sie sich mit einem Mal kaum noch bewegen zu können. Wie eine Statue stand Felicitas im Regen. Ihre Haare und Kleidung klebten an ihr, trotzdem war sie zu keiner Reaktion in der Lage.

»So ein Mist«, hörte ich Mats leise neben mir murmeln, und als ich einen Blick zu Ella warf, merkte ich, wie kreideweiß sie war. Selbst Leons selbstgefälliges Lächeln war verschwunden.

Der Dienstbote hielt ein neues Schild in die Luft, mit dem er im Kreis um das Glashaus lief. Darauf stand: »Der Duft der Langsamkeit«.

Ich fluchte innerlich. Felicitas hatte wohl gedacht, sie könnte den Regen verlangsamen und ihn dadurch beenden. Aber so funktionierte der »Duft der Langsamkeit« nicht.

Das Wasser stieg – inzwischen hatte es Felicitas Kniekehlen erreicht. Ich blickte zur Jury und ich hätte es ihnen zugetraut, Felicitas bis zum Äußersten da im Glaskäfig zu lassen, doch da kreischte schon die Baronin durch das Zelt.

»Abbruch!«, rief sie und hielt von ihrem Platz ein weiteres Schild in die Luft. Darauf stand eine dicke, fette Null. Auch Elodie und der Kartoffelnasenmann hielten eine Null in die Höhe.

Ich hätte sie erwürgen können. Sie bewerteten alle Teilnehmer mit Punkten! Als wäre das irgendein Sportwettbewerb.

Erneut gab Elodie dem Dienstboten ein Zeichen, woraufhin dieser einen Schalter am Glashaus betätigte und ein Brummen erklang.

Erst jetzt fiel mir der Metallschlauch auf, der mir auf ungute Art noch in Erinnerung war. Er gehörte zu einer von Syrell de Richemonts Absauganlagen, die er in der Ewigen Residenz installiert hatte, um seine Düfte völlig unbekümmert auf Leute anwenden zu können, die ihm zuwider waren.

Elodie hatte sie nun in das Glashaus einbauen lassen. Auf diese Weise waren die Düfte für alle außerhalb des Glaskastens völlig ungefährlich, ganz egal, was im Inneren stattfand. Keine Duftschwade würde jemals aus dem abgeriegelten Raum zu uns dringen.

Nachdem das Brummen erstarb, war das Glashaus trocken und sauber wie zu dem Zeitpunkt, als Felicitas den Raum betreten hatte. Mit wackeligen Schritten, tropfend und voller Scham, verließ das Mädchen die Turnierarena und setzte sich zurück auf ihren Platz. Niemand in den Zuschauerreihen klatschte. Selbst die Musik war nun so leise, dass auch dem Letzten im Zelt klar war, Felicitas hatte es nicht in die nächste Runde geschafft.

»Der nächste Teilnehmer ist Raffael de Richemont«, hallte erneut Elodies Stimme durch das Zelt.

Ich lehnte mich prompt nach vorne. Ein de Richemont? Von einem Raffael hatte ich bislang nie gehört, aber klar, Elodies Familie musste weit verzweigt sein.

Ein Junge mit hellen Haaren erhob sich. Er schien nicht viel älter als Ella zu sein. Langsam und selbstbewusst lief er nach vorn, geradewegs auf Elodie zu. Freudig begrüßte sie ihn und wies auch ihm den Weg in den durchsichtigen Raum. Das Licht wechselte wieder, bis nur ein einzelner Scheinwerfer auf Raffael hinableuchtete.

Der Ablauf war der gleiche wie bei Felicitas, nur mit dem Unterschied, dass der Dienstbote einen anderen Flakon in die Klappe steckte.

Diesmal erfüllte eine grün schillernde Duftwolke das Glashaus. Obwohl ich den Duft nicht riechen konnte, erkannte ich ihn. Ich hatte ihn schließlich schon einige Male verwendet.

Konzentriert beobachtete Raffael den Duftstrudel, der sich um ihn herumdrehte. Währenddessen hielt wieder der Dienstbote für die Zuschauer und uns ein Schild hoch. »Duftranke« stand darauf. Der Marsch erklang erneut und wurde immer lauter.

Mit ruhigen Bewegungen sortierte Raffael die Flakons, so als ob er es überhaupt nicht eilig hatte. Gleichzeitig drehten die Wolken ihre Strudel eingesperrt hinter dem Glas. Es dauerte keine Minute, bis die hellgrünen Triebe sich über den Boden wanden und dort ausbreiteten. Wie im Schnelldurchlauf entfaltete die Pflanze ihre Knospen, ließ sie zu Blüten wachsen, die sich sogleich öffneten.

In kürzester Zeit verschwand Raffael hinter bunt blühenden Ranken, die sich an den Glasscheiben entlangschlängelten und das gesamte Glashaus ausfüllten. Ihre immer kräftiger werdenden Rankenstängel drückten sich bereits mit Kraft gegen die Glaswände, als wollten sie das Haus auseinanderbrechen. Die Wände vibrierten, aber brachen nicht.

»Die Ranke wird ihn noch zerquetschen«, sagte Mats neben mir und ich hielt vor lauter Anspannung die Luft an.

Die Kraft einer Duftranke war wirklich nicht zu unterschätzen. Intensiv genug angewendet, war sie in der Lage, ganze Häuser mit ihren Wurzeln in die Luft zu heben. Was, wenn Raffael einfach nicht wusste, wie man eine Duftranke wieder verschwinden ließ? Von außen war längst nichts mehr von dem Jungen zu sehen.

Ich griff jetzt doch unauffällig nach Mats Hand, um mich zu beruhigen.

»Sie müssen abbrechen!«, hörte ich ein fremdes Mädchen unter den Teilnehmern schreien – und auch im Publikum ertönten erste aufgeregte Rufe.

Ich linste zur Baronin. Sie hatte die Augen zusammengekniffen, sagte aber nichts.

Was sollte das? Sie konnten Raffael doch nicht dadrin lassen!

Ich spürte an Mats' Fingern, wie nervös er war, und gerade als ich glaubte, er würde aufstehen wollen, sahen wir zwischen den Blüten und Ranken eine sandfarbene Dunstfahne aufsteigen.

Sie schlängelte sich durch das Gewirr aus Rankenstängeln und Blättern. Die Farbe war mir ebenfalls vertraut, so sehr, dass mir der Duft in die Nase stieg, obwohl natürlich nichts von den Schwaden zu mir dringen konnte. Augenblicklich erinnerte ich mich an Bergamotte, Tabak und Sand, den das »Trockenste Odeur« gerade im Glashaus verströmen musste. Die sandfarbenen Wolken dampften zwischen den Pflanzen und nahmen allen endgültig die Sicht. Der Duft nebelte selbst die Blätter und Blüten ein, die direkt an den Glasscheiben klebten, und ließen sie verschwinden.

Die rhythmisch schlagende Musik schwoll immer lauter an und ließ mein Herz noch schneller rasen. Trotzdem wusste ich längst, vor allen anderen hier, dass Raffael es geschafft hatte.

Er wusste viel besser Bescheid, als ich vermutet hatte.

Ein paar weitere Sekunden lang sahen wir nichts außer Staub hinter den Scheiben, bis die schmutzigen Duftwolken anfingen, sich wieder aufzulösen, und ein Raffael am Boden zu erkennen war, der mit zerzausten Haaren und zerrissener Kleidung in einem Meer aus vertrockneten und zerbröselten Blättern saß und sich mit einem Lächeln seine Brille wieder auf die Nase schob. Der Flakon mit dem »Trockensten Odeur« klemmte noch in seinen Händen.

Die Musik ging aus und im Zelt herrschte Stille. Der Juror mit der Kartoffelnase stand auf und klatschte in die Hände, während der Dienstbote erneut den Absaugschlauch zum Brummen brachte. Auch Elodie, die Baronin und nach und nach immer mehr Zuschauer klatschten in die Hände und erfüllten das Zelt mit einem Tosen aus Anerkennung für Raffael.

Nachdem der Absauger alle Hinweise auf das, was gerade im Glashaus passiert war, beseitigt hatte, wies nur noch Raffaels mitgenommenes Äußeres darauf hin, dass er eben noch um sein Leben gekämpft hatte.

Elodie entriegelte die Tür und winkte Raffael heraus. Unter vielen *Ohhs* und *Ahhs* setzte er sich zurück auf seinen Platz, während die Juroren ihre Schilder samt Bestnoten in die Höhe hielten. Erst bei den letzten Schritten fiel mir auf, dass er leicht humpelte.

Mir wurde klar, welcher Gefahr die Teilnehmer in diesem Turnier ausgesetzt waren. Was für ein Glück, dass Raffael ganz offensichtlich zu denen gehörte, die sich bereits mit den Duftapothekendüften auskannten. Felicitas wäre bei einem Kampf gegen die »Duftranke« möglicherweise nicht so glimpflich davongekommen.

Aber wie weit wäre die Baronin wohl gegangen? Und Elodie? Welche Gefahren würden sie noch heraufbeschwören, nur um die unerkannten Sentifleurs zu finden?

Mir schauderte bei dem Gedanken daran, dass das nur die erste Turnierrunde gewesen war.

15

Ich versuchte, mich wieder an das zu erinnern, was Daan mir beigebracht hatte, doch es fiel mir schwer, mich darauf zu konzentrieren – die Gefühle und Gedanken der Menschen durch die Düfte hindurch wahrzunehmen.

Raffael saß nicht weit von mir entfernt und ich versuchte, die letzten Duftwolken in mich aufzusaugen, die vielleicht noch im Stoff seiner Kleidung hingen. Es war kaum etwas davon übrig, aber selbst diese winzige Menge genügte, um mehr über Raffael zu erfahren.

Er hatte Angst und war stolz zugleich. Na ja, das hätte ich mir allerdings auch ohne mein Talent denken können, das erkannte man genauso an seinem Blick und der steifen Art, mit der er sich bewegt hatte.

Trotzdem: Ich war beeindruckt, wie gut er auf die »Duftranke« reagiert hatte. Es war kompliziert, spontan einen Gegenduft zu finden, wenn einem ein Duft so zusetzte wie die Duftranke. In Raffael steckte einiges an Talent. Er hatte ganz zu Recht die volle Punktzahl erreicht.

Ich lugte zu Daan hinüber, dessen fremdes Gesicht mich noch immer aus dem Publikum ansah. Wie er die Teilnehmer und ihre Fähigkeiten wohl einschätzte? Doch er saß zu weit entfernt, als dass ich irgendetwas in seiner Mimik hätte erkennen können.

In der nächsten Stunde wurden ohne Pause nach und nach neue Teilnehmer von Elodie in das Haus aus Glas eingesperrt. Darin wurden kleine Feuerwerke gezündet, Nebelmaschinen kreiert, ein Feuerdrache sekundenlang zum Leben erweckt und allerlei Illusionen in Form von schillernden Ballons, Funkenregen und anderen Spektakeln veranstaltet. Alles in allem vollführten die Teilnehmer aber eher weniger beeindruckende Dinge mit den Flakons der Duftapotheke. An Raffaels Bewertung kam keiner von ihnen ran.

Dann wurde Leon aufgerufen und augenblicklich war die Sorge um ihn und die anderen wieder da. Was, wenn er sich mit den Flakons verletzte? Er hatte nie wirklich damit experimentiert, sondern nur nach meinen Anweisungen mal den einen oder anderen Flakon geöffnet. Und das leider noch nicht mal besonders oft. Aber Leon setzte sein wie immer siegessicheres und durch nichts zu erschütterndes Lächeln auf und stolzierte regelrecht auf Elodie zu. Ich war mir nicht sicher, ob ich mich verguckt hatte. Zwinkerte Leon gerade tatsächlich Elodie an – so wie er es mit fast jedem Mädchen auf dem Schulhof machte? Kurz vergaß ich, vor lauter Empörung darüber zu atmen. Dieser Blödmann flirtete doch nicht ernsthaft mit *Elodie!*

»Das ist jetzt nicht sein Ernst«, raunte ich Mats zu. Ließ der sich tatsächlich von ihrem Aussehen so blenden, dass er vergaß, was sie Mats und mir noch vor ein paar Monaten angetan hatte? »Oh Mann, hoffentlich tut Leon das nur, weil er denkt, Harvey Hattington würde das so machen.«

»So sicher wäre ich mir da nicht«, nuschelte Mats und hob seine Augenbrauen. »Leon flirtet doch für sein Leben gern.«

In dem Moment, als Elodie Leon die Tür zum Glaskasten öffnete und er an ihr vorbeiging, riss er offenbar sogar irgendeinen Scherz. Zumindest grinste nicht nur er selbst, sondern auch Elodie, der sogar ein kleines Kichern entwich.

Als wäre es nichts, an das man auch nur einen Gedanken verschwenden müsste, griff sich Leon ein paar Flakons. Gleichzeitig schloss sich hinter ihm die Tür mit einem Klacken und das Haus aus Glas füllte sich mit einem von Elodie ausgewählten Duft.

Leon starrte auf das Etikett eines Fläschchens in seiner Hand. Sein Gesichtsausdruck wirkte verkniffen, während sich um ihn herum der Duft ausbreitete. Oje, an der hellen lila Farbe erkannte ich sofort, welcher Duft es war, ich erinnerte mich augenblicklich an ein Duftgemisch aus Kamille, auf das Lavendel und schließlich Baldrian folgten. Auch Mats rieb sich neben mir übers Gesicht – diesen Duft hatte er schon mehrmals in Aktion gesehen.

Es dauerte nicht einmal eine Minute, dann rutschte Leon mit dem Gesicht an einer der Glasscheiben hinunter und landete auf dem Boden, wo er einfach liegen blieb.

»Oh! Das ist die ›Schnarchende Brise‹«, kicherte Ella neben mir und stupste mich in die Seite. »Er ist einfach eingeschlafen.«

Ich konnte nicht anders, auch mir entwich ein kleines Lachen. Alles war so schnell gegangen, dass selbst der Dienstbote mit seinem Schild, auf dem wirklich »Schnarchende Brise« stand, kaum im Kreis herumgegangen war, bevor Elodie einen der Helfer ungeduldig anwies, den Sauger anzustellen. Als alles im Inneren wieder duftbefreit schien, ließ sie Leon von zwei Dienern zurück auf seinen Platz tragen. Was nicht gerade leicht war, weil Leon so schnell nicht wieder aufzuwecken war. Lauthals schnarchend, sackte er auf seinem Stuhl in sich zusammen.

Was auf den Jurorenschildern stand, die nun hochgehalten wurden, konnte ich mir auch so denken. Leon war mit glatten null Punkten durchgefallen.

»Wenigstens war es nicht gefährlich«, raunte Mats mir zu und ich nickte. Leon im Kampf gegen eine Duftranke oder einen Duftfeuerdrachen – das hätte ich mir nicht mal vorstellen wollen.

Die Musik ertönte und Elodie rief den nächsten Namen auf. »Ella Fredericks!«

Ich merkte, wie Ella neben mir kaum aufstehen konnte

vor lauter Aufregung. Ihr Gesicht war wieder kalkweiß und sie zitterte, als sie sich vom Stuhl hochdrückte.

»Vertrau deinem Instinkt«, versuchte ich, sie aufzumuntern. »Wenn du dir wegen der Wirkung unsicher bist, mach die Düfte erst mal nur einen kleinen Spaltbreit auf.« Eigentlich wollte ich ihr noch viel mehr sagen, aber da verdunkelten sich bereits die Lichter über uns und ein einzelner Scheinwerfer folgte Ellas Schritten zum Haus aus Glas. Der trommelnde Rhythmus der Musik begleitete das Beifallklatschen im Publikum.

Elodie wirkte mehr als ungeduldig, als Ella endlich bei ihr ankam und sich in die Glasarena einschließen ließ.

Der Dienstbote steckte einen schmalen blauen Flakon, in dem es nur so zischte, in die Öffnung. Bereits beim Anblick dieses Fläschchens atmete ich schwer. Oh nein! Ella musste sich dem »Stürmischen Aroma« stellen. Einem Duft aus der Kategorie »Gefährliche Düfte«. Aber den durfte Elodie doch nicht einfach in dem Kasten öffnen! Ella war doch noch so jung, das würde sie niemals schaffen. Ich war schon aufgestanden und wollte nach vorne laufen, um etwas dagegen zu tun, doch Mats hielt mich am Arm fest und drückte mich zurück auf meinen Stuhl. »Warte!«

»Aber …«

»Ich weiß«, flüsterte er. »Trotzdem darfst du jetzt auf keinen Fall deine Tarnung auffliegen lassen! Denk dran, nur du kannst später gegen Elodie kämpfen.«

Mit einem furchtbaren Gefühl im Bauch ließ ich mich zurück auf den Stuhl sinken. Die Musik wurde immer lauter, genau wie es bei Raffael der Fall gewesen war.

Ella hatte bereits einige Flakons ausgewählt und öffnete einen nach dem anderen. Längst wehte ein kleiner Orkan um sie herum und ich konnte nicht erkennen, was für Düfte sie sich gegriffen hatte. Ich sah nur die farbigen Duftwolken aus den Flakons aufsteigen und den Raum hinter den Glasscheiben damit ausfüllen. Dabei mischten und umwehten sich die Wolken und es schien, als würden sie sich zu Zöpfen aus Dunst verflechten.

Der Orkan wirbelte immer mächtiger zwischen den Glasscheiben umher und brachte das ganze Haus zum Schwanken. Ich versuchte, meinen Arm aus Mats' Umklammerung zu lösen – irgendwer musste Ella doch helfen! –, doch da erkannte ich endlich, welche Flakons sie geöffnet hatte.

Mir stand der Mund offen. Wahnsinn! Ella hielt die »Segelnde Wolke« in der Hand und hob langsam, ganz langsam, in die Luft ab, bis sie schließlich im Schneidersitz in der Luft saß, mitten im Glaskasten. Es sah aus, als säße sie auf einem unsichtbaren fliegenden Teppich. Das Publikum jubelte. Aber ich verstand es nicht: Wie konnte Ella so ruhig mitten in einem Orkan schweben? Der Sturm musste sie doch eigentlich von einer Seite zur nächsten schleudern? Aber noch bevor ich meinen Gedanken zu Ende gedacht hatte, war mir klar, was Ella kombiniert hatte. Sie schwebte nicht einfach in der Luft, sie schwebte in einer Art Seifenblase, und das mitten in einem Tornado, der gezielt an ihr vorbeistürmte, ohne ihr ein einziges Haar zu krümmen.

Ich konnte meinen Mund gar nicht mehr schließen. Ella

hatte als Antwort auf das »Stürmische Aroma« nicht nur die »Segelnde Wolke«, sondern zusätzlich auch noch die »Schutzblase« geöffnet! Dieses Mädchen war genial. Dabei war sie noch so klein! Wie hatte sie nur so schnell verstanden, wie die Düfte miteinander reagierten?

Immer noch schwebte Ella mitten im Sturm in ihrer mächtigen Seifenblase, die sich durch nichts erschüttern ließ. Während ich den Mund langsam wieder schloss, verflog nach und nach der Wirbel und Ella sank im Schneidersitz auf den Boden.

Schon seit ein paar Minuten erklang das Geräusch des Absaugers und alles, was noch an letzten Windböen im Glaskasten herumwehte, wurde nun restlos verschluckt. Elodie schloss unter tosendem Applaus den Glaskasten auf und Ella huschte auf einmal wieder genauso schüchtern und unscheinbar zurück auf ihren Platz neben mich. Gleichzeitig sausten die Bewertungsschilder der Juroren in die Höhe. Ella erhielt von jedem glatte fünf Punkte, die Höchstzahl, und ich ahnte, was gerade in Elodies Kopf vor sich ging.

Ihr Blick haftete auf Ella, intensiv und neugierig.

Bestimmt fragte sie sich, ob Ella eine Sentifleur war.

Und ehrlich gesagt, fragte ich mich das auch.

»Du warst sehr beeindruckend«, raunte ich ihr zu.

Ella lächelte zu mir hinauf, hatte aber keine Zeit, mir zu antworten, weil längst der Nächste aufgerufen wurde.

»Konstantin zu Hohenflies!«

Mein Herz klopfte sofort wie verrückt, als sich Mats erhob und die Show aus Scheinwerfern und Musikunterlegung aufs Neue startete.

»Viel Glück«, flüsterte ich. »Und pass auf dich auf!«

16

In meinem Magen rumorte es beim Gedanken daran, was alles schiefgehen konnte. Nach Leons Vorstellung war meine Sorge um Mats erheblich gestiegen.

Allerdings ließ er sich keinerlei Aufregung anmerken, während er zum trommelnden Rhythmus der Musik auf Elodie zuging. Ebenso ruhig ließ sich Mats von Elodie im Glaskasten einsperren. Nachdem die Tür hinter ihm verriegelt war, stiegen auch schon dunkle Wolken auf und füllten den Glasraum mit ihrer Schwärze aus.

Ich lehnte mich angespannt im Sitz nach vorne. Hinter dem Glas war nichts mehr zu sehen. Es wirkte, als hätte jemand so lange eimerweise schwarze Farbe hineingegossen, bis der Raum damit komplett ausgefüllt war.

Und dann wurde mir klar, was das für ein Duft war. Natürlich! Es war einer, den Mats längst kannte. Er selbst hatte uns mit dem »Duft nach tiefschwarzer Nacht« sogar einmal vom Anwesen der Baronin fliehen lassen.

Minutenlang war es still im Zelt. Alle warteten, was passieren würde, wenn der Glasraum wieder zeigte, was in ihm geschah. Doch als die dunkle Farbe anfing zu verblassen, herrschte nur verblüfftes Staunen. In den mittlerweile hellgrauen Duftschwaden war nirgends Mats beziehungsweise Konstantin zu erkennen.

Das Haus aus Glas war leer.

Sogar Elodie umrundete mit ihren klappernden Absätzen den Glaskasten und schüttelte den Kopf. Wahrscheinlich wusste sie, was Mats getan hatte, wollte aber wohl nicht glauben, dass er dazu in der Lage war.

Kurz überlegte ich, doch dann begriff ich, was Mats gemacht hatte, und schmunzelte. Dieser Duft ließ ihn für kurze Zeit so unauffällig erscheinen, dass ihn niemand mehr bemerkte, obwohl er immer noch im Glashaus stand.

Tja, Daan hatte unrecht gehabt. Mats war zwar kein Sentifleur, aber er kannte sich trotzdem verdammt gut mit den Düften aus. Er musste mehr mit ihnen hantiert haben, als es mir aufgefallen war. Zwar würde er nie wie ich intuitiv die Bestandteile der Düfte erriechen können – und die Düfte würden ihm auch niemals die Gefühle der Menschen offenbaren, aber das bedeutete nicht, dass nicht auch er damit umgehen konnte.

»Absaugen!«, befahl Elodie ungehalten und der Schlauch wurde erneut zum Brummen gebracht.

Als Mats den Glaskasten wieder verließ, brandete Applaus auf und ich spürte, wie stolz ich auf ihn war. Auf den Punktetafeln standen allerdings nur drei, zwei und wieder drei Punkte. Immerhin. Die Ewigen hatten es eben nicht so mit Humor. Aber wen überraschte das schon.

»Anastasija Wladimastow!«, hallte Elodies Stimme durch das Zirkuszelt, während Mats sich wieder auf seinen Platz neben mich setzte.

Nun war ich also an der Reihe. Und ich hatte mir so vorgenommen, keine Angst zu zeigen und nicht nervös zu werden. Aber nun konnte ich es doch nicht ganz verhindern.

»Dir brauche ich nicht *viel Glück* zu wünschen«, flüsterte Mats mir zu. »Du kannst das.«

Ich warf ihm ein schnelles Lächeln zu und stand auf. Der Rhythmus der Musik trommelte gegen meine Magenwände und bestimmte damit das Tempo meiner Schritte. Ich war dankbar, dass der »Hauch Veränderung« nicht bei meiner Aufregung anfing zu verfliegen.

»Viel Erfolg, Anastasija«, flötete Elodie mir zu und öffnete die Tür zum Haus aus Glas. Erstrahlt vom Licht der Scheinwerfer ließ ich mich einschließen, genau so, wie alle anderen Teilnehmer es vor mir gemacht hatten.

Und dann war alles um mich herum mit einem Mal ganz leise und dunkel. Nur ein einzelner Scheinwerfer strahlte auf mich herunter.

Mein Blick schweifte über die aufgereihten Flakons und ich wartete, welchem Duft ich mich wohl stellen sollte. Der Dienstbote klackte einen neuen Flakon in die Öffnung. Lange brauchte ich nicht, um den Duft zu erkennen, der da in Wogen zu mir schwappte. Es war der »Geruch von Unterwasser«.

Eingeschlossen im Haus aus Glas, fühlte ich mich auch ohne diesen Duft längst wie unter Wasser. Ich blickte auf den Boden, auf dem hellblaue Wolken schäumten. Sie umspülten erst meine Knöchel, dann meine Knie, bis das Wasser immer höher an mir hinaufstieg.

Als es an meinem Bauchnabel angekommen war, griff ich mir vom Tisch einen bauchigen Flakon aus der Abteilung der »Verletzenden Düfte« und öffnete ihn.

Aus den bisherigen Runden wusste ich inzwischen, dass man die höchste Punktzahl nicht nur dadurch bekam, dass man einen Duft unwirksam machte. Es musste auch möglichst spektakulär aussehen.

Und das – das konnten sie gerne haben.

Regelrechte Feuerwolken schossen aus meinem Flakon hervor und wirbelten um mich herum. Der Dunst sah aus wie fließendes Feuer.

Im Innern des Glaskastens hörte ich zwar nicht den leisesten Ton von draußen, sah aber, wie einige der Zuschauer von ihren Stühlen aufsprangen und zu klatschen anfingen. Und tatsächlich, die Feuerwellen, die um mich herumknisterten, sahen noch magischer und beeindruckender aus, als ich es erwartet hatte.

Erleichtert, dass mir das Duftfeuer in Verbindung mit dem »Geruch von Unterwasser« wirklich keine Verbrennungen zusetzte, verschloss ich den Flakon wieder und stellte ihn beiseite. Über diesen Effekt wusste

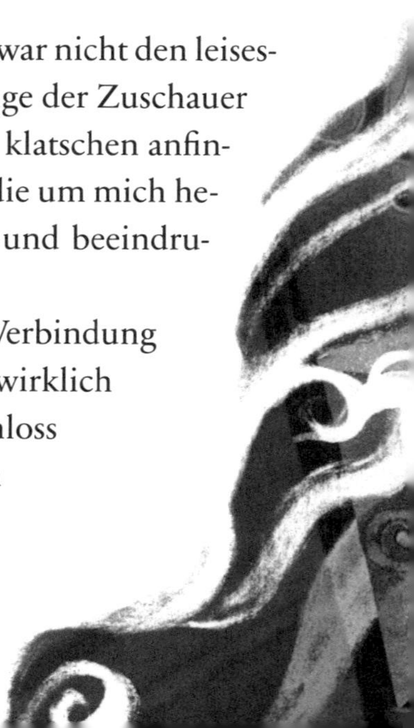

ich bislang nur in der Theorie. Die beiden Düfte hatte ich selbst aber noch nie zusammen angewendet.

Vorsichtig nahm ich eine der Feuerwellen auf meine Hand. Wie eine Olympische Statue stand ich da, hielt sie über dem Wasser in die Höhe und spürte einen warmen Funkenregen von meiner Handfläche rieseln.

Draußen vor den Glasscheiben saß kaum noch jemand auf seinem Stuhl, während die blauen und roten Wellen längst anfingen, sich wieder in Luft aufzulösen. Ich hörte, wie der Absauger angeschaltet wurde, und begann zu frösteln. Es war ein grässliches Gefühl, wie plötzlich und mit aller Gewalt der letzte Rest an Zauber um mich herum einfach verschluckt und entsorgt wurde. Mit Gänsehaut auf den Armen hörte ich tosenden Applaus durch die sich öffnende Tür strömen. Ich blinzelte in das grelle Licht über mir, das aufs Neue alles erstrahlen ließ.

Während ich das Haus aus Glas wieder verließ, hielt die Jury ihre Punkteschilder in die Luft. Drei Mal fünf Punkte. Erleichtert setzte ich mich zurück auf meinen Platz und die Baronin verlas Name für Name der Teilnehmer, die für die morgige Entscheidungsrunde zugelassen wurden. Es war nur ein Bruchteil derjenigen, die zum Turnier angereist waren, doch Mats, Ella und ich, wir hatten es geschafft.

Ebenso Raffael, der uns von der Seite mit einem verkniffenen Blick beäugte, als hätte er in uns seine ärgsten Gegner ausgemacht.

17

Ella sah mich die ganze Zeit über an, während sich die Zuschauer und Teilnehmer erhoben und nacheinander das Zelt verließen. Ich ging jedoch erst mal zu Mats, der versuchte, den immer noch schnarchenden Leon von seinem Stuhl hochzuziehen und aus dem Zelt zu bekommen. Wir hakten ihn rechts und links unter und zerrten ihn zusammen nach draußen.

»Na, Harveys Stärken liegen definitiv woanders«, witzelte ich und Mats zwinkerte mir daraufhin so zu, wie es Leon immer gemacht hatte. Zusammen folgten wir dem Strom aus Teilnehmern und Gästen zurück in die Empfangshalle.

In der Burg wurden alle zum gemeinsamen Abendessen in die große Halle geladen. An der Wand erspähte ich ein üppiges Buffet. Wir platzierten Leon auf einem der Stühle an der alten Rittertafel und beluden drei Teller für uns. Als wir wieder bei ihm saßen, weckten wir ihn mithilfe des Käsegeruchs auf. Leon brabbelte noch lange müde vor sich hin, trotzdem fing er an, den Teller, den wir ihm hinschoben, zu leeren. Mit jedem Bissen wurde er ein bisschen wacher. Und mit jedem Bissen sank Mats' Sorge um seinen Bruder und er fing an, Leon wegen seiner Einschlaf-Nummer aufzuziehen.

Willem und Daan lehnten derweil am Eingang und taten so, als unterhielten sie sich, dabei behielten sie uns ganz genau im Auge. Ich wusste, dass die beiden nicht ständig zu uns herüberkommen konnten, aber als ich zu Daan sah, lächelte er mich immerhin an, also wusste ich, dass wir so weit alles richtig gemacht hatten.

Eine Weile blieben Mats, Leon und ich noch an der Rittertafel sitzen. Wir beobachteten die anderen Teilnehmer, die von ihren Familien umringt wurden. Für den Großteil von ihnen war das Turnier heute zu Ende. Hier und da entdeckte ich sogar Tränen in den Gesichtern, aber was mich noch mehr irritierte, war, dass einige Eltern nicht nur verärgert wirkten, sondern sogar mit Vorwürfen um sich schossen, weil sich der Nachwuchs ihrer Meinung nach nicht gut genug angestrengt hatte. Als ob man die magischen Düfte einfach mal eben so beherrschen könnte, nur weil man sich anstrengte! Ich stupste Mats in die Seite und zeigte auf eine Mutter, die mit hochrotem Kopf auf ihren Sohn einredete. Ihre Worte schienen wie ein Sturm aus ihrem Mund herauszuwehen.

Mats verdrehte nur die Augen. »Immerhin zeigt das, wie

wenig die meisten Bessergeborenen wirklich über euch Sentifleurs wissen. Ist fast wieder beruhigend.«

»Kann gut sein.« Ich verzog die Lippen und sah Edgar in die Halle kommen. Er trug noch immer seine Dienerkluft und steuerte unauffällig mit einem Tablett auf uns zu.

»Alles in Ordnung bei euch?«, fragte er und sah uns der Reihe nach an. »Kaum zu glauben, dass das erst der leichte Teil war.«

Mats beugte sich vor und auch Leon und ich schauten Edgar erwartungsvoll an. »Konntest du etwas herausfinden? Über die kommenden Runden?«

Edgar verzog den Mund. »Ich halte die ganze Zeit meine Augen und Ohren offen und …« Er seufzte. »… etwas Konkretes weiß ich leider nicht. Aber ich befürchte, Elodie wird noch mit ein paar unschönen Überraschungen aufwarten.« Edgar sah zu mir. »Mach dich auf alles gefasst, Luzie. Elodie spielt vermutlich nicht fair in diesem Turnier. Die anderen Diener haben so ein paar Andeutungen fallenlassen. Es kann sein, dass sie versucht, selbst zu steuern, wer in die Endrunde weiterkommt und wer nicht.«

Mats beugte sich zu Edgar vor. »Und was schlägst du vor, was wir dagegen tun?«

Edgar musterte Mats. »Ich fürchte, wir können nicht viel machen. Ich glaube, die Diener wissen auch nichts Genaues – keine Ahnung, was uns bevorsteht. Das Einzige, was du machen kannst, ist, Luzie zu helfen.«

Mats zog seine Augenbrauen zusammen. »Ich tue *immer* nur das, was Luzie hilft. Dafür sind wir schließlich hergekommen.«

Edgar verbiss sich ganz offensichtlich eine Antwort, und als der Gong ertönte, klopfte er nur kurz auf den Tisch und verließ mit den restlichen Dienern den Saal.

Zusammen folgten wir dem Strom aus Gästen und Teilnehmern in den Burghof. Draußen war es bereits dunkel, nur ein bleicher Mond und Hunderte Fackeln erleuchteten die grauen Mauern. Ein seltsamer Gesang ertönte. Zuerst ganz leise, dann immer deutlicher. Das Lied klang rhythmisch dumpf und schlug den Takt eines Marsches an. Genau so, wie es auch die Melodie während des Turniers getan hatte. Nur diesmal kam sie nicht aus einem Lautsprecher, sondern von einer summenden Gruppe, die in die Mitte des Burghofes einmarschierte. Bei ihrem Anblick fing ich an zu frösteln. Was sollte das?

Die Leute trugen lange dunkelrote Kutten, samt Kapuzen, unter denen sich ihre Gesichter nur noch schattenhaft abzeichneten. Es waren keine einfachen Kutten, wie sie Mönche trugen, sondern aufwendige Samtmäntel mit Stickereien und altmodischen Ornamenten darauf.

In der Mitte des Burghofes blieben sie stehen und bildeten, umringt von den Turnierteilnehmern, einen Kreis. Ihr Summen schwoll an und die Melodie erfüllte die gesamte Luft. Gleichzeitig erklang noch etwas. Die Kuttenträger hielten in jeder Hand einen Klangstab aus Metall, mit denen sie gemeinsam einen Rhythmus schlugen. Ich kannte diesen Takt, ich hatte ihn bereits gehört, als wir uns heimlich auf das Anwesen der Baronin geschlichen hatten, um die Ewigen bei einem ihrer Treffen auszuspionieren. Am Ende ihrer Versammlung hatten sie im gleichen Rhythmus auf den Tisch geklopft, wie sie nun die Stäbe aufeinanderschlugen. Ob das ihr geheimes Erkennungszeichen war?

Die Gäste und Teilnehmer um uns herum, die wie wir auf den Burgmauern standen und hinunter in den Hof schauten, begannen einer nach dem anderen mitzuklatschen. Wie eine trommelnde Ankündigung schwoll auch der Gesang immer weiter an und verbreitete eine unheimliche Stimmung.

Auf der gegenüberliegenden Mauer entdeckte ich Ella mit ihren Eltern. Im Gegensatz zu den meisten anderen Gästen klatschten die drei nicht und hielten sich eher im Hintergrund. Dadurch mochte ich Ella gleich noch ein bisschen mehr.

Schlagartig verstummte der Gesang im Burghof und auch das Klatschen ebbte ab. Stattdessen tockten Elodies Absätze über die Steine und sie betrat zusammen mit der Baronin von Schönblom und dem Juror mit der Kartoffelnase den Kreis. Die Mantelkuttenträger umringten die drei. Stille breitete sich über der Burg aus.

»Liebe Bessergeborene«, hallte Elodies Stimme zwischen den Mauern. »Die Ereignisse der letzten Monate waren schrecklich. Auch der Gesundheitszustand meines Vaters, dem Visionär unserer Gemeinschaft, gibt keine Hoffnung auf Besserung. Aber umso mehr ist es mir eine Ehre, das Vermächtnis von Syrell de Richemont weiterzutragen!«

Von den Burgmauern drang wieder Beifall, bevor Elodies Worte weiter zu uns nach oben hallten.

»Mithilfe der beim Turnier auserwählten Talente werden

wir die Duftapotheken auf der Welt endlich ausbauen können, so wie es Vater immer geplant hat. Das wird uns Bessergeborenen zu unserem rechtmäßigen Aufstieg verhelfen. Danach wird wieder jeder in der seinem Rang entsprechenden, ihm angeborenen Kaste leben und die Vermischung der Blutslinien hat endlich ein Ende!«

Applaus brandete erneut auf. Mir wurde ganz flau im Magen und ich sah erst zu Leon und dann zu Mats, deren Gesichter sich ebenfalls verdunkelt hatten.

Bis zu diesem Moment war mir gar nicht klar gewesen, wie viele es doch waren, die dieser irren Idee von reinen Blutslinien und höheren Geburtsrechten anhingen. Es waren viel zu viele! Und sie ließen sich einfach mitreißen von Elodies Geschwafel. Angstschweiß lief mir die Stirn hinunter, als der rhythmisch schlagende Gesang weiter und weiter anschwoll.

18

Jemand stand hinter mir und legte mir seine Hand auf die Schulter. Ich zuckte zusammen und drehte mich um.

Es war Edgar. »Es ist ekelhaft, dieses Theater«, flüsterte er. »Mir wird vom Zuschauen schon ganz schlecht. Solche Veranstaltungen gab es manchmal auch auf dem Anwesen der Baronin.«

»Was hat es denn mit diesem Lied auf sich?«, fragte ich ihn.

»Es sind uralte rituelle Gesänge, die sich die Ewigen aus früheren Zeiten bewahrt haben. Mit solchen Liedern wurden schon vor Jahrhunderten ihre Geheimversammlungen eingeleitet. Ich nenne es den Gruselsound der Bessergeborenen.« Sein Mundwinkel zuckte. »Wenn ich den höre, weiß ich, etwas Schreckliches braut sich zusammen.«

Mir wurde ganz kalt bei der Vorstellung, dass Edgar das alles noch aus seiner Gefangenschaft kannte, und wollte mir gar nicht ausmalen, welche Erinnerungen dieses Ritual der singenden Kuttenträger in ihm wachrufen musste.

»Können wir kurz unter vier Augen reden?«, wechselte Edgar das Thema.

Ich hörte Mats tief einatmen. Er hatte die Frage gehört. »Alles, was du ihr sagen willst, kannst du auch uns allen sagen.« Er lugte zu mir. »Stimmt's, Luzie?«

Ich wollte schon nicken, schließlich hatte Mats damit recht, doch da legte Edgar den Kopf schief. »Bitte. Es ist wichtig.«

Der Ton in seiner Stimme ließ mich zögern.

»Luzie …« Mats sah mich mit einem Blick an, der mich ebenso kurz innehalten ließ, trotzdem winkte ich ab.

»Ist doch kein Problem. Ich bin gleich zurück«, meinte ich und ließ mich von Edgar durch die Menschenmenge führen.

Wir liefen fast bis zum Ausgang der Burg. Dort hielten sich keine anderen Leute auf und es wurde ruhiger.

»Ich war vorhin nicht ganz ehrlich«, gestand Edgar, als wir alleine waren. »Etwas habe ich doch im Aufenthaltsraum der Dienerschaft aufgeschnappt.«

»Und das wäre?«

Edgar verzog den Mund. »Es wird morgen Zweikämpfe geben«, sagte er. »Duftduelle.«

Duelle? Ich schloss für einen Moment die Augen und ließ

diese Nachricht sacken. Wir sollten vor Publikum gegeneinander kämpfen?

Als ich meine Augen wieder öffnete, blickte Edgar mich noch ernster an, als er es eh schon getan hatte. »Es ist eine K.-o.-Runde. Das bedeutet, dass du *jeden einzelnen* Kampf gewinnen musst – ganz egal, gegen wen du antrittst. So lange, bis du am Ende übrig bleibst. Damit du zum Schluss auch gegen Elodie antreten kannst.« Er fixierte mich. »Verstehst du, Luzie? Nur *du* wirst Elodie daran hindern können, die Sentifleurtalente an sich zu binden.«

»Ich weiß. Ich werde mich ja anstrengen.«

Edgar lächelte mich an. »Natürlich tust du das, aber ich glaube, du verstehst nicht, was ich meine: Du musst *jedes* Mal gewinnen! Auch wenn du jemandem gegenübersteht, den du gernhast. Jemandem wie Mats zum Beispiel.«

Daran hatte ich bisher tatsächlich nicht gedacht. Ich musste vielleicht gegen Mats kämpfen und ihn mithilfe der Flakons k. o. gehen lassen! Und das vor Elodie und dem restlichen Publikum. Wie sollte das gehen?

»Das Gleiche gilt auch für dieses kleine Mädchen, das bei euch war«, fuhr Edgar fort. »Ich hab bemerkt, dass du dich ein bisschen um sie kümmerst. Das ist toll, Luzie, aber morgen … morgen musst du *alle* Duftduelle gewinnen.« Er holte tief Luft. »Wenn Elodie dich besiegt, kann sie mit den Sentifleurtalenten machen, was sie will. Und die Baronin hat endlich alles, was sie immer haben wollte.«

Jetzt verstand ich auch, warum Edgar unbedingt alleine mit mir hatte reden wollen. Er hatte geglaubt, es würde

Mats stören, dass er gegen mich verlieren müsste. Oder dass *ich* nicht dazu imstande wäre, Mats ohne Rücksicht zu besiegen.

Vielleicht befürchtete er sogar, dass Mats sich mir gegenüber absichtlich zurückhielt und unsere Tarnung dadurch aufflog. Dabei wussten sowohl Mats als auch ich, was wir zu tun hatten.

Alles, was zählte, war, dass wir Elodie aufhielten.

»Das werden wir nicht geschehen lassen«, versprach ich. »Wir *werden* die Ewigen stoppen.«

Edgar strich sich über die Stirn. »Da ist noch etwas. Ein Diener hat mir erzählt, dass ihr morgen, in den Duftduellen, die gleichen Flakons zur Verfügung haben werdet wie heute.« Er verzog das Gesicht. »Allerdings wird jeder Duft, der von einem Teilnehmer vor dir benutzt worden ist, vom Auswahltisch entfernt. Es werden also mit dem Fortschreiten der Duftduelle immer weniger Flakons zur Verfügung stehen.«

»*Was?*«, platzte es aus mir heraus. »Aber … das ist doch total unfair!«

»Wundert dich das?« Edgar lächelte schief. »Die Juroren werden unmögliche Bedingungen schaffen, unter denen nur Sentifleurs gewinnen können.« Edgar legte wieder eine Hand auf meine rechte Schulter. »Je weniger Düfte vorhanden sein werden, desto besser muss man in der Lage sein, die Wechselwirkungen der Düfte einschätzen zu können und im Zweifelsfall sich ein paar neue Düfte aus bestehenden zusammenzumischen. Hier!«

Edgar zog ein kleines Buch aus der Westentasche seiner

Dienerkluft. »Ich hab ein paar Kombinationen aufgeschrieben, von denen ich glaube, sie könnten dir helfen. Es ist nicht viel, aber …«

»Danke.« Ich strich mit dem Daumen über das matte Leder des kleinen Büchleins. »Es hilft bestimmt«, sagte ich und war Edgar unendlich dankbar, dass er da war. Sein jahrelanges Beobachten der Ewigen half jetzt tatsächlich, ihre Absichten besser einzuschätzen.

»Du wirst gewinnen, Luzie. Wer, wenn nicht du?« Edgar grinste, doch bevor ich etwas antworten konnte, drang schon wieder der Lärm der Bessergeborenen in meine Ohren.

»Jetzt geh schon«, sagte Edgar und nickte in Richtung Seiteneingang der Burg. »Ich muss mich wieder bei den Bediensteten blicken lassen. Viel Glück!«

Als ich zurück in den Flur der Burg lief, dessen Türen zu den Räumen der Teilnehmer führten, stieß ich prompt auf Mats. Mit verschränkten Armen saß er vor unserem Mehrbettzimmer und sah mir entgegen.

»Da bist du ja«, sagte er. »Ich hab mir schon Sorgen gemacht.« In seiner Stimme schwang Ärger mit.

»Edgar hat mir bloß ein paar Tipps für morgen gegeben«, antwortete ich.

»Aha, und wieso nur dir, bitte schön?« Mats stand auf und kam näher. »Nehme ich nicht auch an den Wettkämpfen morgen teil? Ich dachte, wir arbeiten hierbei zusammen.

Ich dachte, wir beide sind ein Team? Aber sag es mir ruhig, wenn ich damit falschliege.«

Wie vom Donner gerührt, blieb ich stehen. Mit dieser plötzlichen Wut hatte ich nicht gerechnet.

»Ich habe doch erst vor ein paar Minuten mit Edgar gesprochen!«, konterte ich. »Ich hätte dir gleich erzählt, was er mir gesagt hat!«

»Bist du dir da so sicher?«, schnaubte Mats. »Vielleicht magst du es ja, dass Edgar immer alles nur dir erzählt? Vielleicht ist *er* jetzt ja dein …?«

»… mein was?«, fragte ich und starrte Mats fassungslos an. Auf einmal wuchs in mir ebenfalls die Wut. »Wann zwischen deinen Vorwürfen hätte ich dir denn etwas erzählen sollen? Vorhin etwa, als du angezweifelt hast, ob wir beide noch ein Team sind, oder nachdem du mir mitgeteilt hast, dass Edgar mein *irgendwas* ist? Du hast mich doch gleich angemotzt, als ich gekommen bin.«

Mats sah mit zusammengezogenen Augenbrauen an mir vorbei und sagte nichts mehr.

Immer wieder kamen ein paar der Teilnehmer durch den Flur gelaufen, die zu ihren Zimmern marschierten, aber das war mir gerade egal.

»Mann, Mats«, flüsterte ich. »Nicht *wir* müssen morgen das Unmögliche schaffen, sondern *ich* allein. Hast du das vergessen? Es geht darum, dass ich morgen am Ende gegen Elodie antrete. Nur leider weiß niemand von uns, wie ich das hinkriegen soll!«

Ich verschränkte meine Arme und versuchte, meinen Ärger im Zaum zu halten. Doch auf einmal spürte ich etwas.

Alles an mir fühlte sich seltsam an. Oh nein, meine Tarnung ließ nach, das war es!

Krampfhaft versuchte ich, mich zusammenzureißen. Ich konnte Mats jetzt nicht hier stehen lassen. Wenn wir morgen im Streit in die Duelle gingen … daran wollte ich gar nicht denken. Mit aller Kraft dachte ich an Anastasijas Foto, um meine Rückverwandlung zu stoppen. Es half, das Kribbeln in mir wurde schwächer und ließ nach.

»Sag doch was«, flehte ich ihn an, doch Mats schwieg weiter. Seine Lippen zu einem Strich zusammengezogen, sah er zur Seite und ich konnte auf einmal nicht anders – es kam einfach über mich.

Ich konzentrierte mich mit aller Macht auf den Duft, der noch in Mats' Pullover hing. Er bestand aus einem Rest vom »Hauch Veränderung«, der sich mit dem »Duft aus tiefschwarzer Nacht« mischte.

Durch dieses Duftgemisch drang ein stechendes Gefühl zu mir. Ich zuckte zusammen, als alles, was er empfand, glasklar vor mir lag. Er hatte dieses stechende Gefühl nur … wenn Edgar auftauchte. Und er hatte es … *wegen mir.*

Mats war *eifersüchtig* auf Edgar. Und zwar, weil er mich mochte.

Richtig mochte.

Mir verschlug es die Sprache. Ich war also gar nicht die Einzige, die Herzklopfen bekam, wenn Mats in meiner Nähe war. Ihm ging es genauso!

Ich musste mich zusammenreißen, nicht breit zu lächeln. Ich dankte meinem Talent tausendfach für das, was es mir gerade verraten hatte.

»Aber du brauchst doch nicht … auf Edgar eifersüchtig zu sein«, flüsterte ich, noch ganz überwältigt, und wollte nach Mats' Hand greifen. »Ich wusste ja nicht, dass du mich so magst wie … ich …«

Mats' Kopf schnellte zu mir und er funkelte mich an. »Liest du gerade ernsthaft, was ich fühle?« In seiner Stimme lag so viel Entsetzen und Enttäuschung, dass ich mich sofort schuldig fühlte.

»Ich … Es ist einfach so über mich gekommen …«

»Du hattest versprochen, dass du das auf keinen Fall bei einem von uns machst!«, rief Mats und ich sah, wie sich seine Wangen feuerrot färbten. »Das ist der totale Vertrauensbruch!«

Meine Gedanken zerstreuten sich in alle Richtungen. Ich wollte unbedingt sagen, dass es mir leidtat, dass er natürlich recht hatte und dass ich das wirklich nicht hätte tun dürfen, auch wenn ich überglücklich war über das, was ich gerade erfahren hatte.

Doch bevor ich das alles sagen konnte, blickte ich auf meine Hände und merkte, dass ich dafür keine Zeit mehr hatte. Der rote Nagellack, den Anastasija trug, war verschwunden. Keine einzige Sekunde war noch übrig! Meine Hände sahen nicht mehr wie die von Anastasija aus, sondern wie meine!

So ein Mist, ich hatte die Kontrolle verloren – und bei all dem Gefühlschaos würde ich mich auch nicht wieder beruhigen können.

Panisch stürmte ich los und machte mich auf die Suche nach der nächsten Mädchentoilette. In mein Zimmer konnte ich unmöglich gehen, da waren schließlich die anderen Mädchen, und hier auf dem Flur waren einfach zu viele Leute unterwegs. Ich musste irgendwo ungestört meinen »Hauch Veränderung« benutzen! Im Laufen senkte ich mein Gesicht so tief, wie es möglich war, ohne gegen etwas oder jemanden zu stoßen. Hoffentlich achtete niemand auf mich. Und hoffentlich lief mir hier keiner der Ewigen über den Weg.

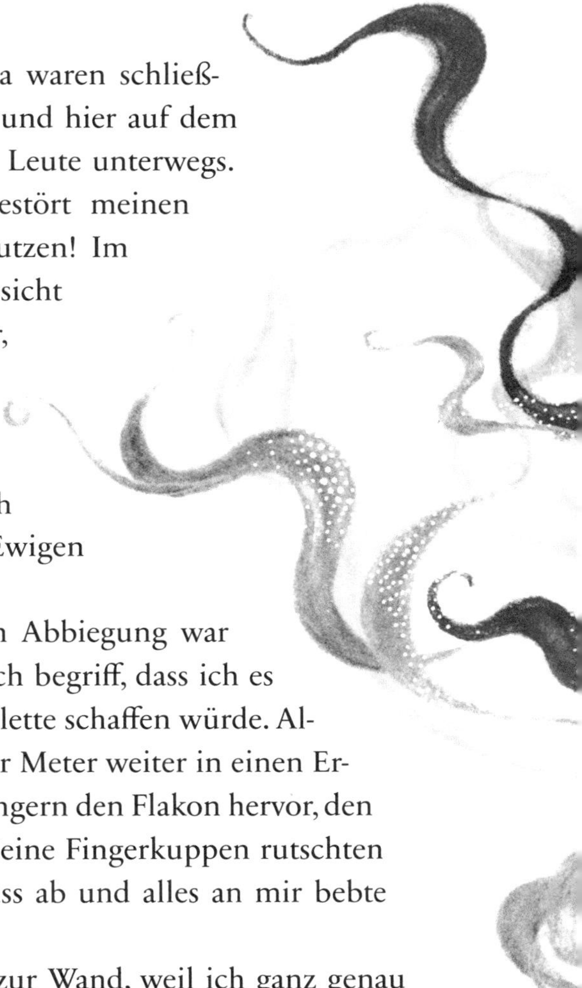

Auch hinter der nächsten Abbiegung war der Flur noch belebt und ich begriff, dass ich es nicht mehr zur Mädchentoilette schaffen würde. Also drückte ich mich ein paar Meter weiter in einen Erker und zog mit zittrigen Fingern den Flakon hervor, den mir Daan gegeben hatte. Meine Fingerkuppen rutschten immer wieder am Verschluss ab und alles an mir bebte vor Aufregung.

Ich drehte mein Gesicht zur Wand, weil ich ganz genau wusste, dass ich längst nicht mehr wie Anastasija aussah. Wie verrückt zerrte ich am Flakonverschluss, schaffte es aber einfach nicht, ihn aufzuschrauben. Wieso hatte ich ihn nur so festgedreht? Tränen rollten mir die Wangen hinunter. Nicht nur, weil ich den Flakon nicht aufbekam, sondern auch, weil ich wirklich einfach alles vermasselt hatte. Erst das mit Mats und jetzt würde auch noch meine Tarnung auffliegen. Ich würde alle enttäuschen und in Gefahr bringen. Ich würde …

Ich spürte, dass jemand dicht hinter mir stehen blieb, und fuhr zusammen.

»Schon gut«, flüsterte eine inzwischen vertraute Stimme und ich drehte mich vorsichtig um. Hinter mir stand Mats und verhinderte so, dass alle, die den Flur entlanggingen, mich sahen.

Er öffnete seinen eigenen Flakon und hielt ihn mir hin. Die braunorangene Duftwolke stieg mir in die Nase und der »Hauch Veränderung« löste augenblicklich das altbekannte Kribbeln in mir aus. Mein Körper zog und formte sich zurück, bis mir die blonden Hochglanzhaare wieder in die Augen fielen und der rote Lack aufs Neue auf meinen Nägeln leuchtete.

Ich sah zu Mats, der mich für einen Moment musterte. Ich wollte ihn sofort ganz fest an mich drücken. Ich war ihm so unendlich dankbar, doch bevor ich auch nur einen Ton von mir geben konnte, rauschte er davon.

»Ma…« Ich presste die Lippen zusammen. »Konstantin!«

Aber Mats reagierte nicht, sondern lief nur noch schneller Richtung Jungsschlafräume.

Ich blieb zurück, an die Wand des Erkers gelehnt. Alles, was ich wollte, war, einfach nur noch die Augen zu schließen und über nichts mehr nachdenken zu müssen. Hauptsache, der morgige Tag verging ganz schnell. Hauptsache, wir hatten das bald hinter uns. Hauptsache, alles ging irgendwie gut und wir würden hier wieder heil rauskommen.

Hauptsache, Mats verzieh mir.

Alles andere lag mir zu schwer im Kopf und lähmte jeden klaren Gedanken. Das Beste war, ich würde mich einfach so schnell wie möglich in mein Zimmer verkriechen und einschlafen.

19

Am nächsten Morgen war die Empfangshalle nur noch halb so voll wie am Tag zuvor. Ein Großteil der Teilnehmer, die es nicht in die zweite Runde geschafft hatten, war bereits am Abend abgereist. Und somit wurde alles übersichtlicher.

Das Frühstück war kurz und schweigsam. Leon war ausgeschieden, Mats ging mir aus dem Weg und Ella wich nicht von meiner Seite, was es nicht einfacher machte, mich bei Mats zu entschuldigen oder auch nur offen mit ihm zu sprechen. Auch Daan und Willem hielten sich weiterhin im Hintergrund und wirkten so unscheinbar, dass ich zwischendurch fast vergaß, dass sie in der Nähe waren.

Immer wieder zog ich das kleine Büchlein heraus, das Edgar mir gegeben hatte. Es waren nur wenige Seiten darin beschrieben, aber die Kombinationen aus magischen Düften, die er sich ausgedacht hatte, hatten es wirklich in sich.

»Erde an Anastasija«, sagte Ella und winkte vor meinem Gesicht. Dann lächelte sie und zeigte zu unserem Nebentisch. »Guck mal, die Mädchen aus unserem Zimmer sind immer noch ganz grün vor Neid, weil deine Duftshow gestern einfach die beste war.«

Ich spähte zur Seite. Auf den Gesichtern der Mädchen lag dieser scheinheilige Ausdruck, den Leute aufsetzten, wenn sie sich ertappt fühlten. Schnell wandten sie sich von mir ab.

»Woher wusstest du eigentlich, wie das geht mit dem Feuer unter Wasser?«, fragte Ella.

Krampfhaft versuchte ich, zu lächeln und mir meine Sorgen nicht anmerken zu lassen. »Intuition«, murmelte ich nur. Doch dann erinnerte ich mich daran, dass auch Ella heute wieder in die Glasarena musste. Selbst wenn sie eine Sentifleur war – sie wusste ja noch gar nicht, was das hieß. Und plötzlich hatte ich das Bedürfnis, ihr zumindest einen kleinen Rat mitzugeben.

»Versuch, dir vorzustellen, die Düfte wären so was wie ein Lichtstrahl und du bist ein Prisma, das weißes Licht in seine Farben aufspalten kann. Dann riechst du alle einzelnen Bestandteile eines Duftes und wirst leichter erraten können, was sich damit auf welche Weise kombinieren lässt.« Das waren genau die Worte, mit denen Daan mir das allererste Mal erklärt hatte, wie man das Sentifleurtalent beschreiben konnte.

»Hä?« Ella sah mich an, als hätte ich ihr gerade erzählt, die Erde sei eine Scheibe.

»Versuch es einfach«, sagte ich und lächelte sie an. »Vielleicht hilft es dir genau so, wie es mir hilft.«

Ella blickte mich von der Seite an und schwieg die restliche Zeit des Frühstücks. Erst als der Gong zum Turnier rief und alle ins Zelt strömten, um ihre Plätze einzunehmen, taute sie wieder auf.

Mein Herz jedoch klopfte, als ich mich neben Mats setzte und ihn anlächelte. Dass ich jetzt wusste, dass er etwas für mich empfand, machte die Sache nicht gerade leichter. Wie erwartet, reagierte er nicht auf mich und schaute stur geradeaus. Ich hielt es kaum aus, mit ihm zerstritten zu sein, und noch weniger wollte ich, dass wir im Streit in unsere Duftduelle gingen. Wir brauchten doch jetzt unsere gegenseitige Unterstützung mehr als sonst!

»Tut mir wirklich leid«, murmelte ich ihm zu. »Ich hätte das nicht tun dürfen.«

»Stimmt, hättest du nicht«, raunte Mats zurück. »Es ist immer noch meine Entscheidung, wann ich dir etwas und was ich dir erzähle.«

Ich schluckte, doch bevor ich ihm darauf antworten konnte, erklang der zweite Gong und die Scheinwerfer unter der Zeltdecke richteten ihr Licht auf das Haus aus Glas und die Jury. Die Baronin von Schönblom trat in die Mitte der Manege und breitete wieder ihre Arme aus, um uns Teilnehmer theatralisch zu begrüßen.

»Willkommen, willkommen, meine lieben Bessergeborenen! Es ist mir eine Freude, so viele Gesichter heute in unserem Entscheidungsturnier wiederzusehen!« Sie stolzierte ein paar Schritte umher und warf strenge Blicke auf uns. Dann setzte sie ihr selbstsicheres Lächeln auf und sah ins Publikum. Die Baronin war in ihrem Element. Sie war die geborene Schauspielerin, auch wenn sie am liebsten sich selbst spielte.

»Liebe Teilnehmer! Heute werden wir erneut viel von euch erwarten und eure Fähigkeiten in Zweikämpfen testen.« Divenhaft schwang sie dabei ihren Rock herum und setzte sich zurück an ihren Platz, während ein aufgeregtes Raunen durch die Menge ging.

Von den Duftduellen hatte immerhin bislang nur ich gewusst.

Gleichzeitig erhob sich Elodie und trat mit einer Liste in der Hand in die Zeltmitte. »Alle von euch, die heute noch zu den Turnierteilnehmern zählen, haben bewiesen, dass sie mit Düften und ihren Wirkungen umgehen und hantieren können«, begann sie. »Und so startet ihr heute in die Entscheidungsrunde unseres Turniers, in der ihr gegen eure Mitstreiter antreten dürft.« Elodie schritt auf das Haus aus Glas zu, während ihr die Scheinwerfer folgten.

»Die Regeln der Duftduelle sind äußerst simpel: Ihr wählt zu Beginn eure Flakons aus und versucht dann, die Duftzauber eures Gegners damit außer Kraft zu setzen. Ihr könnt euch jederzeit an den Flakons bedienen. Allerdings wird jeder einmal geöffnete Flakon in der nächsten Runde nicht mehr verfügbar sein.« Ein kaltes Lächeln umspielte Elodies Lippen und wieder ging ein Raunen durch die Menge. Das Publikum hatte verstanden, was das bedeutete.

Diejenigen, die erst spät drankamen, mussten mit den Düften klarkommen, die dann noch übrig waren.

»Beginnen wir!«, rief Elodie und las zwei Namen vor. »Raffael de Richemont und Konstantin zu Hohenflies. Tretet bitte vor!«

Oh nein! Ich starrte zu Mats. Er musste ausgerechnet gegen Raffael antreten!

Flüchtig sah Mats zu mir. Lautlos formten meine Lippen »Viel Glück«, doch er sah es schon nicht mehr. Er war längst auf dem Weg zum Haus aus Glas.

Im nächsten Moment ertönte wieder die marschartige Musik. Das Licht richtete sich auf Mats und Raffael und schon ging es los.

Raffael betrat zuerst die Arena, danach Mats und keine drei Sekunden später verriegelte Elodie die Glastür hinter ihnen. Sie zählte bis drei, dann schwang einer der Bediensteten eine rote Fahne und gab den beiden damit ihr Startsignal.

Sofort griff sich Raffael einen Flakon und öffnete ihn. Grellgelbe Duftwolken stiegen auf und nebelten die beiden ein. Zuerst passierte gar nichts, was für die Zuschauer sichtbar war, außer dass sich Mats seine Ohren zuhielt und ein schmerzverzerrtes Gesicht zog. Auch Raffael schien etwas in den Ohren wehzutun. Doch noch während Mats überlegte, welchen Duft er anwenden sollte, griff sich Raffael bereits den zweiten Flakon.

Grüngraue Wolken stiegen daraus empor. Ich schluckte, weil sich Raffael, gleich nachdem er den Flakon wieder verkorkt hatte, einen ganzen Arm voll unterschiedlicher Düfte griff.

Mit einem Mal war ich mir sicher, dass Raffael ebenfalls ein Sentifleur sein musste. So schnell, wie er agierte, konnte es gar nicht anders sein! Mats blieb kaum Zeit zu verstehen, welche Art Duft gerade herumwehte und welcher sich mit dem ersten Duft zu etwas Neuem mischte.

Mats wollte einen Schritt auf den Tisch mit den Flakons gehen, aber es sah aus, als wären seine Füße am Boden festgeklebt. Sie ließen sich nicht mehr lösen, ganz egal, wie sehr Mats auch zerrte und zog. Mit aller Kraft beugte er sich vor, streckte seinen Arm nach einem schneeweißen Flakon aus und bekam ihn gerade so zu fassen. Er zog am Korken und helle Duftschwaden drehten sich wie in einer Windhose um ihn herum.

Ich konnte gar nicht anders, als aufzuspringen und vor Begeisterung in die Hände zu klatschen. Mats, mein genialer Mats, hatte wie durch einen Geistesblitz den »Watteweichen Duft« gegriffen und schützte sich damit gegen Raffaels Duftattacken.

Eine Art Wattekugel bildete sich wie eine schützende Riesenschneekugel um Mats. Sie schloss ihn halb durchsichtig von Kopf bis Fuß ein. Darin konnte er wahrscheinlich alle möglichen Duftangriffe aushalten, die sich Raffael vielleicht noch ausdenken würde. Zwar konnte Mats sich nun keinen der Flakons mehr greifen und somit würde Raffael als Gewinner aus dem Wettkampf gehen, aber sicherlich hatte Mats längst begriffen, dass er gegen einen Sentifleur nicht ankam. Und in der Kugel würden ihm Raffaels Düfte immerhin nichts anhaben können.

Raffael starrte minutenlang auf die Kugel aus Watte.

Dann öffnete er einen weiteren Flakon. Schlierige braune Wolken stiegen hervor, immer dichter und bedrohlicher zogen sie auf Mats zu. Langsam und stetig begannen die Schlieren, Mats' Schutzkugel zusammenzudrücken, genau so, wie man einen Wattebausch in seiner Hand zusammendrücken konnte.

Mir blieb die Luft vor Schreck weg. Das würde nicht gut gehen! Jemand musste sofort einschreiten und das Duell beenden, bevor es zu spät sein würde. Ich sprang von meinem Stuhl auf und wollte nach vorn rennen, doch im letzten Moment hielt ich mich zurück.

Mats hatte es selbst zu mir gesagt: Es war wichtig, dass ich meine Tarnung nicht auffliegen ließ. Wir *mussten* Elodie aufhalten. Das war wichtiger als alles andere, also würde ich noch einen Moment abwarten.

Die Duftschwaden drückten die Wattekugel immer fester zusammen. Selbst aus dem Publikum ertönten nun Rufe, die die Juroren dazu aufriefen einzuschreiten. Raffael stopfte vor Schreck den Korken zurück in den Flakon. Immerhin schien er nicht wirklich beabsichtigt zu haben, was gerade mit Mats geschah.

Ob die extreme Wirkung des braunen Duftes vielleicht erst entstanden war, als er auf den »Watteweichen Duft« getroffen war, der sich um Mats geschlossen hatte? Zumindest würde das erklären, warum auch Raffael plötzlich so erschrocken wirkte. Mittlerweile versuchte er, Mats seine Hand zu reichen, doch auch Raffael konnte sich nicht von Ort und Stelle bewegen, weil er wie Mats am Boden festklebte.

Mats schnappte sichtlich nach Luft. Die braunen Schlieren drängten sich enger und dichter um ihn und die weichweiß dampfende Kugel. Wenn nicht gleich jemand einschritt, erstickte Mats noch!

Nun sprang ich doch auf. »Aufhören!«, schrie ich den Juroren entgegen und kurz darauf erhoben sich auch unter den Zuschauern die Leute.

Endlich gab Elodie dem Mann am Absaugschlauch ein Zeichen. Das vertraute Brummen erklang und saugte die braunen, grellgelben und weißen Restwolken ein und ließ sie samt ihrer Wirkung verschwinden.

Mats rieb sich den Hals, dann kippte er zur Seite um. Sein Gesicht war knallrot und er hustete. Raffael stürmte auf ihn zu, half ihm wieder auf die Beine und schleifte ihn aus dem Haus aus Glas.

Auch ich stürmte nach vorn, um Mats zu helfen und um zu sehen, wie es ihm ging. Dass meine Tarnung dadurch auffliegen könnte, war mir jetzt wirklich egal. Aber zum Glück waren auch schon Willem, Daan und sogar Ellas Mutter zu Mats geeilt. Alle fragten ihn, wie er sich fühlte.

Mats rappelte sich auf und holte ein paarmal tief Luft. »Es geht mir gut«, murmelte er. Mit Daans und Willems Hilfe und unter Raffaels Beteuerungen, dass ihm nicht klar gewesen sei, wie stark dieser Duft sein konnte, schleppte sich Mats aus dem Zelt.

Alles in mir drängte danach, ihm hinterherzugehen, aber wenn ich weiter am Turnier teilnehmen wollte, musste ich bleiben.

»Raffael de Richemont ist eine Runde weiter!«, verkündete Elodie lautstark. »Konstantin zu Hohenflies scheidet aus!«

Geknickt nahm Raffael Platz und ich spürte, wie unter den restlichen Teilnehmern um mich herum ebenfalls die Anspannung wuchs. Ich hatte das Gefühl, dass sich jetzt alle auf das Schlimmste gefasst machten, denn einige unter uns würden sich garantiert nicht zurückhalten bei ihrer Duftwahl. Hauptsache, sie setzten ihren Gegner zuerst schachmatt. Immerhin waren das alles Kinder von Leuten, die sich selbst als »Bessergeborene« empfanden und mit dem Selbstverständnis groß geworden waren, ihre eigenen Bedürfnisse weit wichtiger zu nehmen als die der anderen. Sicherlich waren die meisten hier weniger zimperlich, als es Raffael gerade gewesen war.

Stück für Stück sank ich tiefer in meinen Stuhl, während weitere Teilnehmer aufgerufen wurden, um sich gegenseitig im Haus aus Glas wie in einer Gladiatorenarena außer Gefecht zu setzen.

Irgendwann kam Edgar hinter die Sitzreihen der Teilnehmer gelaufen und gab mir durch seine bloße Anwesenheit das Gefühl, dass ich nicht allein war.

Das nächste Duell startete. Ein älterer Junge, der bereits über zwanzig sein musste, stand einem Mädchen aus meinem Schlafsaal gegenüber, das sicher nicht viel älter war als ich. Warum brachte Elodie die beiden zusammen? Wollte sie um jeden Preis zeigen, wie egal ihr Fairness war?

Eine Gänsehaut zog sich über meine Arme, als der junge Mann einen Flakon öffnete, der eine täuschend echte Illusion hervorrief. Eine Raubkatze sprang aus den Duftschwaden. Sie fletschte die Zähne und trieb das Mädchen mit langsamen, aber umso bedrohlicheren Schritten in die Ecke des Glaskastens. Das Mädchen hatte solche Angst, dass ich befürchtete, sie würde gleich umkippen. Doch dem Mann schien das überhaupt keine Sorgen zu machen. Er lachte bloß, als die Katze auf das Mädchen zusprang und erst direkt über ihr in einer Duftwolke verblasste. Vor lauter Panik war das Mädchen so heftig gegen das Glas gestoßen, dass es danach tatsächlich in Ohnmacht fiel.

Als der Mann mit mäßigem Applaus aus dem Glashaus gelassen wurde, hob er arrogant die Arme und freute sich sichtlich, dass er gewonnen hatte und eine Runde weiter war. Ganz egal, was er dafür getan hatte.

Auch in den nächsten Duftduellen gingen die Teilnehmer immer härter miteinander um. Um zu gewinnen, benutzten sie Duftmischungen, die ihr Gegenüber einschnürten oder einfroren, bis hin zu künstlichen Urgewalten, die mit ihrer Kraft das Glashaus erzittern ließen. Nur die talentiertesten konnten sich den Angriffen entziehen, ohne sich zu verletzen.

Die magisch knisternde Stimmung im Zelt veränderte sich und kippte ins Gruselige. Ich wusste nicht mehr, wie oft ich vor Schreck von meinem Stuhl aufsprang oder mir vor lauter Hilflosigkeit die Augen zuhielt. Die Gemeinheiten, die sich die Teilnehmer gegenseitig versuchten anzutun, konnte ich einfach nicht ertragen. Wieso beendeten nicht wenigstens die Zuschauer und Familienangehörigen dieses Schreckensspiel? Was dachten sich die Teilnehmer um mich herum überhaupt, was sie Großartiges gewannen, wenn sie es in die Entscheidungsrunde schafften? Warum ließen sie sich nur so von den Ewigen beeinflussen?

Manchen schien es fast Spaß zu machen, ihr Gegenüber zu erniedrigen, sobald sie merkten, dass sie auf der Gewinnerseite stehen würden.

Und ich … ich wollte nur noch, dass dieses Turnier vorbeiging.

So schnell wie möglich.

20

Anastasija Wladimastow!«, schallte Elodies Stimme durch das Zelt.

Langsam erhob ich mich von meinem Stuhl. Doch schon im nächsten Moment sackte mir mein Herz in die Hose, als ich hörte, gegen wen ich antreten sollte.

Nein, bitte nicht das!

Ich schloss die Augen, dann lief ich im Scheinwerferlicht nach vorn, auf Elodie und das Haus aus Glas zu.

Hinter mir hörte ich die Schritte meiner nächsten Turniergegnerin und konnte einfach nicht glauben, dass das wirklich passieren musste. Ich ließ mich von Elodie begrüßen und betrat das Glashaus. Bis zum gegenüberliegenden Ende ging ich voraus, drehte mich um und sah in Ellas Gesicht, die mir, genauso unglücklich über unsere Situation, gegenüberstand.

Wieder senkten sich die Lichter auf uns und die Glastür wurde verriegelt. Die Geräusche verstummten und wurden aufs Neue seltsam dumpf. Eine gute Sache hatte es immerhin: Niemand konnte da draußen hören, was wir hier drinnen besprachen.

»Lass uns dieses Spiel nicht mitspielen«, sagte ich deshalb und sah Ella ernst an. »Wir versuchen einfach, harmlose Düfte zu verwenden, mit denen wir uns gegenseitig nicht verletzen können, okay? Ich will dir nämlich auf keinen Fall wehtun.«

Ella kniff die Lippen aufeinander. »Und was, wenn du mir das nur sagst, damit du gegen mich gewinnst?«

Ich musste zugeben, nach allem, was in diesem Raum gerade passiert war, nach all den hinterhältigen Dingen, konnte ich ihr Misstrauen nur zu gut verstehen. Außerdem hatte sie recht, *ich* musste gewinnen. Sonst würde nicht ich gegen Elodie antreten, sondern womöglich Ella. Und die wäre niemals darauf vorbereitet, was Elodie mit ihr und den anderen Sentifleurs vorhatte.

Nur … wie sagte ich ihr das, ohne dass sie mich falsch verstand?

»Ich muss dieses Turnier auch gewinnen! Unter allen Umständen«, versuchte ich anzusetzen, doch das reichte Ella schon. Sie ließ mich gar nicht erst weiterreden.

Ihr Misstrauen brach aus wie Wasser aus einer geschüttelten Sprudelflasche. Sofort griff sie sich einen der Flakons und kippte ihn mir entgegen. Ella hatte schnell reagiert und zielsicherer als alle anderen, die ich bislang im Haus aus Glas gesehen hatte. Trotzdem erkannte ich den

Duft Hunderte Meter gegen den Wind, weil ich ihn in der Duftapotheke schon so oft in die Hand genommen hatte. Und ich merkte, wie dank der Duftschwaden Ellas Gefühle wie in einem aufgeklappten Buch vor mir lagen. Klar und deutlich. Daan hatte recht. Sobald einer unserer Düfte im Spiel war, war es ein Kinderspiel, mein Talent anzuwenden.

In Ella wirbelte Enttäuschung über mich herum und mischte sich mit Wut, weil sie sich von mir verraten fühlte. Wie absolut falsch sie doch damit lag. Nur leider konnte ich ihr das alles nicht erklären.

Der Duft, den Ella geöffnet hatte, entfaltete mit einem Mal seine Wirkung. Alles an mir zog und zerrte und ich spürte, wie der »Geruch der Winzigkeit« seine Wirkung entfachte und ich anfing zu schrumpfen. Geradeso gelang es mir, einen Satz zu machen und auf dem Tisch mit den Flakons zu landen. Ich sprintete über die Tischplatte, während ich in Windeseile auf die gleiche Größe schrumpfte wie die Flakons um mich herum. Auch Ella schrumpfte am Boden auf ganze zehn Zentimeter und konnte weder mich noch die Flakons auf dem Tisch erreichen.

Innerlich jubelte ich. Ich musste Ella nichts tun, ich musste nur als Letzte einen Flakon öffnen und bewirken, dass *sie* keinen mehr erreichte!

Ella war definitiv mutiger und schneller im Kopf als alle anderen im Turnier. Sie war nur schüchtern, weshalb die meisten sie erst mal unterschätzten.

Elodie jedoch war das sicher nicht entgangen. Ich schätzte sogar, dass das der Grund dafür war, warum ich gegen

Ella antreten musste. Und wahrscheinlich war das auch Edgar klar gewesen, weshalb er gestern bereits versucht hatte, mich darauf vorzubereiten.

Ich hielt inne und stellte mich vor den harmlosesten Flakon, den ich finden konnte. Die Hälfte der Flakons waren bereits verbraucht und die Auswahl übersichtlich. Schnell stellte ich mich auf meine Zehenspitzen und versuchte, den Verschluss aus der Flasche herauszubekommen. Ich stöhnte und schnaufte, aber nichts bewegte sich. Mist! Mir fehlte schlicht die Kraft einer normal großen Luzie.

Erst als ich den Flakon umgeschubst und dann direkt am Korken gezogen hatte, bewegte er sich. Aus dem Flaschenhals strömten die schillernden und schimmernden Duftwolken, bevor ich den Korken wieder, so gut es ging, zurück in den Flaschenhals stopfte.

»Das flatterhafte Odeur« entließ seine Illusion in Form Hunderter Schmetterlinge, die sich im Glashaus ausbreiteten. Ich ging zur Tischkante und sah hinunter.

Auf dem Boden saß Ella, ebenfalls zu einer winzigen Version von sich selbst geschrumpft. Sie blickte zu den Schmetterlingen hinauf, die über ihr herumflatterten, und kochte sichtlich vor Ärger.

Sie hatte wohl nicht damit gerechnet, dass ich es noch zu den Flakons auf dem Tisch schaffen würde. Aber nun war ich offiziell die Letzte, die einen Duft geöffnet hatte, und somit die Siegerin.

Ich ließ meine Beine von der Tischkante baumeln. »Wenn das Turnier hier zu Ende ist, erkläre ich dir alles!«, rief ich zu Ella hinunter, die mich vom Boden aus anfunkelte. »Nichts ist so, wie du gerade denkst, glaub mir! Und ich bin auch nicht die, für die du mich hältst!«

»Auf die Erklärung bin ich aber gespannt!«, antwortete Ella nur und ich fühlte wieder ihr Misstrauen, das sie sicher auch nicht so schnell ablegen würde. Sie sah in mir nur die ehrgeizige Anastasija, die um jeden Preis gewinnen wollte und sich nichts aus Freundschaft machte.

Im Glashaus begann es zu brummen und wir beide sahen den künstlichen Schmetterlingen dabei zu, wie sie sich in Luft auflösten und ihr schillernder, verblassender Dunst vom Abzug eingesaugt wurde. Mein Körper zerrte sich langsam und unangenehm zurück in seine Ursprungsgröße, und nachdem auch Ella wieder ihre normale Größe zurückhatte, entriegelte Elodie die Tür.

Ich war einfach nur heilfroh, dass wir so gut aus der Sache herausgekommen waren. Verhaltener Applaus drang aus den Zuschauerreihen. Elodie sah mich mit einem Blick an, der mir mehr als unangenehm war. Als ärgerte sie sich darüber, dass keiner von uns halb tot am Boden lag. Auch Ella warf mir einen bösen Blick zu, bevor sie sich zu ihren Eltern auf die Zuschauerreihen setzte, um die letzten Finalisten gegeneinander antreten zu sehen.

In mir stieg eine dunkle Vorahnung empor. Auf den Turnierrängen saßen kaum noch Teilnehmer, die meisten waren mittlerweile ausgeschieden und saßen auf den Zuschauerbänken. Wir waren nur noch wenige: Raffael, vier andere Mädchen, darunter eins aus meinem Zimmer, das nicht nur ständig über Ella und mich getuschelt, sondern sich auch besonders fies im Turnier verhalten hatte. Außerdem waren zwei halb erwachsene Jungen und ich selbst noch übrig.

Ab hier waren kein Mats, kein Leon und auch keine Ella noch an meiner Seite.

Ich war ganz auf mich allein gestellt.

21

Elodie schritt um das Haus aus Glas, in dem nichts mehr auf die Schmetterlinge hinwies, die gerade noch darin herumgeflattert waren.

»So langsam kommen wir dem Ende unserer Entscheidungsrunde näher«, verkündete sie und betrachtete uns Teilnehmer mit zufriedenem Blick. »Ich weiß, ihr seid erschöpft, aber wer von euch in die Endrunde gelangen möchte, muss noch etwas durchhalten.«

Elodie zückte ihren Zettel und rief zwei Namen auf.

Ohne Pause ging es weiter und ich war froh, dass ich mich wenigstens kurz auf meinem Stuhl ausruhen konnte.

Mit immer größerem Entsetzen schaute ich

dem Verhalten der Teilnehmer zu. Raffael war außer mir der Einzige, dem das wohl genauso zu schaffen machte. Alle anderen kämpften um ihren Sieg, als würde es kein Morgen mehr geben.

Nach den nächsten drei Duftduellen mussten die Verlierer aus dem Turnier getragen werden, weil sie nicht mehr aufstehen konnten.

»Anastasija Wladimastow!«, rief mich Elodie auf. Ich sollte gegen das letzte Mädchen aus unserem Gemeinschaftszimmer antreten.

Sie war geschätzte drei Jahre älter als ich, bestimmt einen Kopf größer und kam sich übermäßig toll vor. Gleich nachdem die Tür des Glashauses hinter uns verriegelt wurde, griff sie sich den dunkelblauen »Traurigkeitsdampf« und wollte ihn mir entgegenkippen. Sie hatte mit Sicherheit geplant, dass er direkt in meinem Gesicht landete und mir mit seiner Wirkung augenblicklich allen Kampfgeist nehmen würde. Doch ich durchschaute sie schneller, als sie regieren konnte.

Ich trat einen Schritt beiseite und wehrte mich mit dem »Duft der Langsamkeit«, noch bevor sie den »Traurigkeitsdampf« überhaupt öffnen konnte. »Der Duft der Langsamkeit, den zum Glück noch niemand während der Duelle benutzt hatte und der somit noch übrig war, würde nicht wehtun. Doch er lähmte uns so, dass niemand von uns an einen weiteren Flakon herankam.

Es funktionierte perfekt, das Mädchen erstarrte, und ich war wieder die Letzte, die einen Duft benutzt hatte, und somit Duellsiegerin.

Daan hatte recht gehabt. Die Duftreste der vorherigen Duelle, die noch immer in unseren Pullovern hingen, machten es mir leicht zu erkennen, was die anderen Teilnehmer fühlten. Ich ahnte, was sie sich greifen würden, und konnte dadurch bereits einen Flakon auswählen, noch bevor mein Gegenüber seinen öffnete.

Das ist es, was dir dein Sentifleurtalent verraten kann, hatte Daan gesagt. Ich konnte die Gefühle der Menschen um mich herum erraten. Selbst längst vergangene würden für mich wieder sichtbar werden. Das konnte ich schon immer, nur war mir das nie bewusst gewesen. Ich hatte es bisher einfach als Intuition abgetan. Doch jetzt spürte ich am ganzen Körper, woher meine Vorahnungen kamen.

Der Absauger sog die letzte Duftwolke des Langsamkeitsduftes ab.

Unter lautem Klatschen und bitterbösen Blicken des Mädchens verließ ich das Haus aus Glas mit dem Wissen, dass das Schlimmste noch vor mir lag.

Diesmal spielte die Musik länger und die Scheinwerfer schwangen ihre bunten Lichtstrahlen durch das Zelt. Die Juroren berieten sich und Teilnehmer und Zuschauer warteten darauf, was als Nächstes passieren würde.

Schließlich erhoben sich die Juroren von ihrem Tisch und schritten in die Zeltmitte.

»Auf meinem Zettel stehen drei Namen«, erklang Elodies Stimme. »Aber das sind nicht die Namen für weitere Duftduelle. Das sind die Namen der Teilnehmer, die die Entscheidungsrunde gewonnen haben und die wir nun als Sieger ehren möchten!«

Ein Scheinwerfer richtete sich auf Raffael, einer auf mich und der letzte – nicht zu meiner Überraschung – richtete sich auf Ella. Auch Elodie war Ellas Talent also aufgefallen und sie entdeckte in ihr nicht weniger, als ich es tat. Sentifleurs erkannten sich gegenseitig anscheinend wirklich.

»Die drei Finalisten treten bitte nach vorne!« Die Baronin wies auf eine Siegertribüne mit drei Plätzen. Das Publikum klatschte gegen die anschwellende Musik an und Konfettischlangen fielen von der Decke auf uns hinunter.

»Den dritten Platz im Turnier der tausend Talente belegt …«, setzte Elodie an, als wir vor ihr standen, »… Ella Fredericks!«

Elodie winkte Ella näher auf die unterste Stufe der aufgebauten Siegertribüne.

Ella trat zurückhaltend vor und stellte sich auf das Treppchen. Die Zuschauer klatschten, wenn auch manche es etwas verhalten taten. Ich jedoch war wirklich stolz auf die kleine Ella, die so viel Talent in sich versteckt hielt. Sie würde es den Bessergeborenen noch zeigen, wie falsch sie damit lagen, sie zu unterschätzen!

»Den zweiten Platz hat sich Raffael de Richemont erkämpft!«, rief Elodie in den verhaltenen Applaus hinein, der daraufhin aufbrandete. Raffael unterschätzte niemand auf den Zuschauerreihen. Und das lag nicht nur an seinem Nachnamen.

Raffael trat vor und ich sah ihm seinen Stolz an. Er genoss seinen Moment des Ruhms und stieg auf die zweite Siegerstufe.

»Den ersten Platz hat sich, trotz aller Vorsicht bei der Duftanwendung, Anastasija Wladimastow erkämpft!«

Elodie zeigte auf die oberste Stufe des Siegertreppchens. Mir war völlig klar, dass das alles nur eine Show war, die darüber hinwegtäuschen sollte, was gleich auf mich und auch auf alle anderen Talente wartete. Trotzdem spürte ich, wie mein Herz klopfte, als ich auf die Stufe für den ersten Platz stieg.

Als ich ganz oben stand, suchte ich nach Mats und Daan im Publikum und entdeckte sie tatsächlich. Ihre Blicke lagen wie Laserstrahlen auf mir und verfolgten jede Bewegung, die auf der Bühne passierte.

Was würde gleich passieren? Würde Elodie jetzt ihren Plan in die Tat umsetzen? Oder würde sie noch damit warten? Ich wusste nur, dass ich mich bereithalten musste.

Der Applaus des Publikums brach ab und die Baronin überreichte mir einen Pokal.

»Wir gratulieren dem *Talent aus tausend.*« Die Baronin klatschte in die Hände. »Und mit der größten Vorfreude warten wir auf den morgigen Höhepunkt unseres Turniers, an dem unser neu gefundenes Talent die Ehre haben wird, sich der ewigen Meisterin Elodie de Richemont in der Endrunde stellen zu dürfen!«

Daraufhin applaudierten alle noch lauter und die Musik drehte wieder auf.

Also morgen.

Ich atmete innerlich einmal tief durch. Elodie wartete mit ihrem Plan bis zum bitteren Ende. Morgen würde ich gegen sie antreten müssen. Und ich kannte sie nur zu gut, um sicher zu wissen, dass sie vor gar nichts zurückschreckte. Sie würde *alles* tun, um das durchzusetzen, was sie sich vorgenommen hatte.

22

Die Nacht im Achtbettzimmer, in dem außer mir mittlerweile niemand mehr schlief, war unruhig gewesen. Ich hatte mich hin und her gewälzt und darüber nachgedacht, wie der heutige Endkampf wohl ablaufen würde, worauf ich mich am besten vorbereitete und was Elodie genau vorhatte. Nichts davon bekam ich in meinem Kopf sortiert, was mich so fahrig machte, dass ich viel zu früh aus dem Bett rutschte, mich duschte und in den Saal ging, in dem das Frühstück noch nicht mal vorbereitet wurde.

Ich war so froh, als ich Daan allein an der Tafel warten sah. Tief holte ich Luft und setzte mich zu ihm. »Guten Morgen.«

»Ist es denn bereits Morgen?« Daan lächelte mich an und klappte seine Zeitung zu, in der er gerade noch gelesen hatte. »Du siehst aus, als ob es dir genauso schwergefallen ist wie mir, die Nacht vergehen zu lassen?«

»Das kann man so sagen«, antwortete ich und lächelte dankbar zurück, weil Daan hier auf mich gewartet hatte. »Ich bin so durcheinander, weil ich einfach nicht weiß, was Elodie heute tun wird.«

»Das glaub ich dir. Das sind wir alle.« Daan lehnte sich nach hinten und sah mich mit Falten auf der Stirn an. »Ich habe meine Ohren und Augen rund um die Uhr offen gehalten, aber Elodie ist zu schlau, um sich in die Karten schauen zu lassen. Nicht einmal Edgar hat im Dienstbotentrakt eine Neuigkeit erfahren, die uns weiterhilft.« Daan seufzte. »Du musst somit auf alles gefasst sein. Vertrau vor allem auf dein Bauchgefühl. Du wirst wissen, wie du reagieren musst, wenn es so weit ist. Und wir werden dich keine Sekunde unbeobachtet lassen.« Er lächelte mir zu. »Ich habe noch nie ein so talentiertes, mutiges Mädchen wie dich getroffen, Luzie Alvenstein.«

Ich sah Daan überrascht an. »Danke, dass Sie das sagen. Nur … ich …«

»Ach, Luzie.« Um Daans Augen kringelten sich Lachfalten. »Zweifle nicht so viel an dir selbst. Dir wird gelingen, was immer du dir vornimmst. Dessen bin ich mir absolut sicher. Du hast es selbst in der Hand.«

Ich spürte, wie mir Tränen in die Augen stiegen, schaffte es aber, sie wegzublinzeln. Dann nickte ich und verlor mich darin zu beobachten, wie ein paar Angestellte aus der Küche kamen und begannen, das Frühstück anzurichten.

Es würde nicht mehr lange dauern, bis der Gong zur letzten Turnierrunde ertönte. Und dann würde ich Elodie gegenüberstehen müssen.

Von Angesicht zu Angesicht.

Im Zelt waren die Stuhlreihen der ausgeschiedenen Teilnehmer weggeräumt. Dafür suchten sie nun Platz auf den Zuschauerbänken, die kaum ausreichten. Das Zelt schien aus allen Nähten zu platzen.

Als die Juroren schließlich mit dem Schwingen der Scheinwerfer und der rhythmischen Musik ins Zelt traten, donnerte der Applaus noch ohrenbetäubender als die Male zuvor.

»Kommen wir zu dem Moment, auf den wir alle hingefiebert haben!« Im Gehen breitete die Baronin ihre Arme aus, als wollte sie den Zuschauern einen weiteren Augenblick gönnen, sie zu beklatschen.

Mir wurde übel. Die Baronin glaubte wirklich, sie hätte irgendetwas vollbracht, das beklatschenswert war? Ihr kam nicht einmal der Gedanke, dass auch sie dafür verantwortlich war, dass sich gestern unzählige Jugendliche gegenseitig die schlimmsten Dinge angetan hatten.

»Nun wird sich zeigen, wie talentiert das *Erste Talent aus tausend* wirklich ist!«

Jubelrufe brachen aus. Mir dagegen wurde fast schwindelig, als sich die gesamte Aufmerksamkeit des Publikums auf mich richtete.

»Anastasija Wladimastow!«, rief mich Elodie auf. »Ich bitte dich zu mir in das Haus aus Glas!«

Meine Aufregung wuchs ins Unermessliche, als ich ein letztes Mal auf das Glashaus zulief. Ich kam mir wie auf dem Präsentierteller vor und das hatte mir noch nie gefallen.

Elodie stand bereits an der Tür, heute in einem blauen, knielangen Seidenkleid, das ihre schwarzen langen Haare noch stärker hervorhob. Sie schritt unter tosendem Applaus nach mir ins Glashaus und warf mir ein Lächeln zu, als wir uns gegenüberstanden. Doch es war nicht ihr typisches hübsches Scheinwerferlächeln, es sah eher so aus, als fletschte sie die Zähne und wollte um jeden Preis einschüchternd wirken.

Freute sie sich so sehr auf unser Duell? Wusste sie etwas, das ich nicht wusste? Oder war sie einfach nur so tief davon überzeugt zu gewinnen und sehnte bereits den tosenden Applaus herbei, wenn wir hier fertig waren?

Es war zum Verrücktwerden. Wenn es um Elodie ging, konnte ich nichts, absolut nichts durchschauen. Warum half mir mein Sentifleurtalent auf einmal nicht mehr? Elodie wirkte im Gegensatz zu allen anderen Teilnehmern, denen ich gegenübergestanden hatte, wie ein fest verschlossenes Buch. Hatte das etwas damit zu tun, dass sie ebenfalls eine Sentifleur war? Aber das erschien mir irgendwie unsinnig. Immerhin war ich mir mittlerweile sicher, dass auch Ella eine von uns war, genau wie Raffael. Und bei beiden hatte ich eindeutig spüren können, was in ihnen vorging.

Da ertönte das Posaunensignal, die Fahne zum Start wurde geschwungen und die Verriegelung der Glastür klackte ins Schloss. Elodie griff sich gleich drei Flakons und öffnete sie. Ein letztes Mal konzentrierte ich mich auf mein Sentifleurtalent. Irgendetwas müsste ich doch mithilfe der drei Duftapothekendüfte erahnen können! Aber da war gar nichts. Und ich hatte keine Zeit mehr, darauf zu warten.

Aus den drei Fläschchen in Elodies Hand stieg mir ein Duftgemisch entgegen, das nur schwer zu entschlüsseln war: Ich roch die Zutaten der »Wahrhaftigen Brise«, »Einen Hauch Veränderung« und noch einen Duft, bei dem ich mir unschlüssig war.

Oh Gott, ich wusste, was sie vorhatte! Gehetzt griff ich mir den »Aromatischen Schutz«. Der würde Elodies Duftgemisch nicht an mich heranlassen. Mit ausgestrecktem Arm hielt ich ihn vor mich, doch da war es schon zu spät. Panisch sah ich an mir herunter. Nein! Das durfte nicht passieren. Elodie hob meine Tarnung auf! Ich hatte mich wieder in mich selbst verwandelt. Ich war nicht länger Anastasija, sondern Luzie! In meiner Hand hielt ich immer noch den »Aromatischen Schutz«, der türkis sprudelnd, aber leider völlig nutzlos aus seinem Flakon strömte.

»Na, so etwas. Wen haben wir denn da?« Elodie blickte mich herablassend an. »Hat sich unsere niedliche Luzie etwa mit fremden Federn geschmückt?«

»Ich …« Mir blieben die Worte im Hals stecken. Was machte ich denn jetzt nur? Durch die Glasscheiben sah ich nach draußen und erkannte, wie bereits nicht nur die Baronin von Schönblom und ein paar der Ewigen aufgesprungen waren, sondern auch die meisten Zuschauer. Mit wutverzerrten Gesichtern riefen sie etwas, das ich hier drinnen nicht verstand. Aber die Worte waren definitiv an mich gerichtet. Ich stand da wie eine Betrügerin. Eine, die keine Bessergeborene war, sondern nur so tat.

Dass ich eine Alvenstein war, die ebenfalls auf ihrem bescheuerten Stammbaum zu finden war, wusste schließlich niemand.

»Was ist denn los, Luzie?«, säuselte mir Elodie entgegen. »Wir sind hier doch noch nicht fertig, oder? Immerhin warte ich seit unserem Abschied in Paris auf diesen Moment. Wir beide haben nämlich noch eine Rechnung offen.«

»Ach wirklich?« Ruckartig drehte ich mich wieder zu ihr und funkelte sie an. »Was hast du denn vor? Was soll das ganze Theater überhaupt? Brauchst du das? Die Zuschauer, den Applaus und …«

»Halt den Mund!« Elodies Gesicht lief rot an. »Du hast mir meinen Vater genommen! Du hast ihm etwas Furchtbares angetan, etwas, das …«

»… das er *uns* antun wollte!«, unterbrach ich sie. »Und *dir!* Falls du das vergessen hast!« Schließlich hätte Syrell de Richemont, ohne mit der Wimper zu zucken, in Kauf genommen, dass er nicht nur uns, sondern auch seine eigene Tochter mit dem »Versteinerungsduft« für immer eingeschläfert hätte.

Endlich schwieg Elodie. Für einen Augenblick sah sie unfassbar traurig und fast zerbrechlich aus. Doch dann zwang sie sich wieder ihr kaltes Lächeln auf die Lippen und auch ich versuchte, mich zusammenzureißen.

Ich würde diesem Glaskasten nicht entkommen, bevor Elodie und ich das miteinander ausgekämpft hatten. Ob ich wollte oder nicht.

23

Hastig griff ich mir zwei Flakons. In meiner linken Hand lag der »Duft der Wünsche« und in der rechten der »Zeitverkrümmende Geruch«.

Diese Kombination hatte ich in Edgars Büchlein gesehen, das er mir zur Vorbereitung geliehen hatte. Und wenn sie das bewirkte, was Edgar vermutete, hätte ich vielleicht eine Chance gegen Elodie.

Ich öffnete die zwei Fläschchen, bevor sie etwas dagegen tun konnte. Duftwolken quollen empor und nebelten uns ein. Hektisch räumten Elodie und ich die noch verbliebenen Flakons vom Tisch, während ein Mischmasch aus Kardamom, Jasminblüte und schließlich Süßholz aus der milchig weißen Wolke meiner Flakons aufstieg und mit dem blassrosa Duft aus Veilchen, Flieder und Amber verschmolz. Die einzelnen Zutaten vereinten sich und formten einen völlig neuen Duft, der uns weit, weit weg trug.

Dorthin, wo *ich* es mir wünschte.

Um uns herum verschwanden die Glasscheiben, dafür wucherte überall dichtes, sattes Grün. Die fremdartigsten Pflanzen rankten um uns in die Höhe und darüber leuchtete auf einmal ein tiefblauer Himmel, an dem Papageien vorbeisegelten.

Ein kurzes Glücksgefühl stieg in mir empor. Alles war genau so, wie ich es aus Daans Fotografien und Expeditionstagebüchern kannte. Ich hatte uns tatsächlich an den Amazonas gebracht! Na ja, zumindest in Gedanken. In Wahrheit standen unsere Körper noch immer im Glaskäfig und starrten sich wahrscheinlich unbeweglich an.

Elodie wirkte für einen Moment verwirrt, auch wenn es nur ein kurzer Moment war, bevor sie sich wieder fing. Blitzschnell bückte sie sich nach unten, griff in die dunkle Erde des Urwalds und schmiss sie mir entgegen. Vor lauter Überraschung riss ich die Arme hoch – während Elodie im selben Moment auf mich zukam und mir gewaltsam all meine Flakons entriss. Dann rannte sie mit ihnen davon.

So ein Mist! Ich schaute mich um, ob es irgendwo in unserer Illusionswelt noch den Tisch mit weiteren Flakons gab. Doch natürlich umgab uns nichts als Dschungel.

So schnell ich konnte, rannte ich Elodie hinterher. Das war meine einzige Möglichkeit, wenn ich als Letzte einen Flakon anwenden wollte. Aber schon im nächsten Moment sauste mir eine wirbelnde Wolke entgegen. Elodie hatte in einem Versteck auf mich gewartet. Der Dunst umschlang mich und nahm mir alle Kraft.

Da uns auf dem Tisch im Glashaus kaum noch Flakons zur Verfügung gestanden hatten, wusste ich sofort, dass sie meinen »Aromatischen Schutz« gegen mich anwendete. Statt mich zu schützen, hielt er mich plötzlich auf. Mist! Wie eine durchsichtige Gummiwand schob er sich zwischen uns und hielt mich in sich gefangen, als wäre ich in Gelee eingelegt. Ich konnte nichts weiter tun, als Elodie dabei zusehen, wie sie im dichten Dschungelgrün verschwand.

Als sich die Schutzschicht nach einigen quälend langsamen Sekunden end-

lich auflöste, lief ich los. Einfach geradeaus in die Richtung, in die Elodie verschwunden war. Beim Rennen über den wurzeldurchzogenen Boden klatschten mir immer wieder Blätter und Farne ins Gesicht. Während ich mein Gesicht schützte, schrammte ich mir an ein paar Ästen die Arme auf.

Da! Ich entdeckte Elodie an einer Felsenklippe. Direkt vor ihr ging es steil bergab, hinab in eine Schlucht. Sie konnte nicht weiter – sie hatte sich selbst in eine Sackgasse gelotst.

Doch als ich wenige Meter vor ihr zum Stehen kam, lachte Elodie nur. »Kommst du auch endlich?«, sagte sie und blickte an mir herunter. »Ganz ehrlich, ich hab mehr von dir erwartet, Luzie. Diese alberne Tarnung,

die sich deine kleine Gruppe hat einfallen lassen … Hast du wirklich geglaubt, dass ich das nicht durchschaue?«

Ich kniff die Lippen zusammen und gab keinen Ton von mir. Hatte sie es wirklich die ganze Zeit gewusst? Von Anfang an?

Da sah ich, wie Elodie zwei weitere Duftflakons öffnete und ihre Duftwolken sich zu etwas Neuem verbanden.

Reflexartig trat ich einen Satz auf sie zu. Das hier war meine letzte Chance, ihr die Flakons abzunehmen. Ich stand jetzt fast genauso nah an der Schlucht wie sie selbst. Nur mit einem halben Auge erkannte ich, wie tief es dort hinunterging. Schnell schaute ich weg und versuchte, mich nicht davon ablenken zu lassen. Mein Arm sauste auf Elodie zu. Ich brauchte die Flakons! Doch ich griff ins Leere. Elodie gelang es im Gegensatz zu mir vorauszusehen, was ich vorhatte, noch bevor ich es tat. Sie selbst hatte bereits einen Schritt zur Seite gemacht.

Ich hätte schreien können! Wieso konnte sie meine Gedanken lesen, aber ich nicht ihre?

Noch einmal sprang ich auf sie zu und wieder bekam ich keinen Flakon zu fassen. Stattdessen öffnete Elodie einen weiteren, der sich ebenfalls mit den Duftwolken um uns herum mischte. Und dann – dann zog Elodie noch etwas aus ihrer Jackettasche hervor. Es war ihre Atemmaske, die mir noch bestens vertraut war von unserem letzten Aufeinandertreffen.

»Das ist Betrug!«, rief ich ihr entgegen. »Du hältst dich nicht mal an deine eigenen Regeln?«

»Dachtest du wirklich, ich würde es zulassen, dass du

hier vor Publikum als Siegerin hervorgehst?«, zischte Elodie. »Das ist lachhaft, selbst für dich. Zudem habe ich noch etwas mit dir vor.« Im nächsten Moment verschwand ihr Gesicht völlig unter der Maske.

Ich wollte danach greifen, sie ihr vom Gesicht zerren, doch die Duftwolken, die mich umwehten, ließen mich schwindelig werden und ich fing an zu schwanken. Ich konnte mich nicht mehr dagegen wehren, egal, wie sehr ich meine Schuhspitzen auch in den Boden bohrte. An nichts konnte ich mich noch festhalten. Alles um mich herum verschwamm, nur Elodies Lachen hörte ich noch.

Dann fiel ich.

Ich fiel wie in einem Traum, in dem man fällt und fällt und fällt und nur darauf wartet, auf dem Boden aufzuschlagen. Todesangst spannte in meiner Brust. Wie gelähmt ließ ich alles zu, was mit mir passierte. Selbst wenn irgendwo ein Ast zum Festhalten gewesen wäre, ich hätte ihn in meiner Starre nicht mehr ergriffen. Mit fest geschlossenen Augen schlug ich schließlich auf.

Das war kein Traum.

In Zeitlupe öffnete ich meine Augen und starrte in die Lichter unter der Zeltdecke, die auf das Haus aus Glas hinunterleuchteten. Der Absauger brummte längst und ich sah hinauf in Elodies erfreutes Gesicht.

24

Obwohl meine Beine noch ganz wabblig waren, warf ich mich mit aller Kraft auf Elodie. Damit hatte sie ausnahmsweise nicht gerechnet. So schnell ich konnte, riss ich ihr die Maske vom Gesicht und warf sie hinter mich. Dann griff ich mir den letzten Flakon, der noch im Glashaus aufgereiht stand. Ich wusste nicht mal, was für ein Duft es war. Aber mittlerweile war das auch völlig egal. Ich hatte nur noch diese eine Chance, Elodie außer Gefecht zu setzen.

»Das würde ich an deiner Stelle sein lassen.« Elodies Stimme klang ruhig und bedrohlich. Dann deutete sie mit ihrem ausgestreckten Arm zur Seite.

Ich stockte und folgte ihr mit meinem Blick. Zuerst sah ich nur die vielen Zuschauer, die noch immer auf ihren Sitzen saßen und gebannt zuschauten bei dem, was vor ihnen passierte.

Doch dann wusste ich, was Elodie mir zeigen wollte. Und schon in der nächsten Sekunde sackten meine Beine weg und alle Kraft, die mich noch aufrecht gehalten hatte, fiel in sich zusammen. Um nicht hinzufallen vor lauter Schock, stützte ich mich an der Glaswand ab.

Das … das durfte nicht sein!

Draußen, neben dem Haus aus Glas, standen Daan, Willem und Mats. Auch sie hatten ihre falschen Identitäten verloren und waren umzingelt von Wachleuten. Und …

Entsetzt starrte ich in die hellbauen Augen meines kleinen Bruders, die mit dem gleichen Entsetzen zurückschaute.

»*NEIN!*«, brüllte ich. Alles an mir fühlte sich mit einem Schlag taub an, als ich erkannte, von *wem* Benno festgehalten wurde. Es war keiner der Ewigen, keiner von Elodies Wachleuten. Es war weder die Baronin noch der Mann mit der Kartoffelnase, sondern jemand, dem ich mit ganzem Herzen vertraut hatte.

Das *durfte* nicht sein!

Doch egal, wie viel ich auch blinzelte, es änderte nichts an der Tatsache. Da draußen stand Edgar und hielt Benno mit seinen Armen fest umklammert. Edgar sah mir direkt ins Gesicht, mit einem Blick, der nicht die kleinste Spur von Reue zeigte und mich frösteln ließ.

Wieso? Hatte er uns etwa verraten? Diesen Gedanken wollte ich gar nicht zu Ende denken, weil er sich so schrecklich anfühlte.

Ich starrte nach draußen, während das Bild von Edgar, das ich bisher von ihm gehabt hatte, in Stücke zerfiel und kaputtging.

Die Einladung, das Turnier – es war wirklich alles eine Falle gewesen. *Edgars Falle!*

Scharf zog ich die Luft ein. Edgar hatte also schon die ganze Zeit gemeinsame Sache mit den Ewigen gemacht.

»Warum Benno?«, hauchte ich Elodie über das Brummen der Absaugschläuche hinweg zu und hasste sie mehr als alles und jeden auf dieser Welt.

»Wieso nicht?« Elodie legte ihren Kopf schief und kam einen Schritt näher. Sie fixierte mich ohne den kleinsten Funken Emotion im Gesicht.

»Hast du überhaupt kein Herz?«

»Aber doch, natürlich.« Elodie nickte dem Mann an der Absauganlage außerhalb des Kastens zu. Sofort schaltete er sie aus und das Brummen erstarb. »Ich möchte nur sichergehen, dass du den Duft, den ich speziell für dich vorbereitet habe, auch tatsächlich anwendest. Solange dein kleiner Bruder da draußen ist, kann ich mich darauf verlassen, dass du tust, was ich dir sage, richtig, Schwesterherz?«

Mir wurde übel. Sie nannte mich immer noch *Schwesterherz*? So wie damals in Paris.

»Ich habe ihn extra deshalb kommen lassen, denn wenn ich etwas nicht mehr möchte, dann sind das Überraschungen von dir.« Sie legte den Kopf schief. »Also. Bist du jetzt ganz brav?«

Mein Blick zuckte zu Benno. Auf keinen Fall würde ich ihn in Gefahr bringen. Ich nickte. Auch wenn ich bereits ahnte, was das für ein *speziell vorbereiteter Duft* war, den Elodie mir da einflößen wollte.

Wenn Bennos Leben auf dem Spiel stand, konnte sie wirklich alles mit mir machen, was sie wollte.

Elodie lächelte zufrieden, öffnete die Tür und lief aus dem Haus aus Glas. Klackend fiel die Tür wieder zurück ins Schloss und wurde verriegelt. Ich beobachtete, wie Elodie von außen einen Flakon in die Vorrichtung steckte und seine Duftwolke zu mir hineinströmte.

Meine Vermutung war richtig gewesen. Elodie versuchte, das zu beenden, was sie in Paris nicht geschafft hatte. Ich hielt mir beide Hände über Mund und Nase, vielleicht konnte ich so die »Untertänige Wolke« zumindest halbwegs aus meinem Kopf und Herz heraushalten. Aber früher oder später würde ich atmen müssen und dann würde ich alles tun, was Elodie von mir verlangte.

Im selben Moment begannen draußen alle durcheinanderzubrüllen. Zwar hörte ich sie nicht, aber ich konnte es an ihren Gesichtern sehen. Die Zuschauer und Ewigen jubelten, während Willem, Mats und Leon genauso durcheinanderschrien – nur taten sie das im Gegensatz zu allen anderen aus lauter Wut.

Aus dem Augenwinkel bemerkte ich, wie Benno Edgar in die Hand biss, so fest, dass der vor Schmerzen aufschrie und Benno tatsächlich losließ.

Mein kleiner Bruder rannte auf die längst verschlossene Glastür zu und zerrte an ihr. »Luzie!«, sah ich ihn rufen. »Komm da raus!«

Ich wollte etwas antworten, aber die »Untertänige Wolke«

umströmte mich längst. Sie ließ mich ganz schlaff werden und unfähig zu reagieren.

»B-Benno«, krächzte ich nur und drückte meine Hand von innen an die Glasscheibe. Ich wollte ihn warnen, doch ich konnte nichts mehr tun, als nach draußen zu starren und zuzusehen, wie Edgar Benno erneut hochhob und ihn der Baronin vor die Füße warf.

Sie packte Benno kurzerhand von hinten, zog ihn wieder in die Höhe und hielt ihm ein getränktes Tuch auf Mund und Nase.

Ich wollte schreien. Schreien und toben, aber mein Körper konnte es nicht mehr.

Im Zelt brach Panik aus. Die Zuschauer sprangen von ihren Stühlen und rannten hinaus. Der Ewige mit der Kartoffelnase hatte die ganze Zeit steif am Rand gestanden, doch plötzlich kam Bewegung in ihn und er stürmte im Tumult zusammen mit den Zuschauern davon.

Mats, Willem und Leon kämpften gegen die Griffe der Wachleute an und versuchten, sich loszureißen. Aber es waren zu viele, die sie festhielten. Keiner der drei hatte eine Chance.

Wo war bloß Daan? Ich konnte ihn nirgends sehen. War er etwa … war er etwa geflohen?

Da riss sich Leon plötzlich los und stürmte auf die Baronin zu. Er drückte sie zur Seite, um zu Benno zu gelangen. Doch er kam nicht weit, weil ihn einer der Wachmänner wieder packte und ihm die Arme auf den Rücken drehte.

Ich versuchte, mich aufzurappeln und gegen die Glastür zu werfen, damit ich hier rauskam und Benno helfen konnte. In meinem Inneren tobte ein Orkan voller Verzweiflung. Doch das alles passierte nur noch in meinem Kopf. Mein Körper stand längst unter dem Einfluss der »Untertänigen Wolke« und ließ mich reglos verharren. Nur mein Blick – der lag fest auf Benno.

Womit auch immer dieses Tuch getränkt war, es war nichts Gutes. Bennos Arme und Beine hingen schlaff an ihm herab, während die Baronin das Tuch wieder in einer versiegelten Kiste verschwinden ließ. Als sie ihre Hände von Benno nahm, plumpste er wie ein kleiner Sack Kartoffeln auf den Boden und blieb reglos liegen.

Außerhalb des Glaskastens musste ein ohrenbetäubender Lärm herrschen. Die Zuschauer drängten zu allen Seiten davon, rempelten sogar gegen die Wachleute und sorgten so für ein riesiges Chaos.

Dadurch gelang es Mats, sich endlich doch loszureißen. Mit drei schnellen Schritten war er bei Elodie und nahm ihr den Schlüssel ab, mit dem sie mich eingesperrt hatte. Zwei Mal klackte es, als Mats die Tür zum Glashaus öffnete und zu mir hereinstürmte.

Ich rechnete damit, dass er mir beim Aufstehen helfen würde, doch stattdessen verschloss er die Tür, gegen die von außen bereits zwei Wachleute drückten. Die Verriegelung rastete ein und niemand konnte sie mehr öffnen. Zur Sicherheit schob Mats den Schlüssel von innen ins Schloss und drehte ihn.

Vorsichtig kam Mats auf mich zu, kniete sich neben mich und ich spürte halb betäubt, wie er seine Arme um mich schlang. Ganz fest drückte er mich an sich. Verwundert blickte ich zu ihm hoch, während in mir ein warmes Glücksgefühl versuchte, durch die Dumpfheit der »Untertänigen Wolke« zu gelangen.

Mit einer Hand zog Mats etwas aus seiner Hosentasche und endlich verstand ich, was er vorhatte. Er hielt mir einen Flakon unter die Nase und ich nahm einen vertrauten Duft wahr. Tief sog ich ihn ein und fühlte, wie er mir half, wieder klar zu denken. Lilienduft, Maiglöckchen und Granatapfel, die Luft um uns herum verfärbte sich hell. Erschöpft lehnte ich meinen Kopf an Mats' Schulter, als das wattige Gefühl langsam verblasste.

Mats hatte tatsächlich an den wichtigsten Duft überhaupt gedacht. Er hatte den »Duft der Endlichkeit« geöffnet, den einzigen Duft, der in der Lage war, allen anderen Duftapothekendüften ihre Wirkung zu nehmen.

»Du … bist … genial«, krächzte ich.

»Tut mir leid.« Mats griff nach meiner Hand. »Was passiert ist …«

»Nein, mir tut es leid«, flüsterte ich. »Ich hätte nicht ohne Erlaubnis in deinen Gefühlen lesen dürfen. Du hast recht, das war nicht in Ordnung. Kein bisschen. Und ich verspreche dir, dass ich das nie wieder absichtlich versuche zu tun. Versprochen.«

Mats drückte meine Hände noch fester. »Das ist jetzt nicht wichtig, vergiss es einfach. Wichtig ist, dass wir diese Mistkerle endlich aufhalten müssen.«

Mein Blick fiel wieder auf Benno. Und mit einem Mal brodelte so viel Wut in mir. Ich wusste, dass ich einfach alles tun würde, um meinen kleinen Bruder hier wieder rauszuholen.

Doch kaum war ich aufgesprungen, vibrierte auf einmal das gesamte Turnierzelt. Die Stoffbahnen plusterten sich auf, das Glas um uns herum zitterte. Ich zuckte vor Schreck zusammen und drehte mich um.

Und was ich dort sah, war einfach unglaublich.

In der Mitte der Manege, direkt vor dem Glashaus, stand Daan. Sein faltiges Gesicht sah so ernst aus, wie ich es noch nie gesehen hatte. In einer Hand hielt er seinen Lederkoffer, in der anderen einen geöffneten Flakon, den er nun hinauf zur Zeltdecke reckte. Duftschwaden stiegen wie ein ausbrechender Vulkan daraus empor und drehten sich in einem tosenden bunten Strudel um die gesamte Manege.

25

Immer höher und schneller peitschte der Wind aus Daans Flakon. Damit drängte er die Baronin, Elodie und alle Wachleute der Ewigen zurück. Nur uns verschonte der Duftorkan, weil Daan ihn nicht auf uns richtete – alle anderen fegte er regelrecht beiseite.

Willem und Leon standen mit ungläubigen Mienen da und sahen dabei zu, wie Daan unsere Gegner, die eben noch in der Manege gestanden hatten, auf die Zuschauerränge vertrieb.

Unterdessen stürmten Mats und ich aus dem Glashaus und rannten zu Benno. Doch als ich meinem kleinen Bruder hochhelfen wollte, stand er nicht auf. Er hing einfach nur reglos in meinem Arm.

Fassungslos hielt ich Benno fest und konnte nicht glauben, dass dieser kleine Mensch in meinem Arm, der doch ein Teil von mir war und zu mir gehörte, vollkommen steif gefroren war. Ich versuchte, mir einzureden, dass er nur schlief. Alles andere war einfach undenkbar.

»Benno«, hauchte ich. »Bitte, bitte wach auf.«

Aber mein Bruder hörte mich nicht. Tränen rollten mir die Wangen herunter und ich wusste überhaupt nicht, was ich noch denken sollte.

An mir zerrte jemand. Es war Leon, aber ich ignorierte ihn. »Luzie, komm schon, wir müssen hier weg! Gib mir Benno.«

Doch ich klammerte mich nur noch fester an meinen Bruder und schüttelte den Kopf. Ich würde Benno niemals mehr loslassen.

Aus dem Augenwinkel bemerkte ich, wie sich Mats auf Edgar stürzte, der seinerseits versuchte, sich durch Daans Luftstrudel zu kämpfen. Die beiden wurden immer wieder vom Wind zurückgeweht, doch schließlich gelang es Daan, Edgar endgültig nach draußen zu drängen.

Ich tat gar nichts mehr, sondern saß nur da und drückte Benno, so fest es ging, an mich, während der Wirbel aus Daans Flakon immer stärker und stärker wurde.

»Haltet euch aneinander fest. Jetzt!«, brüllte Daan uns zu. »So gut ihr könnt!«

Gleichzeitig stürmten Mats, Leon und Willem auf Benno und mich zu. In Sekundenschnelle hakten sie sich alle beieinander unter. Zuletzt griff Daan nach Willems ausgestreckter Hand.

Noch nie hatte ich so etwas gesehen. Mir wurde kalt und schwindelig von dem Wirbel, der uns zu packen schien und hin und her rüttelte. Ich hielt Benno ganz fest und schloss die Augen. Blind verließ ich mich darauf, dass Daan wusste, was er tat, und überließ mich der Hoffnung, dass Benno gleich wieder aufwachen würde.

Vor meinen Augen verschwamm alles – ob es an meinen Tränen lag oder an dem Duftstrudel konnte ich nicht sagen. Von Gleißendhell bis Tiefdunkel und wieder zurück veränderte der Wirbel unablässig seine Farbe, ohne dabei an Kraft zu verlieren.

Schließlich prallten wir auf. Ich starrte auf Benno in meinem Arm. Mein kleiner Bruder hielt die Augen fest geschlossen und sah aus wie ein friedlich schlafendes Baby.

»Bitte … B-Benno! Wach auf! Wir brauchen dich doch.« Meine Stimme brach. Ich umklammerte Benno etwas fester und sah mich um. Wir waren noch immer im Zelt bei den Ewigen, doch der Raum war dunkel und verlassen. Von Elodie, der Baronin und von Edgar war nichts zu sehen. Was hatte Daan nur gemacht? Wo hatte er uns hingebracht? Doch im Grunde war mir das gerade völlig egal. Alles, was zählte, war Benno.

Ich bringe die Baronin um! Mir raste dieser Gedanke wieder und wieder durch den Kopf. *Und Elodie, alle Ewigen …*

und Edgar. Edgar! Wie hatte er das nur tun können? *Wieso* hatte er uns verraten?

Der duftende Wirbelsturm zog sich nach außen, weiter von uns weg, und ich erkannte die anderen. Daan stand noch immer in der Mitte der Manege. Endlich schloss er sein Fläschchen, doch der Duftstrudel ließ nicht nach. Er wehte und wirbelte wie ein schützender Kreis um uns herum.

Mats, Leon und Willem knieten sich neben uns, machten jedoch Platz für Daan, der seinen Lederkoffer mit ernster Miene auf dem Boden ablegte und ihn öffnete.

Ich starrte Daan an. Doch der hatte keine Zeit, auf mich zu reagieren. Er untersuchte Bennos Handflächen, Haare, Arme und leuchtete ihm in die Augen. Dann roch der alte Duftapotheker an Bennos T-Shirt und rümpfte die Nase.

»Was ist mit ihm?«, brachte ich hervor, doch Daan antwortete nicht und zerrte Benno bloß das T-Shirt über den Kopf.

Erst nachdem er es weit von uns weggeworfen hatte, öffnete er seinen Duftkoffer. Er musste ihn aus dem Wohnwagen geholt haben, während Elodie mich im Glaskasten eingeschlossen hatte.

Daan griff sich zwei Flakons. Danach sah er mich an. »Ich fürchte, sie haben ihn eine Mixtur aus den giftigsten Pflanzendüften einatmen lassen.«

»Was?« Unvermittelt brach die Panik aus mir heraus. »Nein, das … das darf doch nicht …«

»Hör mir jetzt gut zu, Luzie. Ich kann ihm helfen, aber wir haben nicht viel Zeit. Ich habe uns mit dem Duftstrudel in die Nacht vor dem Entscheidungskampf gegen Elodie zurückversetzt, aber wir können nur kurz hierbleiben. Sobald der Duft seine Wirkung verliert, sind wir wieder zurück in unserer Zeit. Deshalb muss ich *sofort* anfangen. Darf ich? Vertraust du mir?«

Ich nickte und spähte kurz zu den leeren, abgedunkelten Zuschauerrängen. Unfassbar, wir waren in der Vergangenheit? Doch ich schüttelte den Gedanken schnell beiseite. »Ja … ja in Ordnung«, sagte ich.

»Gut. Und nun: Bitte seid alle ruhig. Ich brauche hierfür völlige Konzentration.«

Nach kurzem Zögern entschied sich Daan für einen seiner zwei Flakons und hielt ihn prüfend in die Höhe. »Diesen werde ich verwenden«, murmelte er und schielte zu mir. »In diesem Fläschchen ist mein stärkstes Gegengift. Es hat mir in den Anfangsjahren, als ich noch sehr unvorsichtig mit den Zutaten der Duftapotheke herumexperimentiert habe, mehrmals das Leben gerettet.«

»Tun Sie's!«

Daan nickte und öffnete den Flakon. Drei Tropfen davon ließ er in ein Stofftaschentuch aus seinem Koffer fallen, dann hielt er es Benno vor Mund und Nase, genau so, wie es die Baronin mit ihren giftigen Düften getan hatte.

Ich sah zwischen Benno und Daan hin und her und wartete, dass etwas passierte. Nichts geschah. Bennos Augen blieben geschlossen, nur sein Brustkorb hob sich ein Stück und senkte sich wieder.

Doch dann öffnete Benno auf einmal seine himmelblauen Augen und sah mich an. Vor Freude brach ich in Tränen aus. Alles verschwamm und ich drückte Benno, so fest ich konnte, an mich.

»Aua!«, jammerte mein kleiner Bruder und schob mich von sich weg. »Du erdrückst mich noch!«

Ich lachte und hielt stattdessen seine Hände fest, als könnte ich ihn verlieren, sobald ich sie losließ.

Benno drehte seinen Kopf zur Seite und schaute Daan mit fragendem Blick an. »Wo sind wir?«

Mats grinste und strubbelte Benno durch die Haare. »In England«, sagte er knapp. Dann zog er sich seinen Pullover über den Kopf, sodass er selbst nur noch ein T-Shirt trug, und legte es Benno um, obwohl es ihm natürlich viel zu groß war. »Wie geht's dir Kumpel?«

Mein Bruder zuckte nur die Schultern. »Fühlt sich an, als hätte ich einen Albtraum gehabt.«

Mats nickte. »Das war es auch! Wie gut, dass du daraus aufgewacht bist.«

Leon atmete geräuschvoll aus. »Was für drei Tage«, murmelte er, gefolgt von einigem Gebrabbel über Ewige, magische Düfte und viel zu hübsche Jurorinnen, die sich als völlig wahnsinnig herausgestellt hatten.

»Danke«, flüsterte ich Mats zu. »Und noch einmal Entschuldigung, für …«

»Ich sag doch … ist längst verziehen«, unterbrach Mats mein Gestammel. »Dir kann ich gar nicht lange böse sein, selbst wenn ich es will.« Er verzog den Mund und seine Wangen färbten sich hellrot. »Du kennst meine Gedanken ja mittlerweile gut genug, um das selbst zu wissen.«

Ich kniff meine Lippen aufeinander, während in mir alles

ganz warm wurde. Ja, da hatte er recht. Ich *wusste* es. Ich wusste nur nicht so recht, was ich mit meinem Wissen tun sollte.

Unsicher sah ich zu Daan auf. »Und was passiert jetzt mit Edgar? Ich hätte nie im Leben damit gerechnet, dass er uns …« … *verraten würde.* Die Worte wollten nicht aus meinem Mund kommen. »Ich meine, er war die Geisel der Baronin und Elodie hat immer auf ihn herabgesehen. Wieso hasst er die Ewigen nicht, sondern *hilft* ihnen? Was hat er überhaupt davon?«

»Keiner versteht das«, Mats seufzte. »Vielleicht ist der Kerl einfach verrückt. Hat daran schon mal jemand gedacht?«

»Ich dachte wirklich, ich könnte Edgar vertrauen«, sagte ich leise.

»Tja«, schaltete sich Leon ein. »Edgar hat sich eben echt überzeugend bei uns eingeschleimt. Wer hätte das schon ahnen können? Immerhin ist er Willems Enk…« Leon brach ab und warf Mats einen Blick zu, den ich schwer deuten konnte.

»Was ist?«, fragte ich.

In Mats Blick lag Traurigkeit. »Leon hat recht: Edgar ist Willems Enkel.« Er nickte mit dem Kopf hinter mich.

Erst jetzt bemerkte ich, dass Daan aufgestanden und zu Willem gelaufen war, der sich an den Rand des Duftstrudels zurückgezogen hatte und in sich zusammengesunken war. Als er sich von Daan aufhelfen ließ, sah ich, wie feucht Willems Augen glänzten.

»Ich kann mir gar nicht vorstellen, wie sehr ihn das mitnehmen muss«, flüsterte Mats. »Ich meine … okay, es war noch nie leicht zu verstehen, was in Willems Kopf vor sich geht. Aber du hättest ihn mal sehen müssen, als wir dachten, dass Benno es vielleicht nicht schaffen könnte. Willem sah aus, als würde er …«

»Er ist fix und fertig«, beendete Leon Mats Satz. »Damit hat Willem genauso wenig gerechnet wie du, ich und alle anderen.«

»Es ändert aber nichts«, sagte ich und ballte die Hände zu Fäusten. »Edgar gehört zu den Ewigen. Und er hat uns von Anfang an hintergangen.«

26

Der Duftwirbel strömte immer noch wie eine schützende Blase um uns herum. Ich hatte keine Ahnung, wie lange er uns noch hier – in Sicherheit – lassen würde, aber Daans beunruhigtem Blicken nach zu urteilen – nicht mehr sonderlich lange.

»Elodie hat mir im Haus aus Glas gesagt, dass sie und die Baronin unsere Tarnung längst durchschaut hatten.« Ich sah in die Runde. »Aber wieso haben sie uns dann durch das Turnier gejagt, wenn sie wussten, wer wir in Wirklichkeit sind?«

Mats' Stirn legte sich in Falten. »Um zu prüfen, wie gut wir sind? Weil sie Spaß daran hatten, Katz und Maus mit uns zu spielen?«

»Ich schätze, der Grund ist ein anderer«,

seufzte Daan. »Elodie wollte unbedingt dich in der Endrunde haben, Luzie. Die neuen Dufttalente waren zweitrangig für sie. Sie wollte dich mithilfe der »Untertänigen Wolke« gefügig machen. Sicherlich war das einer der Hauptgründe, das Turnier überhaupt auszurufen. Nicht nur, um neue Sentifleurs für ihre geplante Duftapotheken-Dynastie zu finden. Das hätte sie auch mit weniger Aufwand herausfinden können. Elodie wollte vor allem an *dich* herankommen. Vielleicht sogar aus Rache.« Er seufzte. »Das ganze Turnier war tatsächlich eine Falle.«

Auf meinen Armen bildete sich eine Gänsehaut. Wir alle wussten, dass es ebenso Edgars Falle gewesen war, auch wenn es niemand von uns aussprach.

»Also gut«, überlegte ich. »Sobald der Duftstrudel seine Wirkung verliert, müssen wir unbedingt Ella und Raffael vor Elodie beschützen. Wenn sie mich nicht bekommen hat, werden die beiden garantiert die nächsten auf ihrer Liste sein.«

Daan kniete sich wieder neben seinen abgeschabten Lederkoffer. Mit dem geöffneten Deckel drehte er ihn zu mir. »Wir müssen etwas erschaffen, mit dem nicht mal Elodie rechnen würde«, sagte er und sah zu mir. »Hast du eine Idee?«

Ich? Alle Blicke lagen auf einmal auf mir. Doch das Vertrauen in Daans Augen ließ mich ruhiger werden.

Ich nahm ein paar der Flakons in die Hand und reihte sie nebeneinander auf den Boden. Daan sah zwischen mir und den Flakons hin und her und kratzte sich am Kinn.

»Zuallererst müssen wir die Ewigen an Ort und Stelle halten«, sagte er und schob einen bauchigen kleinen Flakon nach vorne.

Ich nickte und schob einen zweiten länglichen Flakon dazu. »Und wenn wir die Fläschchen gleichzeitig öffnen, sodass die Düfte Zeit haben, sich miteinander zu vermischen, könnten wir Elodie und die Ewigen vielleicht mit einer neu entstandenen Wirkung überwältigen.«

Daan nickte zufrieden. »Sollte uns das gelingen, wird Elodie nicht schnell genug einen ähnlich starken Gegenduft heraufbeschwören können. Wir dürfen ihr vor allem keine Zeit geben, damit sie nicht voraussieht, was wir planen. Wir müssen schnell sein und gleichzeitig handeln.«

Damit fingen wir an, die restlichen Fläschchen zu verschieben, zusammenzustellen und so lange neu zu sortieren, bis wir gemeinsam für jeden Einzelnen von uns ein kleines Set ausgewählt hatten.

»Das könnte funktionieren«, flüsterte ich, selbst verwundert darüber, was wir da geschaffen hatten, und sah, wie sich auf Daans Lippen ein Lächeln ausbreitete.

»In der Tat. Das *wird* funktionieren.«

»Und … was genau macht ihr da?«, fragte Leon und strich sich durch die Haare. Ich konnte meine Überraschung nicht verbergen, als Daan mir zuzwinkerte.

»Sentifleurgeheimnis«, sagte Daan und fing an, den anderen unseren Plan mit schnellen, aber ruhigen Worten zu erklären.

Dabei glitt Mats' Blick immer wieder zu mir und ich fühlte regelrecht, wie stolz er auf mich war.

»Also gut.« Daan klatschte in die Hände, als er fertig war.

»Bringen wir die Ewigen hinter Schloss und Riegel. Wenn der Plan aufgeht, brauchen wir sie danach nur den französischen Behörden zu übergeben. Nach allem, was sich im Turnier abgespielt hat, wird es – selbst unter den Bessergeborenen – genug Familienmitglieder geben, die belastende Aussagen machen werden. Es werden zwar sicherlich nicht viele sein, aber es wird ausreichen, um die Ewigen ins Gefängnis zu bringen.«

Mit Schwung stand Leon als Erster auf. »Na dann: Verlieren wir keine Zeit!«

Doch Daan drehte sich noch einmal zu Willem. »Bist du bereit?« Er klang ungewöhnlich nervös.

Willem nickte. Alles an unserem ehemaligen Gärtner wirkte kraftlos. Schwerfällig kam er auf uns zu.

Zwischen Daan und Willem spannte die Luft, aber ich war mir sicher, dass das nicht an einem Streit der beiden lag, sondern an der Tatsache, dass keiner von ihnen vorhergesehen hatte, zu wem Edgar in seiner Gefangenschaft geworden war.

Daan wandte sich uns wieder zu und öffnete den Mund. Doch bevor er ausführlich unseren Plan ausbreiten konnte, erklärte ich hastig: »Wir machen das alle zusammen. Mats, Leon, ich. Und auch Benno.«

Daan hob eine Augenbraue und sah mich wortlos an.

Ich drehte mich zu Benno. »Bleib immer an meiner Seite, ja?«

Benno stand auf und griff nach meiner Hand. »Ich lass dich nicht noch mal alleine. So viel steht fest!«

Nach zwei langen Sekunden, in denen Daan unseren Entschluss ungewohnter Weise einfach akzeptierte, winkte er uns näher und bat uns, einen Kreis zu bilden.

»Haltet euch an den Händen. Ich werde den Duft aktiv auflösen, bevor wir davon überrascht werden. Lasst nicht los, bis wir zurück in unserer Zeit sind! Aber seid gewarnt: Diese Art Düfte sind, mehrmals hintereinander angewendet, nur schlecht verträglich.«

Im Kreis um Daan sahen wir dabei zu, wie er zwei Flakons gleichzeitig öffnete. Auf dem einen Etikett stand: »Das Odeur von jedem Ort«. Den anderen erkannte ich wieder, es war ein »Hauch Zeitverschiebung«. Hellblaue Duftwolken strömten mit zartorangenen um die Wette aus den Fläschchen und verbanden sich mit dem noch immer umherwirbelnden Strudel.

Dann trugen sie uns davon.

27

Wieder wirbelten wir wie Astronauten im Duftstrudel herum. Wir klammerten uns aneinander fest, bis wir unsanft zurück in unserer Zeit im Turnierzelt landeten. Nur diesmal hatte Daan den Strudel umgelenkt und wir befanden uns auf den Zuschauerreihen, also an einer völlig anderen Stelle als der, an der wir für die Ewigen gerade noch gestanden haben mussten. Das Zelt war wieder hell erleuchtet, rund um uns herum lagen umgeworfene Stühle und zurückgelassene Handtaschen.

Ganz klar: Wir waren zurück in der Gegenwart.

In der Manege entdeckte ich noch letzte Duftschwaden, die wir bei unserem Abgang hinterlassen haben mussten. Für die Ewigen musste es so wirken, als wären wir erst vor ein oder zwei Minuten verschwunden – falls sie überhaupt etwas bemerkt hatten.

Daan hatte jedenfalls recht: Mir war ganz schön übel. Dieser Reiseduft hatte es wirklich in sich.

Elodie stand noch immer vor dem Haus aus Glas, dessen Inneres allerdings nun von hellbraunem Dunst ausgefüllt war. Neben ihr standen Edgar und die Baronin und redeten leise miteinander.

Sie hatten uns noch nicht bemerkt.

Ich drehte mich zu Daan, doch er sah aus, als hatte er absolut nichts anderes erwartet. Stattdessen nickte er erst einmal mir und dann allen anderen zu.

Das war sein Zeichen.

Es ging los.

Mats und Leon hatten sich bereits in den Zuschauerrängen verteilt. Im Halbkreis schlichen wir um Elodie, die Baronin sowie Edgar herum und jeder von uns zückte seinen ersten Flakon. Auf Daans zweites Nicken hin öffneten wir alle unsere Düfte.

In den unterschiedlichsten Farben strömten die Duftwolken Richtung Zeltdecke und umschlangen sich dort. Sie verschmolzen miteinander. Daans Plan nahm Gestalt an.

Und nun … nun bemerkten sie uns auch.

Wir mussten Elodie und den anderen wie polternde Geister aus dem Nichts erscheinen. Die Baronin reagierte als Erste und schrie, während Elodie auf das Haus aus Glas zuhechtete, um sich in Sicherheit zu bringen. Doch schon auf halbem Weg erkannte sie ihren Fehler. Das Glashaus war noch mit hellbraunem Dunst gefüllt. Elodie müsste erst einmal den Absauger einschalten – und dafür fehlte ihr die Zeit.

Über unseren Köpfen spann sich eine dampfige Kuppel. Die Duftwolken verwoben sich zu einem Netz, das sich wie ein Käfig über das Zentrum der Manege streckte und die Ewigen so in Windeseile umschloss. Innerlich jubelte ich und glaubte kaum, wie genial Daan de Bruijn doch war. Er stand neben mir, die Hand mit dem Flakon in die Luft gestreckt, als würde er den Duft dirigieren. Zum ersten Mal wurde mir wirklich klar, was Daan mit seinen Düften alles heraufbeschwören konnte, obwohl er sein Sentifleurtalent schon vor Jahren verloren hatte.

Die Kuppel hielt die Ewigen an Ort und Stelle gefangen. Entsetzt darüber, griff sich die Baronin ein Schild von ihrem Jurorentisch und warf es gegen die aus Dampf gewebte Wand. Doch das Schild federte an dem kuppelartigen Wolkennetz ab, als wäre es aus Gummi, und schwang einfach zurück – genau auf die Baronin von Schönblom zu. Die musste sich ducken, um nicht getroffen zu werden.

Ich grinste zu Mats herüber, der bereits sein Handy gezückt hatte und eine Nummer anwählte. Er würde Camille anrufen, Syrells ehemalige Sekretärin. Und die würde, wenn alles gut lief, Hilfe herschicken.

Es war Zeit für Stufe zwei unseres Plans. Wir hatten die Ewigen eingesperrt, jetzt mussten wir sie nur noch hinter Schloss und Riegel bringen.

»Wie konntest du das nur tun?«, hörte ich die tiefe Stimme von Willem hinter mir grollen. Er ging an mir vorbei, direkt auf Edgar zu. Nur die Wolkenkuppel spannte sich zwischen den beiden, wie Gitterstäbe.

Edgar war der einzige der Ewigen, der noch ruhig und gelassen wirkte. Seine Miene zeigte keinerlei Anspannung, keinerlei Sorge. Und das bereitete mir wiederum Kopfzerbrechen.

Warum war Edgar nicht nervös?

»Was?«, fragte Edgar und sah seinen Großvater durch die Kuppel an. »Wie konnte ich *was* tun, alter Mann?«

»Deine Mutter und mich so zu verraten!«, donnerte Willem. »Was ist nur los mit dir?«

»Ich soll *dich* verraten haben?« Edgar lachte auf, als hätte Willem etwas völlig Lächerliches gesagt. »Dir bin ich nichts schuldig, überhaupt gar nichts. Was man andersherum nicht gerade behaupten kann. Wer hat seiner Tochter und seinem Enkel denn nicht geholfen, als sie dringend Hilfe brauchten? Wer hat uns einfach zurückgelassen?« Edgar kam drei Schritte auf Willem zu, sodass er direkt vor dem dampfigen Netz stand. Jetzt legte sich tatsächlich ein wütender Schatten über sein Gesicht und ich glaubte, zum ersten Mal seine wahren Gefühle darin zu erkennen. *»Du* hast uns im Stich gelassen. Jahrelang! Also sprich gefälligst nicht von meiner Mutter!« Mittlerweile klang Edgars Stimme so bedrohlich wie das Knurren eines Wachhundes. »Außerdem trage ich nicht nur dein Blut in mir, sondern auch das meines *Vaters!* Dir bin ich gar nichts schuldig, alter Mann! Und war es auch nie.«

Sogar von hier sah ich, wie alles an Willem zitterte.

Das Blut seines Vaters? Was sollte das bedeuten?

Ich blickte zu Daan, doch der wirkte wenig überrascht, sondern bloß traurig.

Irgendetwas entging mir, das spürte ich ganz deutlich. Nur *was*?

Während Edgar durchs Zelt auf Elodie zuschritt, nahm ich ein Brummen wahr. Es war leise und klang sehr vertraut. Das konnte nur die Absauganlage sein. Ich blickte durch die gewebte Dunstkuppel zum Glashaus hinüber. Der Schlüssel steckte wieder außen in der Tür, während im Inneren die hellbraunen Duftwolken anfingen, sich hinter den Scheiben aufzulösen.

Mir stockte der Atem.

Da war noch jemand im Glashaus!

Und ich wusste auch, wer es war, noch bevor ich sie sah. Mein Brustkorb tat weh beim Anblick von Ella und Raffael.

Ich betete kurz, dass sie nicht das hatten einatmen müssen, was wir alle befürchteten. Doch als Edgar im nächsten Moment die Glastür öffnete, wusste ich, dass ich umsonst hoffte. Ella und Raffael erinnerten an zwei ferngesteuerte Roboter, als sie heraustraten. Nicht eine Sekunde ließen sie ihren Blick von Edgar, der ihnen die Tür aufhielt und sie herauswinkte.

»Stellt euch zu mir und wartet auf meine Anweisungen!«, befahl die Stimme der Baronin von Schönblom den beiden und augenblicklich änderten sie ihre Laufrichtung und stellten sich wie zwei Soldaten dort auf, wo die Baronin sie haben wollte.

Sie nickte zufrieden und freute sich sichtlich, weitere Untertanen um sich versammelt zu wissen.

»Ich denke, es ist Zeit, dieses kleine Spiel zu beenden, oder, Edgar?« Elodie hatte die restlichen Flakons des Turniers vor dem Glashaus aufgereiht und schnappte sich einige von ihnen.

Ich wappnete mich für einen Angriff, auch Mats und Leon griffen sofort nach den Fläschchen, die Daan und ich ihnen gegeben hatten.

»Hilf ihr schon, Bursche«, herrschte die Baronin Edgar an und ich hatte augenblicklich einen Eindruck davon, wie sie bisher mit ihm umgesprungen war. In ihrem Blick lag so viel Missachtung, als sie Edgar ansah, dass er mir beinahe leidtat. Worauf hatte er sich da nur eingelassen? Wieso, um Himmels willen, hatte er sich ausgerechnet den Ewigen angeschlossen, die er doch eigentlich mehr hasste als alles andere?

War das wirklich alles nur gespielt gewesen?

»Du warst schon immer viel zu langsam«, fauchte die Baronin weiter. »Glaub bloß nicht, dass du die gleichen Privilegien hast, nur weil wir dich haben helfen lassen. Los, sei ein braver Junge und mach dich nützlich!«

Edgar jedoch blieb ganz ruhig. Er verbeugte sich sogar und lächelte dabei. »Nichts lieber als das.«

Ungeduldig hob die Baronin ihr Kinn, während Edgar auf Elodie und die Flakons vor dem Glashaus zulief.

Doch statt Elodie zu helfen, ging er einfach weiter und betrat selbst das Glashaus. Von innen zog er die Tür zu und wir hörten sie ins Schloss klacken. Den Schlüssel hatte Edgar ebenfalls abgezogen und verriegelte nun – genau wie Mats es getan hatte – die Tür.

Was war denn jetzt los?

Sogar Elodie und die Baronin wirkten schockiert, als Edgar aus seiner Jackentasche drei Duftflakons herausfischte und sie uns wie bei einer Vorführung entgegenhielt.

»Oh mein Gott«, raunte Daan neben mir und auch aus Willems Mund brach ein dumpfer Laut des Entsetzens.

»Wie kannst du es wagen?«, rief die Baronin ins Geschehen hinein. »Komm sofort da raus! Hörst du mich? Du bist unser Diener, also TU, WAS WIR DIR SAGEN!«

Doch Edgar konnte die Baronin hinter den Glasscheiben nicht mehr hören. Er hob nur die Schultern und formte als Antwort etwas mit den Lippen.

Jetzt bin ich dran, glaubte ich, aus seinen Mundbewegungen zu lesen.

Dann zog er den ersten Korken.

Ich verstand gar nichts mehr. Erst als wir alle zum Rand der Dunstkuppel gelaufen waren, erkannte ich das Etikett auf dem Flakon in Edgars Hand.

Es war der »Duft der Ewigkeit«.

Mein Kopf schnellte zu Mats. »Was will der damit?«

Mats hob die Augenbrauen. »Wieder zu einem Ewigen werden?«

»Nein«, sagte Daan und schüttelte den Kopf. »Das ist es sicher nicht, was er will.«

Und tatsächlich: Edgar hielt noch zwei weitere Flakons in die Höhe und öffnete ihre Korken. Ich glaubte, noch den zartrosa »Duft durch alle Zeit« zu erkennen und den Flakon, den Daan gerade erst verwendet hatte, um uns hierherzubringen: Das »Odeur von jedem Ort«.

Die farbigen Duftwolken wehten umeinander und mischten sich. Das Goldgelb des Ewigkeitsduftes, das Zartrosa des Zeitverschiebungsduftes und das Hellblau des »Odeur von jedem Ort«.

Ich drehte mich zu Daan und starrte ihn an. Was würde die Mischung der drei Düfte bewirken? Ich suchte in seinem Blick etwas, das mir verriet, dass alles nur halb so schlimm war. Daan blickte jedoch versteinert vor Entsetzen in Richtung des Glashauses.

Elodie und die Baronin wirkten genauso verstört. Sie umrundeten das Glashaus und versuchten, durch die Duftwolken Edgar zu erkennen. Doch er war bereits vollständig im Dunst versunken.

Sie verharrten, dann stellte Elodie die Absauganlage an. Ein vertrautes Brummen erklang und ließ Edgar Stück für Stück wieder sichtbar werden.

28

Die Duftwolken im Inneren des Glashauses waren verschwunden und Edgar sah unverändert zufrieden zu uns nach draußen. Dann entriegelte er von innen das Schloss und Elodie öffnete die Tür von außen, auch wenn sie es nur zögerlich tat.

In diesem Moment war ich unendlich froh, dass Daans Netzkäfig die Ewigen samt dem Glashaus umspannte und in sich einsperrte. Tief in mir drin wollte ich am liebsten gar nicht wissen, was diese Düfte mit Edgar gemacht hatten.

»Geht … geht es dir gut?«, fragte Elodie mit zittriger Stimme. »Was war das, Edgar?«

Doch Edgar antwortete nicht. Kaum dass er aus dem Glashaus getreten war, zog er ein Taschentuch aus der Jackentasche seiner Dieneruniform und lief mit ruhigen Schritten auf die Baronin zu. Bei ihr angekommen, entriss er der Baronin etwas. Ich hielt die Luft an. Edgar hatte ihr einen Flakon abgenommen, den sie in ihrer Hand versteckt gehalten hatte.

»Gib das zurück!«, verlangte sie. »Was glaubst du überhaupt, wer du bist?«

»Ich weiß genau, *wer* ich bin«, erwiderte Edgar. »In jedem Fall bin ich jemand, der es keine Sekunde länger mehr in Ihrer Gegenwart aushält.« Edgar zögerte nicht. Aus dem Flakon, der gerade noch der Baronin gehört hatte, ließ er ein paar Tropfen in sein Taschentuch fallen und drückte es ihr urplötzlich über Mund und Nase.

»Nicht!« Diesmal schrie Elodie auf. Aber außer ihr hielten sich alle anderen unter der Kuppel von Edgar fern. »Bist du völlig verrückt geworden?« In viel zu schnellem Französisch, als dass ich etwas davon verstehen konnte, redete sie auf Edgar ein. Dabei versuchte sie, ihm das Tuch abzunehmen, doch er ließ sich nicht abbringen.

Langsam sackte die Baronin zu Boden und blieb dort liegen. Vor lauter Schreck presste ich mir beide Hände auf den Mund.

Im Tuch musste derselbe Duft gewesen sein, den sie zuvor meinem Bruder verabreicht hatte. Ich drückte Bennos Hand ein bisschen fester und schaute zu ihm hinunter, um mich noch mal zu vergewissern, dass es ihm wirklich wieder gut ging.

»Was hast du getan?!« Elodie zerrte an Edgar, doch es änderte nichts. Die Baronin blieb am Boden und regte sich nicht mehr.

»Halt deinen Schnabel und komm.« Edgar packte Elodie

am Arm und zischte ihr irgendetwas zu, das ich nicht hörte. Elodies Gesichtsausdruck verzog sich seltsam. Immer wieder warf sie kurze Seitenblicke zur Baronin von Schönblom, als erwartete sie, dass die sich jeden Moment wieder erheben würde.

»Da dir meine Ideen bislang so gut gefallen haben, darfst du natürlich auch daran teilhaben.« Edgar schleifte Elodie zum Glashaus. Er öffnete die Tür und schubste sie grob hinein.

Jetzt verstand ich überhaupt nichts mehr. Auch Elodie bewegte sich mit einem Mal ganz ängstlich. Selbst Daan, der an den Wänden seiner Käfigkuppel entlangschritt, um nichts von dem zu verpassen, was im Inneren passierte, schien unschlüssig zu sein, was Edgar nun vorhatte.

Mein Blick glitt zu Mats, denn was auch immer gleich geschehen würde, ich hatte eine Ahnung, dass es furchtbar werden würde. »Wo bleibt denn die Polizei?«

»Camille wollte sie rufen.« Er schaute über die Schulter zum Ausgang des Zeltes. »Sie müssten gleich hier sein.«

Das hoffte ich, denn Edgar verriegelte das Glashaus mit Elodie darin, ging einmal darum herum und schaltete die Absauganlage an.

»Was soll das denn jetzt?« Ich drehte mich wieder zu Mats. »Elodie hat doch keinen einzigen Duft mehr! Was will der denn absaugen?«

»Wir müssen irgendetwas tun.« Mats sah aus, als machte er sich plötzlich Sorgen um Elodie – und mir ging es ähnlich. Denn wenn da im Glashaus kein Duft war, dann konnte nur eine Sache abgesaugt werden.

Luft.

Gleichzeitig drehten wir uns zu Daan. Aus zwei Flakons in seiner Hand stiegen bereits Wolken auf, die die Dunstblase umwehten und anfingen, Löcher in sie hineinzufressen. Die Löcher wuchsen jedoch nur langsam, es würde Minuten dauern, bis sich die gesamte Kuppel auflöste und verschwunden war.

Edgar lachte. »Du hast sowieso keine Chance mehr gegen mich, *Duftmeister Daan de Bruijn.* Keiner von euch hat das!« Er sah zu Daan hinüber und lachte immer lauter. Willem schaffte es, sich durch ein Loch in der Kuppel zu zwängen, und hechtete blitzschnell zur Baronin hinüber, um ihren Puls zu untersuchen.

»Ach, um die kümmerst du dich also sofort, ja?« Edgar blickte auf seinen Großvater hinab, als wäre er das Allerletzte.

Willem hob den Kopf und sah fassungslos zu Edgar hinauf. »Sie bewegt sich nicht mehr.«

»Gut. Sie hat es verdient«, knurrte Edgar.

»Niemand hat so etwas jemals verdient!« Willems Gesicht war so rot angelaufen, als würde darin gleich eine Explosion stattfinden. »Niemand, hörst du! Ganz egal, was sie dir und Helene auch angetan hat, rechtfertig *das* hier.«

Edgar verdrehte über Willems Worte die Augen. »Sie *hat* es verdient, alter Mann. Ich habe im wahrsten Sinne des Wortes *ewig* auf diesen Moment gewartet. Du hast ja keine Ahnung, wie es war. Du warst schließlich all die Jahre nur damit beschäftigt der alten Hexe ihren Ewigkeitstrank zu brauen, anstatt *uns* zu helfen.«

Willem hob den Kopf und stand auf. »Das war die einzige Möglichkeit, *euch* zu helfen …«

»Halt den Mund!« Edgar ging auf Raffael und Ella zu, die immer noch wie zwei Soldaten im Hintergrund standen und auf eine Anweisung warteten, die sie nicht bekamen.

Ich drehte mich wieder zu Elodie, die im verschlossenen Glashaus stand und an der Tür rüttelte. Sie rief irgendetwas, das keiner verstand. Ihr Gesicht war blass und ihre Augen wirkten riesig.

Endlich war die Dunstkuppel überall so löchrig, dass auch wir uns hindurchzwängen konnten. Als Erster stolperte Daan in die Manege hinein, gefolgt von Leon, Mats, Benno und mir.

Edgar drehte sich jedoch nur in aller Ruhe zu Elodie und lachte erneut. »Du verwöhntes eingebildetes Gör«, sagte er, obwohl er wusste, dass Elodie dadrin kein Wort von ihm verstehen konnte. »Hast geglaubt, ich würde dein herablassendes Verhalten mir gegenüber einfach vergessen, hm? Nach all den Jahren …« Edgar ging auf die Glastür zu und sah Elodie, die ihm dahinter gegenüberstand, direkt ins Gesicht.

Mit Blicken flehte sie ihn an, die Tür wieder zu öffnen, doch Edgar dachte gar nicht daran.

»Hast du wirklich geglaubt, dass du das Recht hast, andere niederzumachen? Hast du dir eingebildet, ein Recht auf Reichtum, Macht und Erhabenheit zu besitzen, nur weil du das Glück hattest, in eine bestimmte Familie geboren worden zu sein?«

Edgar drehte sich zu uns zurück. »Ich verachte die *Bessergeborenen* nicht weniger, als sie uns – die *Einfachgeborenen* – verachten. Ich werde sie alle ausschalten und neue Regeln festlegen. Ich werde uns in ein *neues* Zeitalter führen, nicht in ein *vergangenes!*«

Elodie rang nach Luft. Ihre Hände rutschten von innen über das Glas. Deswegen also hatte Edgar Elodie dort eingesperrt und die Absauganlage angeschaltet.

Er wollte sie aus dem Weg schaffen.

So wie die Baronin.

»Allerdings muss ich zugeben, dass du ganz gute Arbeit bei diesem Turnier geleistet hast.« Edgar starrte Elodie weiterhin an. »Du hast eine Handvoll fähige Duftmischer für mich gefunden. Sogar zwei mögliche Sentifleurs sind dabei. Herzlichen Dank dafür! Leider habe ich nun keine Verwendung mehr für dich. Dieses hochnäsige Gehabe könnte ich auch keine Sekunde länger aushalten.«

Ich sah Daan an, dass er Edgar jeden Moment mit seinen verbliebenen Düften angreifen würde. Und auch ich wappnete mich.

Doch gerade, als wir auf ihn zustürmen wollten, fing Edgars Haut an, sich in hellblaue Wolken aufzulösen. Es geschah von jetzt auf gleich. Er wurde selbst zu einer Duftwolke, die um ihn, genauso wie um Raffael und Ella, herumwehte und uns immer stärker von ihm wegdrängte.

Und doch lag sein Blick nun direkt auf mir. »Ich bin dir unendlich dankbar, Luzie. Du hast all das überhaupt erst möglich gemacht. Dabei hättest du eine von ihnen sein können. Du hättest es leicht gehabt, wenn du dich Elodie angeschlossen hättest. Aber du bist schlau, du hast es verstanden. Es geht nicht darum, als was oder wer man geboren wurde, sondern es geht um Fähigkeiten und Verdienste, und das steht weit über jedem Geburtsrecht.«

Er hob die Hände und der Wind des Duftstrudels peitschte so heftig um ihn herum, dass wir uns alle kaum noch auf den Beinen halten konnten und an den Außenrand der Manege getrieben wurden.

»Nicht die Bessergeborenen haben ein Recht auf Macht und Führung in dieser Welt!«, rief Edgar laut. »Sondern die *Verdienten!* Wir, die durch Leistung dem Rest überlegen sind. Die Ära der Ewigen ist vorbei! In meinem neuen Zeitalter werden sie keinen Platz mehr haben.«

»Du warst es«, entfuhr es mir leise, doch meine Worte verloren sich im tosenden Wind. Edgar war es gewesen, der mir diesen Brief in der Duftapotheke hinterlassen hatte. Ich rief mir die Worte aus dem Brief in Erinnerung und begriff: Er freute sich tatsächlich, mich unter neuen Bedingungen wiederzutreffen.

Unter *seinen* Bedingungen.

Edgars Lippen verzogen sich zu einem Lächeln, als hätte er mich sehr wohl gehört, dann begann er, sich komplett im Duftstrudel aufzulösen und zog Ella und Raffael mit sich.

Es war die gleiche Art, mit der Daan uns vorhin gerettet hatte. Nur mit dem gruseligen Unterschied, dass Daan einen Flakon dafür geöffnet hatte, um den Duftstrudel zu erzeugen. Edgar war selbst zu einem Duftstrudel geworden. Ein Zurren und Zischen verschluckte Edgar, Raffael und

Ella. Selbst die blauen Duftwolken waren wie weggeblasen, als wären sie nie da gewesen.

Alle drei waren verschwunden. Und im nächsten Moment rutschte Elodie mit verkrampften Fingern an der Glasscheibe hinunter und sank zu Boden.

29

Ich stürmte los, zerrte an der Verriegelung der Glashaustür und riss sie auf. Von Elodie kamen nur röchelnde Laute – aber sie lebte! Gierig sog sie die frische Luft ein, die mit mir in den Raum drang.

Leon, Mats und Benno kamen zu mir und halfen dabei, Elodie hochzuhieven. Doch bevor ich sie auch nur irgendetwas fragen konnte, bauten sich Daan und Willem um uns auf.

»Haltet euch aneinander fest«, forderte Daan uns auf. »Wenn die Behörden hier auftauchen, dürfen wir nicht die Letzten sein, die hier sind. Schnell!«

Hektisch griff ich nach Bennos Hand und dann nach Mats'. Leon breitete seine Arme um uns und versuchte, uns alle wie ein Knäuel zu umschlingen. Daan griff nach Willems Hand, der wiederum Elodie festhielt.

»Es geht los. Macht euch auf was gefasst!«

Ich roch das »Odeur von jedem Ort« und spürte bereits, wie der Duftstrudel uns wieder umschlang und uns hin und her schleuderte.

Als wir wieder aufsetzten und die hellblauen Duftwolken uns die Sicht freigaben, indem sie verflogen, standen wir an einem Ort, an dem ich zuvor noch nie gestanden hatte. Mein Kopf war kurz vorm Explodieren, so weh tat er. Neben mir würgten Leon und Benno, als müssten sie sich gleich übergeben.

»Entschuldigt!«, hörte ich Daan durch das Dröhnen im meinem Kopf sagen. »Das ist definitiv eine Reise zu viel auf diese Art. Aber alles andere wäre zu riskant gewesen. Machen wir erst einmal eine kleine Pause, bis ich euch ganz nach Hause bringe.«

Mats war so grün im Gesicht wie die Umgebung. Um uns herum war nichts außer Graslandschaft zu sehen, die zu Hügeln anwuchs und wieder abfiel. Wir waren irgendwo in England, sicher nicht sehr weit weg vom Turniergelände und trotzdem weit genug entfernt, um die alte Burg nicht mehr sehen zu können.

»Wo sind wir hier?«, fragte ich, aber Willem winkte uns nur ohne Worte hinter sich her, immer weiter geradeaus.

»Ich muss einen Moment ausruhen.« Elodies Stimme war ganz dünn. »*Bitte.*« Sie schien kaum noch Kraft zu haben, um weiterzugehen. Leon reichte ihr kurzerhand seinen Arm, damit sie sich abstützen konnte.

Willem sah sie nur müde an. »Jetzt nicht. Wir müssen weiter.«

Röchelnd und schwer schnaufend, ließ sich Elodie von Leon den nächsten Grashügel hinaufführen. Sie tat mir fast leid, wie sie mit zittrigen Beinen in ihrem Seidenkleidchen durch die Landschaft stapfte.

Endlich tauchte Willems Wohnwagen auf. Er musste ihn irgendwann während des Turniers umgeparkt haben. Wahrscheinlich hatten sich die beiden Männer während der Duftduelle längst auf das Schlimmste eingestellt. Doch dass es so enden würde, damit hatten sie sicher niemals gerechnet.

Willem öffnete uns die Tür seines Wohnwagens und einer nach dem anderen verschwanden wir im Inneren. In der Wärme und Enge sank jeder von uns sofort auf den Polstersitzen in sich zusammen.

Willem stellte sich vor seine Kochnische, setzte Teewasser auf und kramte ein paar Kekse hervor. All das sah fast mechanisch aus, obwohl mir auffiel, dass seine Hände immer noch zitterten.

Daan war der Einzige, der hellwach wirkte. Er setzte sich vor Elodie und verschränkte mit ernster Miene die Arme.

»Und nun, erzähl uns, was du weißt. Über das Turnier, Edgar, wohin er die beiden Kinder mitgenommen hat – alles.«

Unter Daans wütendem Blick begann Elodie förmlich zu schrumpfen. Sicherlich lag das zum Teil auch daran, dass

Daan immerhin ihr großes Idol gewesen war, so viel wusste ich noch seit unserem Aufeinandertreffen in Paris. Elodie hatte mich bei jeder Gelegenheit nach ihm ausgefragt und war mehr als wild darauf gewesen, alles über den großen Meister Daan de Bruijn zu erfahren, dem wir die Duftapotheke zu verdanken hatten.

»Ich …«, stotterte sie, dann biss sie sich auf die Unterlippe. »… ich werde gar nichts sagen.«

»Du wirst.« Daan schnaubte. »Und wir werden warten.«

Uns allen machten die Übelkeit und der Kopfschmerz zu schaffen, die das »Odeur durch alle Zeit« offenbar hinterließ, wenn man es zu oft benutzte. In meinem Kopf war kein Platz mehr für einen klaren Gedanken.

»Wieso konnte ich nicht vorhersehen, was Edgar vorhatte?«, fragte ich schließlich leise. »Ich dachte, ich bin eine Sentifleur. Wieso hat mein Talent mir nicht verraten, dass Edgar nicht der war, der er vorgegeben hat zu sein?«

Ich sah zu Daan, der lang gezogen seufzte.

»Ich weiß es nicht«, gab er zu und drehte sich zu Elodie. »Aber sicher kannst du uns das erklären, nicht? Immerhin war es Luzie auch nicht möglich, *deine* Vorhaben im Turnier vorherzusehen. Du konntest hingegen ihre sehr wohl erkennen, richtig? Was habt ihr gemacht?«

Elodie drehte wortlos ihren Kopf zur Fensterscheibe und sah nach draußen.

»Wir warten!«, schnauzte Mats sie an. »Dieses blöde Gehabe kannst du dir bei uns sparen. Antworte endlich!«

Elodies Kopf drehte sich langsam zurück. Sie saß in sich zusammengesunken auf ihrem Platz und ihre sonst so seidig glänzenden Haare hingen ganz zerzaust an ihr herab. Ich erschrak ein wenig, als ich entdeckte, dass ihr Tränen die Wangen hinunterliefen.

Tief in mir drin spürte ich, dass sie das nicht spielte. Es fiel mir schwer zu glauben, aber diesmal waren ihre Tränen kein fieser Trick. Elodie war am Ende ihrer Kräfte.

Und ich ahnte auch, warum.

Elodie war von allen verraten worden, denen sie vertraut hatte. Sie hatte niemanden mehr an ihrer Seite. Absolut niemanden. Weder die Baronin noch Edgar und erst recht nicht ihren Vater.

Sie war vollkommen allein.

»Er hat ein …« Elodie schluchzte. »Edgar hat einen Schutzduft von mir bekommen und ihn getragen. Genau wie ich. Deshalb … deshalb konnte ich Luzies Gefühle wahrnehmen, sie aber nicht unsere. Nur so konnte Edgar Luzie überhaupt davon überzeugen, ihm zu vertrauen.«

»Und was für ein Duft ist das?«, fragte Daan.

Elodie wickelte sich die Arme um ihren Oberkörper, streckte aber gleichzeitig ihr Kinn trotzig in die Höhe. »Ich habe ihn selbst erfunden und ›Die überlegene Note‹ genannt. Nachdem ich wusste, dass Luzie eine Sentifleur ist und Edgar seinen … also *unseren* Plan, niemals anders hätte umsetzen können. Durch das Mischen einiger Düfte aus der Kategorie ›Täuschende Düfte‹ habe ich ›Die überlegene Note‹ entwickelt.«

Für einen Moment huschte ein Ausdruck über Daans Gesicht, der ganz deutlich zeigte, wie sehr ihn das beeindruckte.

Ein kleines bisschen ließ mich das neidisch auf Elodie werden, aber ich schluckte das Gefühl schnell herunter.

»Edgar hatte mir sogar gesagt, Elodie würde sich mit den Wechselwirkungen und dem Duftmischen nicht besonders gut auskennen«, raunte ich und spürte, wie die Wut auf mich selbst überhandnahm. Im Grunde hätte ich es früher erkennen können, dass mit Edgar etwas nicht stimmte. Stattdessen hatte ich ihn selbst mit in die Duftapotheke genommen und ihm dort alles gezeigt. Ich hatte ihn sogar kurz dort allein gelassen.

Wieso war ich so unvorsichtig gewesen?

Ein weiterer Gedanke schoss mir durch den Kopf. Vielleicht war Edgar sogar genau in dem Moment an den Duftplan herangekommen, als ich ihn allein in der Duftapotheke zurückgelassen hatte – um Mats hinterherzulaufen. Wie sonst konnte er so genau über die vielen Duftmischungen und ihre dadurch erweiterbaren Duftwirkungen Bescheid wissen?

Daan lehnte sich zurück und blickte Elodie prüfend an. »Und was war nun euer Plan? Was hattet ihr vor?«

Ich bemerkte, wie nicht nur Elodie weiß wurde, sondern auch Willem, der mittlerweile kochendes Wasser in eine Teekanne füllte. Trotzdem war es nicht zu übersehen, wie angespannt er zuhörte.

Willem tat mir wirklich leid. Wie furchtbar musste es sein zu erfahren, dass der eigene Enkel, für den man zumindest versucht hatte, alles zu tun, einem auf diese Art in den Rücken fiel?

Andererseits ... Hatte Willem *wirklich* alles versucht, um

Helene und Edgar zu beschützen? Im Grunde wusste ich es gar nicht. Wieso hatte er Daan nicht um Hilfe gerufen? Wieso hatte er die beiden nicht schon früher befreit?

»Nach dem, was mit Vater passiert war …«, setzte Elodie kleinlaut an, »… nach seinem Unfall und der schwierigen Zeit danach, ist Edgar immer wieder vorbeigekommen. Er hat mich besucht … und …« Wieder ein Schluchzen. »Edgar war der Einzige weit und breit, der zu wissen schien, was man tun könnte in meiner Situation … Er hat geholfen, wo er konnte. Er war *nett.* Ich hab ihm vertraut.«

So wie auch ich ihm vertraut hatte, fügte ich innerlich hinzu.

»Er hat versprochen, mir zu helfen«, fuhr Elodie fort. »Er hat mir immer gesagt, dass er mit mir zusammen Vaters Plan weitertreiben will. Dass er und ich das auch allein schaffen würden. Ich habe ihm geglaubt, so sehr. Ich *wollte* ihm glauben. Ich …« Elodies Stimme brach ab und sie sah zu Boden.

»Er wollte also die Duftapotheken weiteraufbauen, so wie es Syrell de Richemont geplant hatte, und dann …?« Willem schüttelte den Kopf. »Das ergibt doch keinen Sinn! Er *hasst* euch, die ewigen Bessergeborenen. Er hasst alles, was mit euch zu tun hat. Wieso sollte er dabei helfen, ausgerechnet mit *dir* eure Pläne voranzutreiben? Nach allem, was Syrell de Richemont ihm angetan hat?«

Ich stockte. *Syrell de Richemont?* Was hatte der mit dem Ganzen zu tun? Schließlich war es doch die Baronin gewesen, die Edgar all die Jahre gefangen gehalten hatte.

Irgendein wichtiges Puzzleteil fehlte hier, aber wie ich

Willem kannte, würde er uns das nicht freiwillig erzählen, wenn er es bis jetzt geheim gehalten hatte.

Elodie kaute auf ihrer Unterlippe. »Mittlerweile glaube ich auch, dass Edgar etwas ganz anderes plant. Er verfolgt sein eigenes Ziel. Nur welches das ist … weiß ich nicht.«

»Aber irgendwas musst du doch wissen!«, polterte Mats.

»Er … also …«, stotterte Elodie, »ich weiß nur, dass es ihm sehr wichtig war, *alle* Sentifleurs zu finden. Die Gewinner des Turniers sollten ihm dabei helfen. Raffael und Ella …«

Daans Gesichtszüge spannten sich an. »… sind jetzt in seinen Händen, genau! Wie konntest du das alles nur zulassen?« Sein Brustkorb bebte vor Wut. »Und Edgar hat sich mit deiner Hilfe einen Duft zugelegt, der in der Mischung nicht nur eine ewige Wirkung auf ihn haben wird, sondern ihn zu etwas befähigt, auf das wir alle nicht im Geringsten vorbereitet sind.«

Die Stille, die sich daraufhin im Wagen ausbreitete, schien so schwer, als ob sie uns unter sich erdrücken wollte. Alles wirkte mit einem Mal viel zu undurchsichtig. Nicht einmal für eine Sekunde hob Elodie ihren Blick. Wenigstens schämte sie sich mittlerweile für ihr Verhalten. Oder tat zumindest so.

»Dann fahren wir eben erst mal ganz schnell nach Hause!« Bennos helle Kinderstimme durchbrach die Schwere der Stille. »Und dann suchen wir in der Duftapotheke nach der Lösung für das Problem mit Edgar!«

Trotz allem, was geschehen war, mussten Mats und Leon automatisch schmunzeln – über Bennos Art, die Dinge einfach stur nacheinander anzugehen und sich nicht mal durch die aktuellen Nachrichten entmutigen zu lassen. Selbst Daan hob einen Mundwinkel.

Nur Elodie und Willem sahen ins Leere und ich ahnte, dass sie ihren Verlust so schnell nicht überwinden würden.

30

Die Reise zurück nach England verbrachte ich fast vollständig mit Schlafen. Als ich gähnend die Augen öffnete, saß Daan direkt vor mir. Offenbar hatte er schon darauf gewartet, dass ich endlich aufwachen würde. Von den anderen war keine Spur zu sehen.

»Sind wir schon da?«, fragte ich verschlafen.

Er sah mich ernst an. »Noch nicht. Aber bald. Wir haben eine Pause gemacht, die anderen holen sich etwas zu essen.«

Er deutete aufs Fenster, durch das man die Raststätte sah, und ich nickte.

»Wir gehen ihnen gleich hinterher«, sagte Daan. »Aber vorher müssen wir beide noch etwas klären.«

Ich setzte mich auf und sah ihn fragend an. »Ja?«

»Wenn wir zur Villa Evie kommen, wird Willem Zeit brauchen, um das alles Helene beizubringen. Sie wird am Boden zerstört sein. Trotzdem wird sie sicherlich einiges wissen, das uns helfen wird, Edgars Gedankengänge besser verstehen zu können. Wenn wir genauer erfahren können, was all die Jahre in ihm vorging, die er bei der Baronin eingesperrt war, dann können wir leichter erahnen, was seine nächsten Schritte sein werden. Wir brauchen jetzt vor allem Helenes Hilfe und das wird nicht leicht werden. Immerhin ist Edgar ihr Sohn.«

»Ist gut«, flüsterte ich. Helene tat mir so leid. Gerade erst hatten sie und Edgar ihre Freiheit wiedererlangt. Und jetzt das.

»Ich werde euch vor Edgar beschützen. Und Ella und Raffael wieder befreien«, sagte Daan und kniff die Lippen aufeinander. »Das verspreche ich.«

»Danke … nur … was ist mit Elodie?« Ich verschränkte die Arme. »Wo soll die denn jetzt hin? Zu uns in die Villa Evie ganz bestimmt nicht.«

Daan seufzte. »Erst mal bringe ich sie zu Hanne, sicher ist sie dort am besten aufgehoben. Bonsky wird immer in der Nähe bleiben und aufpassen. Einen besseren Leibwächter als ihn gibt es nicht.«

Ich lächelte. Sicher, an Bonsky kam niemand unbemerkt vorbei. Trotzdem konnte ich mir nicht vorstellen, wie es sein würde, wenn Elodie mit uns in der Villa Evie lebte. Selbst wenn sie nur bei Hanne blieb.

»In Ordnung«, sagte ich dennoch. »Aber ich werde mich

nicht um sie kümmern. Und sie wird *niemals* wieder in Bennos Nähe kommen!«

Daan lächelte schwach, versprach mir, dass es genauso sein würde, und wir verließen den Wohnwagen, um mit den anderen in der Raststätte etwas zu essen.

Mit Benno an meiner Hand klingelte ich an unserer Haustür. Über uns baumelte Daans angeschlagenes Emailleschild, was mich augenblicklich ruhiger werden ließ. Wir waren zu Hause. Endlich!

Hinter uns sah ich, wie Daan und Willem mit Elodie im Schlepptau zu Hanne liefen, aber ich wandte den Blick ab.

Mit einem Mal spürte ich, wie all die Anstrengung und Angst, die hinter uns lag, von mir abfiel und nichts als Erschöpfung zurückließ. Auch Benno gähnte und schlang seine Arme vor lauter Müdigkeit um mich.

Hinter der Tür hörte ich Ma lachen und betete, dass die »Sorglose Note«, die wir ihr und Pa verabreicht hatten, noch anhielt.

In der nächsten Sekunde öffnete Ma uns die Tür.

»Benno, Luzie!«, rief sie und umarmte uns nacheinander. Ich drückte sie, so fest ich konnte, an mich und musste mich anstrengen, nicht in ihren Pullover zu weinen, so erleichtert und unglücklich war ich gleichzeitig. Auch Benno klammerte sich an Ma und wollte sie gar nicht mehr loslassen.

»Ihr wart aber lange unterwegs. Was habt ihr denn Schönes unternommen?«

Ich ließ Ma los und wischte mir verstohlen über die Augen. »Wir haben nur einen kleinen Ausflug gemacht.«

»Das klingt toll!«, antwortete sie, ohne meine ausweichende Antwort überhaupt zu bemerken, und rief nach Pa.

Wir folgten ihr in die Küche. Pa trug mal wieder – oder vielleicht sogar immer noch – seine Kochschürze und wirbelte mit Pfanne und Topf auf dem Herd herum. Es sah alles genauso aus wie an dem Tag, als wir aufgebrochen waren.

»Ah!« Pa kam auf uns zu und umarmte uns zur Begrüßung. »Da sind ja unsere zwei Weltenbummler! Hattet ihr Spaß?«

Ohne einen Ton herauszubekommen, nickten wir gleichzeitig und ich drückte Bennos Hand ein bisschen fester. Am Küchentisch fing Ma an, uns über unseren Ausflug auszuquetschen. Während ich mit größter Anstrengung den beiden von Urlaubserlebnissen vorflunkerte, die nie passiert waren, brach mir fast das Herz. Selbst Benno saß schweigend auf seinem Stuhl und starrte seine Turnschuhe an, als wären kleine Computermonitore darauf befestigt. Mein Bruder war wirklich der tapferste kleine Mann, den es auf der ganzen Welt gab.

Ich konnte es kaum ertragen, wie anders Ma und Pa waren. Sie wunderten sich tatsächlich kein bisschen darüber, dass Benno und ich längere Zeit einfach nicht zu Hause gewesen waren.

Trotzdem mussten wir das Spielchen so weiterspielen, wenn wir Edgar aufhalten wollten. Zumindest fürs Erste. Innerlich schwor ich mir, meinen Eltern so etwas Schreckliches nie, nie wieder anzutun.

Ich würde sie sobald wie möglich aus ihrer Ahnungslosigkeit befreien. Aber noch konnten wir das nicht tun. Für den Moment musste alles so bleiben, wie es war. Wir mussten ein zweites Mal von hier verschwinden. Wir hatten gar keine andere Wahl. Immerhin mussten wir Ella und Raffael helfen. Sie waren noch irgendwo und ganz allein – und in Edgars Gewalt.

Ich holte Luft und setzte an: »Wir würden gern heute Abend noch mal los. Denkt ihr daran, mich in der Schule zu entschuldigen?«

»Und mich im Kindergarten?«, hauchte Benno nun doch und hob widerstrebend den Kopf.

Pa drehte sich zu uns um und zog eine Augenbraue in die Höhe.

Absurderweise hoffte ich beinahe, dass er mir jetzt eine Standpauke hielt – was er natürlich nicht tat. Stattdessen blickte er belustigt zu Ma. »Unsere kleinen Abenteurer sind nicht aufzuhalten. Ihr esst aber noch mit, abgemacht?«

Benno und ich nickten gleichzeitig. Ich musste unbedingt mit Daan sprechen. Und auch mit Bonsky, der heute ebenfalls hier ankommen würde. Ab sofort musste er ganz besonders gut auf unsere Eltern aufpassen.

Pas Abendessen schmeckte wie immer köstlich und mit jedem Bissen, den ich nahm, wurden meine Augen feuchter. Die warmen Nudeln in meinem Mund, die geschmolzene Butter darauf und die Tomatensoße, die sich mit dem Parmesan mischte, lösten schon jetzt schreckliches Heimweh aus. Jetzt, da wir zurück waren, wollte ich am liebsten gar nicht mehr weg. Ich wollte nicht wieder aufbrechen müssen, sondern nur noch hier sitzen bei Ma und Pa und mich zu Hause fühlen.

Um das alles auszuhalten, beschloss ich, mich sofort nach dem Essen in die Duftapotheke zu verziehen. Ich würde versuchen, mich ganz auf unsere bevorstehende Aufgabe zu konzentrieren.

Benno wich mir seit dem Turnier nicht mehr von der Seite. Zusammen mit mir verließ er den Esstisch und folgte mir durch unser Gewächshaus in Richtung Duftapotheke.

Alles war wie immer: das Gewächshaus, in dem Willems geliebte Blumen ihren Duft absonderten, der vollgestellte Schuppen und auch der unterirdische Flur mit Daans Expeditionsfotografien.

Doch als ich die Tür zur Duftapotheke aufschob und die Gaslampe anstellte, traf mich fast der Schlag. Scharf sog ich die Luft ein, als hätte mir jemand in den Magen geboxt.

Das … das durfte nicht sein.

Die Duftapotheke wirkte kahl und seltsam entzaubert. Nichts blubberte oder funkelte uns noch entgegen. Kein einziger Flakon stand auf den Holzbrettern. Ein paar der Regale lagen sogar umgekippt herum, Holzsplitter bedeckten den Boden und die Sessel waren aufgeschlitzt worden, als ob in den Polstern irgendetwas zu finden gewesen wäre.

In mir sackte alles in sich zusammen.

Benno schien es nicht anders zu gehen. Hektisch rannte

er zur verborgenen Tür, die sich in einem der Regale versteckte und ins Büro dahinter führte.

Mit schleppenden Schritten ging ich ihm hinterher und war mir unsicher, ob ich sehen wollte, was nebenan auf uns wartete. Immerhin stand die Einrichtung noch, die aus einem Sekretär, altmodischen Aktenschränken und einem Telefon mit Wählscheibe bestand – auch wenn es hier ebenfalls aussah, als hätte jemand alles hektisch durchsucht. Benno hielt mir die Tür zum Fahrstuhl auf, durch den man nicht nur nach oben in die Villa, sondern auch nach unten in das Labor gelangen konnte.

Das Labor war nur zur Hälfte leer geräumt. Und vor der Destille standen Daan und Bonsky.

»Es tut mir leid«, sagte Daan sofort, als er mich sah. »Ich wollte es dir sagen, bevor du hier runterkommst.«

»Was ist denn passiert?«

»Wir haben Edgar unterschätzt, fürchte ich.« Daan rieb sich über die Stirn. »*Ich* hab ihn unterschätzt. Er muss eine Möglichkeit gefunden haben, seine Leute durch meine Barrieren zu bringen.«

Ich spürte plötzlich einen riesigen Kloß in meinem Hals. »Das ist alles meine Schuld … Ich habe ihn hier runtergelassen«, platzte es aus mir heraus. »Vielleicht hat er da …« Ich schluchzte. »Es war doch meine Aufgabe, die Duftapotheke zu beschützen!«

»Es ist nicht deine Schuld«, sagte Daan, lief um den Tisch und legte beide Hände auf meine Schultern. »Außerdem konnte Bonsky das Meteor und einige Düfte rechtzeitig rausschaffen. Es ist noch nichts verloren, Luzie. Die Duftapotheke ist nur ein Ort. Wichtig sind wir – und wir sind immer noch alle zusammen, nicht wahr?«

Da hatte Daan recht. Solange wir zusammenhielten, würden wir das überstehen.

Bonsky erzählte, dass er die wichtigsten Dinge aus der Duftapotheke herausgeschafft und vor Edgar in Sicherheit gebracht hatte. Wir würden unsere Duftapotheke also auch an jedem anderen Ort wiederaufbauen können. Hauptsache, wir hatten unsere Zutaten und Bücher. Unser Wissen konnten sie uns nicht nehmen. Wir würden die Duftapotheke *immer* wiederaufbauen, ganz egal, was auch passierte.

»Okay«, sagte ich zu Benno, um das unangenehme Gefühl zu vertreiben, das die Leere der Duftapotheke in mir hinterließ. »Komm. Holen wir uns ein paar frische Klamotten. Ich helfe dir beim Packen.«

»Ist gut«, fiepte Benno leise. Ich spürte, dass ihm der Anblick der verwüsteten Duftapotheke genauso zu schaffen machte wie mir.

Mit unseren Rucksäcken warteten wir am Gartenzaun auf Mats und Leon und machten uns gemeinsam auf zu Daans Hausboot. Wir würden das alles wieder in Ordnung bringen, versprach ich mir im Stillen und schielte zu Mats. Immerhin war uns das bisher auch gelungen. Zusammen waren wir zu so viel mehr in der Lage, als wir glaubten. Das hatten wir uns gegenseitig oft genug bewiesen. Alles würde wieder gut werden. Das wusste ich ganz tief in meinem Herzen.

Mats drehte sich zu mir und lächelte mich aus seinen braunen Augen an, die mir augenblicklich das Gefühl gaben, dass mit ihm zusammen nichts auf der Welt schiefgehen konnte.

»Wir halten Edgar auf, Luzie. Mach dir keine Sorgen«, meinte er. Sein Blick wanderte über mein Gesicht und schließlich lehnte er sich zu mir und drückte mir einen Kuss auf die Wange.

Obwohl meine Knie ganz weich wurden, hatte ich das Gefühl, in genau diesem Moment ein paar Zentimeter gewachsen zu sein. Wortlos lächelte ich zurück und hielt Mats Hand weiter fest, obwohl er sie wieder zurückziehen wollte.

»Natürlich werden wir das«, sagte Benno neben mir, als wäre es albern, überhaupt daran zu zweifeln. »Was denn sonst?«

Epilog

In der Ewigen Residenz war es gespenstig ruhig. Kein einziges Geräusch, keine Bewegung, nicht mal ein Windhauch zog durch die hochglanzpolierten Hallen und Flure. Obwohl Edgar nicht der Einzige im Haus war, wirkte das mächtige Gebäude so verlassen wie ein Geisterhaus. Langsam schritt er über die Teppiche, die jedes Geräusch seiner Schritte verschluckten.

Vom anderen Ende des Flures kam ihm eine der früheren Angestellten entgegen. Die Frau trug einen Wäschekorb vor sich und nickte ihm im Vorbeigehen zu. Zufrieden bemerkte Edgar, dass sie ihren Blick nicht gesenkt hatte, so wie es sich bislang in der Ewigen Residenz für Angestellte gehörte, wenn sie einem der Hochwohlgeborenen begegneten. Aber die Frau hatte seinen Wunsch sofort umgesetzt. Nun brachen endlich neue Zeiten an. Er sorgte schließlich dafür.

Edgars Schuhsohlen klackten, als er auf das polierte Holz der Freitreppe trat. Das Geräusch hallte auf jeder Stufe nach, bis er ganz oben anhielt und die Tür zum Duftlabor öffnete.

»Guten Tag, Meister!«, begrüßten ihn die zwei Kinder.

»Guten Tag«, antwortete er und schritt auf die Arbeitsfläche zu, an der die beiden um eine brodelnde Destille standen und dem Dampf in den Glasröhren zusahen.

»Macht ihr Fortschritte?«

»Ich glaube, das machen wir«, antwortete der Junge, während das Mädchen die schwerfälligen Tropfen zählte, die aus dem Rohr in einen Flakon tropften. Nicht eine Sekunde ließ sie die Flüssigkeit aus den Augen.

Dieser Anblick hätte ihm nicht besser gefallen können. Die beiden hatten sich in den letzten Tagen als großer Gewinn herausgestellt.

»Hervorragend«, sagte er. »Macht weiter so.«

Mit diesen Worten drehte er sich wieder um und stieg, erneut begleitet vom Klacken seiner eigenen Sohlen, hinunter in den Keller.

Nur schwach war das Haus aus Glas beleuchtet, das hier, in den Gewölben der Ewigen Residenz, einen neuen Platz gefunden hatte.

Die weißen Duftwolken waberten hinter dem Glas und versperrten ihm die Sicht ins Innere. Es war Zeit, beschloss Edgar. Mit einem Handgriff brachte er die Absauganlage des Glashauses zum Brummen und wartete, bis auch der letzte Rest der »Untertänigen Wolke« verschwunden war. Erst als er sich hundertprozentig sicher war, dass nichts davon übrig sein konnte, öffnete er die Tür und trat ein.

Reglos lag der Körper eines Mannes vor ihm am Boden.

Alles daran erinnerte Edgar an die Härte, die dieser Mann ihm gegenüber immer ausgestrahlt hatte. Jahrelang hatte er darauf gewartet, endlich ein Teil in dessen Leben sein zu dürfen. Doch mittlerweile war er erwachsen und kein Kind mehr und das veränderte alles.

Er brauchte diesen Mann nicht mehr.

Doch der Mann am Boden würde ihn brauchen.

Fast tat es ihm leid, wie der Mann so hilflos vor ihm lag. Aber nur fast.

Edgar stieß ihn mit dem Fuß an. »Wie heißen Sie?«

Es dauerte keine zwei Sekunden und Syrell de Richemont öffnete seine Augen. Sichtlich verwirrt, setzte er sich auf und blickte nach oben.

»Wie heißen Sie?«, fragte Edgar ein zweites Mal.

»Ich bin eines Namens nicht würdig.«

»Da hast du recht ... *Vater*«, sagte Edgar so kühl, wie es Syrell selbst gewesen war – die wenigen Male, die er mit ihm gesprochen hatte. »Nur meinen Namen solltest du dir in Zukunft besser merken. Mein Name ist *Edgar.*« Er sah auf seinen Vater herab, so wie er es sich schon lange erträumt hatte. »Aber du ... du darfst mich zukünftig mit *Meister de Richemont* ansprechen.«

Erfahre, wie es weitergeht!
Band 5 der »Duftapotheke«
ist bereits erschienen.

ISBN 978-3-401-60523-4

Anna Ruhe

Die Duftapotheke

Ein Geheimnis liegt in der Luft (1)

In der alten Villa riecht es seltsam – nach tausend Dingen gleichzeitig. Es ist das erste, was Luzie an ihrem neuen Zuhause auffällt. Aber die Gerüche führen nirgendwohin und der Schlüssel, den Luzie unter einer Bodendiele findet, passt in kein Schloss. Gibt es in der Villa etwa ein verstecktes Zimmer? Gemeinsam mit ihrem kleinen Bruder Benno und dem Nachbarsjungen Mats macht sich Luzie auf die Suche. Als sie in den verborgenen Teil der Villa vordringen, trauen die Kinder ihren Augen kaum: Auf deckenhohen Regalen reihen sich zahllose Duftflakons aneinander, in denen es nur so schillert und sprudelt! Doch in den Fläschchen schlummern nicht nur schöne Überraschungen, sondern auch jede Menge Gefahren. Vor allem ein Flakon wäre besser für immer verschlossen geblieben …

Arena

Auch als E-Book und als Hörbuch
bei Rubikon Audio erhältlich

264 Seiten • Gebunden
ISBN 978-3-401-60308-7
www.arena-verlag.de

Anna Ruhe

Die Duftapotheke

Das Rätsel der schwarzen Blume (2)

Luzie Alvenstein hat ein Geheimnis: Tief unter ihrem Haus gibt es ein verstecktes Zimmer – die Duftapotheke! Doch eines Tages ist ausgerechnet das Meteorpulver, die wichtigste Zutat für die magischen Düfte, verschwunden. Dabei wollte Mats doch seinen Vater von der Wirkung des lieblosen Duftes befreien! Auf der Suche nach dem Dieb reisen Luzie und ihre Freunde bis nach Amsterdam. Dort bekommen sie Hilfe von einem verschrobenen Blumenzüchter – und von einem Mann, der gar nicht mehr leben dürfte. Können sie das Meteorpulver zurückerlangen und so gemeinsam die Duftapotheke retten?

Arena

Auch als E-Book und als Hörbuch
bei Rubikon Audio erhältlich

288 Seiten • Gebunden
ISBN 978-3-401-60360-5
www.arena-verlag.de

Anna Ruhe

Seeland

Per Anhalter zum Strudelschlund

Max will raus aus dem öden Kaff Bittie Cross und seinen Vater finden, der seit Jahren verschwunden ist. Zusammen mit der seltsamen Emma gerät er auf der Suche in eine unglaubliche Welt: Seeland! Hier gibt es Städte auf Stegen und Häuser wie Eisberge, kauzige Pilzsammler, Unterwasserpiraten, freundliche Riesenquallen und echte Meerjungfrauen. Und ausgerechnet in Seeland entdeckt Max eine Spur seines Vaters. Wie kann das sein? Zusammen mit Emma taucht Max ab in das größte Abenteuer seines Lebens.

288 Seiten • Taschenbuch
ISBN 978-3-401-51228-0

Mount Caravan

Die fantastische Fahrt im Nimmerzeit-Express

Jake war sein Leben lang Außenseiter. Dass er jetzt noch in ein Internat für Schwererziehbare gesteckt wird, ist echt das Letzte. Doch das seltsame Mount Caravan ist nicht das, was es vorgibt zu sein. Insgeheim beschützt die Schule ein uraltes Buch, und in diesem steht nichts Geringeres als die Zukunft der Menschheit! Plötzlich ist es an Jake und seinen Freunden Ava und Finley es vor den machthungrigen Feinden der Schule zu beschützen ...

272 Seiten • Klappenbroschur
ISBN 978-3-401-51110-8
www.arena-verlag.de

Arena

Katja Brandis

Seawalkers

Gefährliche Gestalten

Für Tiago ist es ein Schock, als er herausfindet, dass er ein Gestaltwandler ist. Und was für einer: In seiner zweiten Gestalt als Tigerhai wird er sogar von seinen Mitschülern gefürchtet. Einzig das fröhliche Delfinmädchen Shari hat keine Angst vor ihm. Doch ihre Freundschaft wird bereits beim ersten großen Abenteuer, das sie an der Blue Reef High erwartet, auf die Probe gestellt.

Rettung für Shari

Tiago ist glücklich, dass er erst mal an der Blue Reef High bleiben darf, auch weil er in Delfinwandlerin Shari endlich eine Freundin gefunden hat. Die kann der junge Haiwandler gut gebrauchen, denn längst nicht alle sind glücklich über seine Anwesenheit. Als Shari in große Schwierigkeiten gerät, setzt Tiago als Mensch und Hai alles auf eine Karte, um sie und ihre Delfinfreunde zu retten.

Band 1
296 Seiten • Gebunden
ISBN 978-3-401-60612-5
Beide Titel auch als E-Book und als Hörbuch bei Arena audio erhältlich

Arena

Band 2
312 Seiten • Gebunden
ISBN 978-3-401-60613-2
www.arena-verlag.de